주희의
태극사상과
구조적
함의
고성주 지음

책 머 리

본 책은 태극사상이라는 관점으로 성리학의 완성자인 주희(朱熹1130~ 1200)의 사상을 고찰한 내용이다. 태극이라는 말은 원래 『주역』「계사전」에 나오는 말로 우주만물의 본원으로서 만물이 생성되기 전부터 존재하는 궁극적 실재이며 최고의 개념을 의미한다. 여기에서 양의-사상-팔괘의 순으로 만물이 생성되기 시작하는데 이 모든 과정의 출발점이며 근원이 바로 태극이다.

중국 유학사에서 북송시대는 신유학이 이론적 틀을 형성하던 시대로서 성리학의 개념과 학술적 체계가 세워지는 시기였다. 당시의 대표적인 인물로는 주돈이(周敦頤,1017~1073), 장재(張載,1020~1077), 정호(程顥,1032~1085), 정이(程頤, 1033~1107) 소강절(邵康節,1011~1077) 등이 있다.

그들은 남송의 주희보다 약 100여년을 앞서는 북송시대에서 학술 및 사상을 미리 정립하여 훗날 사상적 배경이 되어 주었기에 그것들을 집대성한 주희의 성리학이 완성될 수 있었다. 사상적 연원의 핵심을 보면 주돈이의 태극사상이 있는데 그 가운데 제일 중요한 부분은 단연코 「태극도설」의 수구(首句)에 해당되는 '무극이태극(無極而太極)'이다. 다음은 장재의 기본론(氣本論)이다. 장재는 태허와 취산의 근거를 제시하며 기에 대해 형이상의 입장을 취하였는데 주희는 이러한 장재의 기론에 대해 비판적인 수용을 하였다. 주희는 기에 대한 개념정리에서 장재의 의견 보다는 정이의 주장을 받아들여 기 가운데 형이상의 부분은 모두 버리고 오직 형이하의 부분만을 채택하고 수용하였다.

다음은 정이의 리본론(理本論)이다. 정이는 「계사전」에서 말하는 한번 음이 되고 한번 양이 되는 것이 도가 아니라 그렇게 하는 원리가 도라고 해석한다. 이에 따라서 주희는 결국은 이(理)에 대해서 자연의 원리측면에서 볼 때 만물에 대한 존재법칙이 되고, 인간에게는 당위법칙(當爲法則)의 理로 주어진다. 따라서 인간존재의 윤리법칙의 대전제로서의 리학(理學)은 곧 성즉리(性卽理)라는 말로 뚜렷하게 표현된다.

당시 주희 성리학의 특징은 인간세계를 뛰어 넘는 광대무변한 자연세계의 법칙 안에서 인간이 윤리적이고 도덕적인 당위에 대해 깊이 사유한다는 점이었다. 따라서 인간이 천지만물 가운데 자연세계에 속하며 그 중심에 인간이 존재한다고 생각하였다. 그러므로 인간도 다른 사물들과 마찬가지로 자연과 질서에 순응해야하며 이것이 바로 하늘과 인간과 자연이 하나 될 수 있는 가치의 출발점으로 보았다.

천지만물을 지배하는 대자연의 법칙은 인간에게 그대로 적용되었고 인간도 우주만물과 동일하게 그 법칙을 따라야 한다고 생각했다. 따라서 변화하는 광대한 우주와 자연세계의 질서가 바로 인간세계의 인륜적 가치이며 근원이 되고 천명(天命)이 되었고 이와 상통하는 자연 세계 질서의 법칙과 원리가 바로 주희에게 태극이었으며 그 태극이 성리학에서는 '리'로써 설명 되었다. 당시의 유학을 신유학이라 부르는 근거도 결국 인간의 제반 문제를 자연세계와 인간차원을 넘어 형이상자로서의 새로운 가능성으로 해석되는데서 출발하였다고 본다. 이러한 근거를 기초로 하여 천인합일의 범주에서 본체론과 생성론 그리고 수양

주희의 학문은 한때 위학(僞學)으로 탄압받기도 하였지만, 원나라에서는 과거제를 시행할 때 주희의 『사서집주』가 과거시험의 표준답안으로 지정되면서 성리학은 관학으로서의 권위를 지키며 학문의 주류를 담당하게 되고 중국, 조선, 일본, 동남아 지역까지 시대마다 정치, 사회, 학문에 이르기 까지 지대한 영향을 미치게 되었다.

목 차

1부. 주희의 생애와 사상

주희(朱熹,1130년-1200)는 중국철학사에서 송학을 집대성하여 성리학을 정립한 최고봉의 유학자로서 많은 이들에게 추앙받는 동시에, 유가에서 타의 추종을 불허하는 만큼 학문의 업적을 남긴 위대한 대학자이다. 주희의 출현으로 주자학의 영향이 중국에만 머물지 않고 동아시아, 동남아시아까지 지대한 영향을 미쳤다. 그는 선배 유학자들의 학문과 사상을 하나로 모아 새로운 사상체계를 이뤄내는 신유학을 완성 하였는데 역사적으로 그의 학문과 사상은 그의 사후에도 후대인들에게 때로는 수용 당하고 혹은 비판받기도 하며 큰 영향을 미쳤다. 특히 그의 학문은 중국을 넘어 동아시아와 베트남까지 큰 영향을 끼쳤는데 사후 800여년이 지난 현시점에서 그의 태극사상을 주제로 생애와 사상의 연원을 살펴 업적과 공과를 재조명 하고자 한다.

1. 시대적 배경

중국역사 가운데 가장 화려한 역사와 문화를 자랑하던 당(唐)이 약 300년 동안 누렸던 영광의 시대가 막을 내리고 오대십국으로 불리는 극심한 혼란기에 접어들었다. 역사가들은 당나라 말기부터 오대십국이 막을 내리기까지의 중국역사를 중국 최대의 암흑기로 부른다. 이러한 당시의 혼란을 평정하고 수립한 통일왕조가 바로 宋 왕조이다. 마지막 중앙정권인 後周의 절도사 조광윤(趙匡胤 927−976)이 거란족을 토벌하는 기회를 이용하여 宋을 건국하게 되었다. 송의 건국 후 정치, 사회적인 배경과 경제적인 배경, 그리고 外治에 대한 흐름까지 시대적인 배경차원에서 논구하고자 한다.

첫 번째로 당시의 정치, 사회적인 배경이다. 송 태조 조광윤이 중앙집권을 강화하는 가운데 부국강병을 위한 혁신 방안으로 변경에 도읍을 정하고, 군대는 황제에게 직속시켰다. 아울러 지방을 관리하도록 많은 권한을 위임하여 주었던 절도사 제도를 폐지하는 대신 과거 제도를 도입하여 선발한 문신관료들을 절도사를 대신하여 지방 관리로 파견함에 따라 결국 관료의 인사권한 마저도 황제가

장악하는 등 강력한 중앙집권 체제를 다지게 되었다. 이렇게 문치주의를 앞세운 부국강병을 위한 혁신방안과 제도는 새로운 유학의 바람을 일으키는데 크게 기여하게 되었다.[1] 당시 유학을 권장하며 문치를 내세워 문화와 학술을 부흥토록 하였다. 따라서 역사가들은 이때를 선진유학 부활의 시기라고 칭하며 서양의 르네상스와 비교하기도 하였다.

이것이 훈고학에서 선진유가의 전통으로 다시 돌아가기 위해 복고적인 성격을 갖는 송 대 유가철학의 특징이었다. 이렇게 새로운 성격을 띠는 유학을 후에서 신유학[2]이라 칭하게 되었다. 당시의 유학은 송 대 이전의 한·당 유학과는 학문적인 방향성을 달리하는 신유학으로 제창하는 가운데 중국의 정통사상으로 인정받으며 학문적인 헤게모니 까지 취하게 되었다. 이러한 시대사상의 흐름가운데 북송오자로 불리게 되는 주돈이, 장재, 소옹, 정호, 정이와 남송시대를 대표하는 주희와 육구연 등 걸출한 인재들의 출현을 보게 되었다.

당시의 유학은 경전의 자구 해석에만 천착(穿鑿)하는 훈고학이 주류를 이루다 보니 대중들의 관심은 유학에서 점점 멀어지고 도리어 유가에서 이단시 하던 도가와 불가보다도 열세에 놓이는 경우가 생기기 시작하였다. 이처럼 대중과 함께 호흡하며 그들의 삶에 파고드는 불가와 도가에게 자극을 받음과 아울러 정통성과 지배적 지위마저 빼앗길 수 있다는 위기감을 느낀 유가 측에서 선진 유가로 되돌아가 성현들에 대한 정신을 바르게 이해하려는 새로운 시도가 싹트게 되었는데 그것이 바로 경전해석에 관한 문제였다.[3] 여기에서 경전의 새로운 해석이란 한당 경학에 대한 부정, 이단으로 평가받고 있는 불가와 도가에 대한 배척, 그리고 유가철학 중심내용에 대한 새로운 해석과 부활을 의미하였다.

송 대 문화의 큰 특징은 귀족문화가 크게 발달함에 따라서 서민들의 생활 또한 향상되는 가운데 자연스럽게 서민문화도 동반하여 발전하게 되었다. 따라서 당대에서는 일부 귀족들만이 독점하던 귀족문화들이 송 대에는 일반서민층까지 파급 되었고 특히 송 대에 이르러 놀라울 정도로 비약적인 발전을 한

1) 宮崎市定, 조병한 역, 『중국사』 6판, 역민사, 1983, pp.227-231 참조.
2) 평유란, 정인재 역, 『중국철학사』, 형설출판사, 1977, p.333 참조.
3) 박호석, 「정이천 리철학의 이론적 체계에 관한 연구」, 대구한의대 박사논문, 2015, p.6 참조.

서적의 인쇄술 덕분에 누구나 책을 손쉽게 구할 수 있는 것도 서민문화 발달에 큰 몫을 차지하였다.4) 이러한 지식의 대중화는 서민들로 하여금 과거 시험에 응시하여 관료가 될 수 있는 기회가 생겼고 이에 따라서 학문을 중시하는 풍조가 사회에 만연되었으며 나아가 신진학자들이 사회 곳곳에 등장하는 계기가 되었다.

그러다 보니 서원을 통하여 많은 학자들이 배출되었고, 새롭게 전수받은 학술과 사상으로 수준 높은 새로운 문화가 창달되는데 크게 이바지하였다. 본래 지식인의 지식독점이 사회의 부작용으로 나타나는 것이 지식인의 권력독점인데, 지식의 대중화가 이루어짐에 따라서 일반 서민인 대중의 권력화에 학문이 크게 기여하는 현상이 사회 전반에 나타났다. 이들이 바로 사대부라는 새로운 지배층의 출현인 것이다. 결국에는 이들이 사회의 중추를 이루는 핵심 계층이 되었고 이와 같은 신흥 사대부 계층이 송의 문치주의의 주역으로서 중앙집권체제에 의한 새로운 과거제도 관료로서 공권력에 편승 하여 자신의 경제, 정치, 사회적인 지위를 한층 더 강화시켜 나가게 되었다.

둘째는 경제제도의 배경에 대해 살피고자 한다. 송의 조세제도는 세금 제도와 소금, 차, 등의 전매를 중심으로 수입을 의존하였는데, 점차 경제 활동이 활발해짐에 따라 세수가 크게 늘었다. 따라서 국가재정이 튼튼해졌다. 특히 당과 송의 시대를 거치면서 당시 농업생산력의 증대가 특히 두드러졌다. 이것은 당 후반기부터 시작된 수리시설의 정비와 개간으로 경작지의 확대, 농기구의 발달, 신품종 도입과 보급, 품종의 다양화를 통해 가능해졌다. 이렇게 증대된 농업생산물은 점진적으로 작물의 상품화로 발전하게 되었고, 작물을 지방의 특산화로 차별화까지 하였다.

그리고 상품화한 이 농산물들을 육로와 운하를 활용하여 전국적인 유통망으로 보급하는 등, 이로 인해 宋의 상업이 크게 발달하게 되었고 특히 큰 배를 이용하는 대외무역도 무역이 크게 발달 하여, 고려와 일본, 동남아, 아라비아와의 활발한 교역을 전개 했다. 주요 품목으로는 곡물과 동, 철, 자기, 서적 직기 등이었다. 무역항이었던 천주와 광주에 요즘의 세관에 해당하는 시박사를

4) John K, Fairbank, 김한규 역, 『동양문화사』, 을유문화사, 1992, p.170 참조.

두어 무역 업무를 총괄하도록 하였다. 상업이 발달함에 따라 상인 집단의 세력이 커지면서 도시도 함께 발달함에 따라. 수도 개봉은 황하와 운하 근처에 있었는데 교통이 편리하여 산물과 인구가 집중되어 한때는 인구가 100만 명에 달할 정도로 세계에서 손꼽히는 도시 중 하나였고 부가 꾸준히 축적되어갔다.

셋째는 나라 밖의 주변정세와 외교에 대해 살펴보고자 한다. 당시 송은 동북쪽 으로는 거란족인 요(遼, 916-1125), 서쪽방면으로는 티베트족이 일으킨 서하 등과 국경을 맞대고 있었다. 요가 1004년 9월, 대군 20만으로 황하의 북쪽 언덕에 진을 치고 송나라를 침공하려고 하였다. 당시 송의 황제는 조항(趙恒)인 진종(眞宗, 재위, 997~1022)으로, 우유부단하고 매우 겁이 많았다. 당시 재상이었던 구준(寇準 961-1023)이 파죽지세로 북진을 하면서 요 군대를 쳐부숴 요 군사들이 겁을 먹고 퇴각 후 병사들 사기가 떨어지자 요에서 송에 사자를 보내어 강화를 제의하였다.

요의 강화교섭을 받고 1005년 1월 드디어 송과 요가 강화를 맺었는데 그 조건은 매우 굴욕적이었다. 송과 요는 형제의 의를 맺는 조건으로 송나라 황제를 요나라 황제가 형으로 대우해주는 대신 송에서는 도리어 매년 비단 20만필, 은 십만냥을 요나라에 보내주는 조건이었다.[5] 요와 송나라 사이에 강화가 성립됨으로써 서로의 싸움은 일단 수습이 되었다.

그러나 서북 지방에서 송과 서하 사이에 충돌이 일어났다. 서하는 탕구트족의 왕조로서 당나라 시절에 장안을 수복하는데 공을 세워 하국공으로 봉하고 李씨인 당 왕실의 성을 하사받아 대대로 이씨로 칭하고 살았다.

그러다가 송나라가 천하를 통일하자 이제는 송 왕실의 조씨 성을 하사받고 정난군(定難軍)이라는 지방 장관에 봉해져 서평왕(西平王)이라 칭하였다.

1038년 서평왕 원호는 자신을 황제라 칭하고 나라 이름을 대하라 일컫고 수도를 흥경부에 두었다. 원호는 탕구트족의 독립 왕국을 세우고 스스로 황제의 자리에 오른 후 서하 문자를 나라의 문자로 제정하고, 궁전의 수축과 관제의 확립 등을 추진함과 아울러 송나라와 요나라 등과 대등한 관계임을 천명하였다.

---

5) 함현찬, 『장재』, 성균관대출판부, 2003, p.25 참조.

그러나 결국 1041년 2월 원호가 직접 서하군을 거느리고 송나라 회원성에 진격해 왔는데 이 전쟁은 2년간 지속되었다. 그 가운데 요나라가 다시 침략의 기미를 보이자 그동안 송나라가 바치던 조공에 은 10만냥과, 비단 10만필을 추가로 바치는 조건으로 강화를 재차 맺었다. 2년 후 서하가 송의 신하국이 되는 조건으로 매년 은 7만 2천냥, 차 3만근, 비단 15만 3천필을 서하에 보내기로 하였다.6) 이처럼 송의 대외 관계는 매우 굴욕적이고 소극적이었다. 따라서 송은 국가 재정이 고갈되기 시작하였다. 동북쪽으로는 요, 서쪽으로는 서하의 침략 외에도 여진족이 세운 금이 강성해져 대외관계가 더욱 복잡해지 자, 문약한 송이 할 수 있는 것은 그저 막대한 조공을 제공하는 것 뿐 이었다.

위와 같이 송은 문치주의를 표방하여 학문과 사상적으로는 꽃을 피웠고 경제적으로도 눈부신 번영을 하였음에도 불구하고 북벌에 실패하여 요와 서하에 막대한 공물을 바쳐 평화를 보장받았지만, 서하의 잦은 침입으로 재정이 더욱 피폐해졌다. 이에 조정에서는 모든 수단과 방법을 동원하여 수입의 증대를 위해 노력 하였다. 그에 따른 서민의 부담은 더욱 가중되고. 특히 농민들의 생활은 악화되어 농민 봉기가 자주 일어났다. 송의 내부에는 정치, 경제, 사회적 비리와 부정이 더욱 심해지고 갈등과 반목이 심화되어 정치부재의 현상까지 일어나게 되었으며, 국가 재정은 완전히 파탄되어 지탱할 수 없는 지경에 이르렀다.

신유학이 형성 되는 것이 이러한 시대적 배경과 무관하다고 할 수 없다. 특히 한 대 이후 훈고학으로 일관하여 온 유가철학이 송 대에 오기까지 여전히 자구의 해석만을 가지고 논쟁을 벌이고 있을 때 도교나 불교가 갖는 고차원적인 철학적 논리가 당시의 지식인들의 지적욕구를 해소해 주었다. 700년간의 육조·수·당의 치리 기간에 불교와 도교는 황금시대를 맞게 되는 것이다. 그 이유는 끝없는 전쟁, 사회적인 혼란가운데 환멸을 느낀 대중들이 인륜과 도덕을 앞세우는 유가철학보다 도가와 불가의 차원 높은 철학이 지적인 욕구를 충족 시켜 주었기 때문이었다.

그러므로 끊임없는 외세의 침략과 정당의 싸움 가운데서 중국 민족의 중화적인 정통사상과 주체성 확립을 위해서라도 당시의 비정통적 사상과 왜곡된 시대

---

6) 함현찬, 『주돈이』, 성균관대출판부, 2007, pp.21-22 참조.

적인 이념을 유학적인 통합이념으로 통일하여야 할 시대적 사명이 사대부들 앞에 놓여 있었다고 본다.

더욱이 송 대에 들어오면서 이민족의 잦은 침략과 송의 정치적 혼란의 소용돌이에서 새로운 민족의 주체성 확립에 눈을 뜨면서 소위 정통성에 입각한 새로운 사상의 재정립이라는 시대적인 화두가 중심문제로 부각되기 시작하였다. 따라서 드디어 기존의 유학 사상을 새롭게 변화 발전시키고 기본적으로 유학의 바탕 위에 불교와 도교의 내용을 비판적으로 흡수하여 불교의 형이상학적 인면과 노장의 현학을 종합하여 새로운 시대적 인 조류에 맞는 유학을 건설하고자 북송오자와 같은 깨어있는 철학자들이 출현하였고 주희는 나름대로 그들의 철학을 다듬었다고 본다.

2. 생애와 저술

주희는 남송 시대의 사람이다. 사람들은 그를 높여서 주자라고 불렀다. 그의 자는 중회(仲晦) 혹은 원회(元晦)이고, 호는 회암(晦庵)이며 회옹, 창주병수, 운곡노인, 둔옹 등의 별호를 가지고 있었다. 주희의 아버지인 주송(朱松,1097-1143)은 금나라와의 전쟁 시 휴전에 반대하다가 좌천되었다. 그러자 그는 관직에서 물러나 복건성 남검주 우계현에 머무는 중에 주희를 낳았는데 그의 어머니의 성은 축씨이다.[7] 그는 아버지를 따라 복건성에서 살게 되었는데 주희의 아버지 주송은 후에 주희의 스승이 되는 이동(1093-1161)과 함께 나종언(1072-1135)에게 도학을 수학하였다. 나종언은 이정의 제자였던 양시(1053-1135)의 제자이다. 그러므로 주희는 그의 부친으로부터 도학에 대한 영향을 받았다.

주희는 어려서부터 영특하여 정치적 격변기에 관직에서 물러난 그의 아버지가 아들에 대해서 기대가 컸으나 주희가 14세 되는 해에 세상을 떠나게 되었다. 아버지의 죽음으로 생활이 불안정 하였으나, 아버지의 유언에 따라 아버지의 친구였던 호헌(胡憲 1086-1162), 유면지(劉勉之 1091-1149), 유자휘(劉子翬 1101

7) 이동희, 「주희의 생애와 사상」, 『동서문화』 제34집, 계명대인문과학연구소, 2001, p.162 참조.

-1147)등에게서 가르침을 받았다. 특히 주희는 유면지의 딸과 혼인을 하게 됨에 따라[8] 그는 이들에게서 유학의 기본 경전을 배우는 것은 물론 비교적 자유롭게 다른 학문들도 접하게 되었는데 그 중 하나가 불교의 종파인 선종이었다. 스승 중에 유자휘가 당시 선종의 대가였던 대혜종고와 친분이 있었기 때문이다.

그는 청소년기에 이르러 유학뿐만 아니라 선불교, 노장사상, 문학, 병법, 초사 등 다양한 학문에 관심을 가졌다. 특히 15세 무렵에는 선불교에 크게 심취하여 건영 개선사 선승으로 대혜종고의 제자가 되는 도겸(?-1152)과는 서로 교유하며 지내는 사이였다. 주희가 19세 과거에 응시하였을 때 선승인 도겸의 생각을 답안에 적어 낼 만큼 선(禪)에 깊이 매료되어 있었다. 그는 과거에 278등으로 합격하였다. 그다지 좋은 성적은 아니었지만 그래도 이른 나이에 합격을 한 것이다. 당시 과거에 합격하면 대체로 인생을 편히 먹고 살 수 있는데도 불구하고 그는 학문에 전념하였다.[9] 그래서 현직에 나가기보다는 도교 사원을 관리하는 직책을 선호 하였는데 이 자리는 명예직이었기 때문에 자기 시간을 많이 가지며 학문에 전념 할 수 있었다.

주희가 처음으로 주돈이의 「태극도설」과 『통서』를 읽었던 때가 1152년으로 그의 나이 23세 때였다. 그러나 당시 주희는 그 내용에 대해서 완전히 이해하지 못했고, 나중에 이동의 문하에서 공부를 한 이후에야 비로써 그 내용을 조금씩 알게 되었다고 「주자통서후기」에 기록되어 있다.[10] 이 말은 당시 주희가 태극에 대한 이해를 그렇게 깊게 하지 못하고 있음을 시사하는 대목이다.

과거시험에서 낮은 성적으로 급제한 주희는 부임지로 떠나는 길에 아버지의 친구였던 이동선생을 만나 배움을 청하게 되었다. 이동은 이정의 제자였던 양시에게 수학한 나종언으로 부터 학문의 영향을 받았다. 그러한 이동을 통해서 주희는 양시계열의 도남학 학풍을 접하게 되었다.[11] 도남학은 북송 정호가 학업을 마치고 남쪽으로 떠나는 제자 양시에게 '나의 도가 남쪽으로 간다'라고 말한데

---

8) 안유경, 『성리학이란 무엇인가』, 새문사, 2018, p.23.
9) 조남호, 『주희, 중국철학의 중심』, 태학사, 2012, p.31.
10) 『通書解』, 「周子通書後記」, 熹自蚤歲既幸得其遺編 而伏讀之初 蓋茫然不知其所謂 而甚或不能以句 壯歲 獲遊延平先生之門 然後始得聞其說之一二.
11) 방현주, 「주희 태극 형이상학과 그 전승」, 건국대 박사논문, 2015, p.16.

서 유래 되었다. '나의 도가 남쪽으로 간다'는 말은 원래 마융(79-106)이 동쪽으로 떠나는 정현(127-200)에게 '나의 도가 동쪽으로 간다'고 한말을 정호가 차용한 것이었다.

참고로 신유학의 갈래는 크게 도남학과 호상학으로 구분할 수 있는데, 이 두 학파는 이정으로부터 갈라진다. 양시-나종언-이동으로 이어지는 갈래를 도남학이라 부르고, 사량좌-호굉-장식으로 이어지는 갈래를 호상학이라 불렀다.

주희를 만난 이동은 그에게 도남학파의 전통에 따라, 미발에 대한 체험을 권유하였다. 주희는 24세가 되는 1153년 여름에 이동을 처음 만났고, 두 번째의 5년 후 29세가 되는 1158년 정월에 이루어 졌다. 이들의 세 번째 만남은 2년 뒤인 주희의 나이 31세가 되는 1160년 겨울이었다. 주희는 이동과의 만남을 계기로 유교철학에 대해 더욱 깊게 알게 됨에 따라서 그동안 심취해 있었던 불교와 노장사상에서 다시 유교로 돌아오는 계기가 되었다. 하지만 주희가 미발개념을 정확히 이해하기 전인 34세가 되는 1163년에 이동이 세상을 뜨게 되므로 내적으로 많이 힘들어 했는데 당시 스승을 보내는 아쉬움이 묻어나는 내용이 주희가 43세(1172)에 작성한 「중화구설서」에 오롯이 기록되어 있다.

스승 이동이 세상을 뜬 후 주희에게 미발과 이발을 이해하는 새로운 기회가 찾아오는데 그것이 장식과의 만남이었다. 주희는 장식에게 가르침을 청했고 장식은 그에게 호굉의 학설을 대표로 하는 호상의 학문을 소개해 주었다. 그 내용은 호남학파의 특색인 선찰식후함양설(先察識後涵養說)과 이발미발에 대한 장식 자신의 약간의 견해였다.[12] 결국 주희는 장식으로부터 영향을 받아 나이 37세인 1166년에 그의 사상의 핵심이 되는 이발미발에 대한 큰 깨달음을 얻게 된다. 이것을 중화구설이라고 하는데 병술년에 깨달았다고 하여 병술지오로 부르기도 하였다.

주희는 중화구설 3년 후, 40세가 되는 1169년에 그의 친구인 채원정(1135-1198)과의 토론 도중에 중화구설의 문제점을 자각하게 된다.[13] 여기서의 깨달음

12) 진래, 이종란 역, 『주희의 철학』, 예문서원, 2013, p.154.
13) 『晦庵先生朱文公文集』 卷75, 「中和舊說序」, 乾道己丑之春 爲友人蔡季通言之 問辨之際 予忽自疑斯理也.

을 중화신설이라고 한다.

44세에는 태극해의를 완성하였으며 45세에는 『대학』·『중용』의 신본을 편정하였고 그 해 9월 『대학장구』와 『중용장구』를 완성하였다.14) 이와 같은 일련의 과정들을 겪으며 우주의 근원이며 본체인 태극개념에 대한 이론적인 정립이 서서히 자리 잡혀 가게 되었다.

46세에는 친구 여조겸(1137~1181)과 함께 한천정사에서 『근사록』을 편찬하였는데 그 기록에는 주돈이·장재·정호·정이의 문집이나 어록에 있는 중요한 내용들이 수록되어 있다.15) 그리고 주희는 여조겸을 통해 진량(1143~1194), 육구연(1139~1193)과의 관계가 시작되었다. 그는 여조겸의 주선으로 육구연과 유명한 아호의 모임에 참가하여 사상적 차이를 논하기도 하였다.

50세 때 남강군지사에 제수되어 흉년구제책을 실행하였고 백록동서원을 재건하여 교육 진흥에도 힘썼다. 만년인 53세 부터 60세까지 제자들을 가르치고 저술에 힘썼는데 그의 나이 65세 때 황제의 부름을 받고 수도에 들어가 환장각의 대제겸 시강이라는 벼슬을 맡았지만, 그 재임 기간은 대단히 짧았다. 그 뒤 그는 당시의 정치 투쟁에 휘말려 권력자에 의해서 파직되었고, 그와 그의 학파는 위학이라는 모욕을 받았으며, 극심한 억압을 당하였다.16) 심지어는 주희가 황제자리를 넘본다면서 무고까지 당하였다. 68세 때에는 주희 학문이 위학이라 하여 금지를 당하기까지 하였다. 그와 절친한 채원정(1135-1198)이 귀양살이에서 죽는 등 제자와 친구들 까지도 많은 핍박을 받았다.

주희는 향년 71세에 병몰하였다. 사후 송 영종 때 '文'이란 시호가 내려짐에 따라 사람들이 그를 주문공이라 존칭하였다. 宋 이종 때에는 '신국공'에, 소정 3년에는 '휘국공'으로 추봉되었으며 순우 3년(1241)에는 학궁에 배향되었다.

주희의 생애를 간단히 축약해서 말하면 학자적 생활과 관료적 생활, 그리고 학생들을 가르치는 교육과정을 통해서 이론 정립과 실천하고 연구하는 삶을 살았던 사대부와 지성인으로서의 품격을 볼 수 있는 삶이었다. 젊은 시절부터 24

---

14) 束景南, 『朱熹年譜長篇』 增訂本上, 華東師範大學出版社, 2014, pp.511-512.
15) 호이트 틸만, 김병환 역, 『주희의 사유세계』, 교육과학사, 2010, p.153.
16) 진래, 안재호 역, 『송명 성리학』, 예문서원, 2011, p.237.

세까지는 선불교에 심취된 시기였고, 24세에서 34세까지는 스승 이동과의 간단한 만남과 서신교류를 통하여 사사를 받아 정적 인륜을 자각하는 시기였으며, 34세부터 40세까지는 여조겸과 장식과의 만남을 통해 동적 인륜을 자각하는 시기였다.[17] 40세에는 이동의 도남학과 장식의 호상학을 비판 종합하고 이정의 사상을 토대로 자신의 학설을 확립하였다.

40세부터 50세까지는 가거강학의 시기로써 집에서 제자들을 가르쳤고, 50세 이후는 체계화된 이론을 정치면에 운용하여 그 이론 체계를 하나의 불변의 정치철학으로 만든 시기였다. 60세 중반부터 작고할 때까지는 시련기로 학문은 위학으로 탄압받고, 주위의 친지들은 귀향과 죽임을 당하는 고난을 당하였다. 주희는 죽기까지 많은 경전들의 주석을 개정하는 과정을 통해서 그의 사상을 정밀하게 다듬었다.

주희는 일찍 아버지를 여의는 등 어려운 어린 시절을 보냈으나 매우 일찍 진사 시험에 합격하여 과거시험을 준비하는 부담에서 벗어나 일찍부터 학문에 전념할 수 있었다. 그가 진사학위를 얻은 이래 작고할 때까지 52년간 학술 및 저술에 주력하였기에 그의 생애에서 학문적으로 경쟁을 한 다른 사람들보다 다방면으로 우위에 설 수 있었으며 많은 저술의 편찬과, 다양한 학설을 주장하고 많은 수의 인재들을 지도할 수 있었다. 주희는 북송시대 다섯 학자의 사상을 받아들여 자신의 학문으로 내면화하고 중국 전체 고전문화의 기초위에 성리학이라는 금자탑을 세움으로서 중국 외에 조선과 일본 베트남 등에 지대한 영향을 끼쳤으며 위대한 철학가로서 중국의 철학사에 최고의 지위를 차지하는 철학가가 되었다.

이상으로 주희의 생애에 대해서 살펴보았다. 다음은 그가 작고할 때까지 52년 동안 편찬한 저술과 저술활동을 하며 연구한 학문과 사상에 대해 살펴보고자 한다.

공자가 말하기를 '나는 전통을 물려받을 뿐이지 새롭게 창작하지는 않는다[述而不作]'라고 한 것과 같이 유가의 많은 학자들도 경전 주석을 통하여 자기 사

17) 이동희, 「주희의 생애와 사상」, 『동서문화』 제34집, 계명대인문과학연구소, 2001, p.165.

상을 세상에 알렸다. 주희도 그러했는데 그러한 가운데 그는 상당히 많은 저술을 남겼다. 대표적인 저술로는 『사서집주』·『주자대전』·『주자어류』가 있다. 그 가운데 『사서집주』는 주희의 저술 중에서 가장 심혈을 기울였던 작품이다. 『사서집주』는 『대학』·『논어』·『맹자』·『중용』의 방대한 기존의 주석을 정리하여 성리학 사상의 핵심인 이기론의 관점에서 경전을 새로운 집주 형식으로 구성한 서적이다.

그는 특히 사서를 체계적으로 정리하여 한당의 오경 중심의 학풍을 일신하였다. 『대학』과 『중용』은 원래 『예기』속에 있는 한 편이었다. 주희 이전에도 그 요긴함이 여겨져 여러 학자들이 단행본으로 드러내기도 하였다. 하지만 본격적으로 「사서」에 대한 역사적 의의와 또 「사서」간의 연관성을 체계적으로 정리한 사람은 주희였다. 즉 공자는 『논어』· 맹자는 『맹자』· 증자는 『대학』· 자사는 『중용』의 도식으로 「사서」의 위치와 의의를 규정하였다. 특히 주희는 「사서」를 읽는 순서도 정하여 『대학』·『논어』·『맹자』·『중용』의 순서로 읽을 것을 권면하였다[18] 그것은 『사서』가 서로 관련성이 있기 때문이다.

『사서집주』 이전에 『정의』와 『요의』가 있었으며 주희가 해설을 체계적으로 붙인 『혹문』도 있었다. 주희는 편찬 작업을 하면서 선배 유학자들의 주석도 모아 그 주석들 가운데 가장 적합한 것을 고르고 또 골라 『대학』·『논어』·『맹자』·『중용』의 『사서집주』를 완성시킨 것이다. 본래는 북송의 이정이 「사서」를 중요하게 생각하여 초안 작성된 성리학 연구의 근거를 기준으로, 그들의 학문을 계승한 주희에 이르러 예기 가운데 『대학』편과 『중용』편을 빼내어 장구로 나누고, 효종 순희(1174-1189)에 당시까지 모아두었던 50여 가지의 주석을 모아 『사서장구집주』를 출간하게 됨으로써 『사서』가 공히 유학의 기초 전적으로 자리매김 하였다.[19]

『사서집주』는 과거의 정식 과목으로 채택되었고 명대에는 성조의 명을 받아 호광등이 『사서대전』을 출간하여 문무양반의 채용시험인 취사시 활용하였다.

---

18) 『朱子語類』 卷14, 第3 某要 참조.
19) 임동석, 『중국학술개론』, 전통문화연구회, 2012, pp.146-151 참조.

『사서집주』의 구조를 보면 제일 먼저 경전 원문에 대해서 독음을 주석한 뒤 다음으로 명문 자구를 주석하였으며 마지막에는 철학적 해석을 하였다 그 가운데에서 송대 성리학자들이 해석한 문장 중에서 적합한 해석 문장을 고르고 이설이 있는 경우에는 나중을 위해서 그것을 꼭 남겨뒀다. 독음의 주석이나 명물 자구의 주석은 그가 한대 고증학의 성과도 함께 받아들이고 있음을 나타낸다.[20] 주희의 『사서집주』는 지금 한문 교과서로 읽히고 있다.

이는 아마도 주희의 『사서집주』처럼 엄밀하게 한문을 해석하는 경우가 없기 때문인 것 같다. 주희는 고증학적인 정신에 입각하여 『사서집주』를 편찬하였다. 그러나 『사서집주』는 엄밀하게 말하면 철학책이다. 한 장, 한 글자마다 철학적인 의미가 부여되어있는 것이다. 이 한 글자를 만들기 위하여 주희는 엄청난 노력을 하였다. 자신의 철학적인 개념을 간단명료하면서 체계적으로 만들어 넣은 것이다. 철학적인 개념만을 사용하면 의미 내용이 반감되기 때문에 문체와 운율을 맞추어 일상용어로 풀이하기도 하였다. 『중용』과 『대학』은 본격적으로 『사서』의 내용적 의의와 연관성을 체계적으로 정리한 것은 주희에 의해서 시작되었다.

『주자어류』는 무려 140권 50책이나 되는 상당한 분량으로 그 내용은 주희의 강의 내용을 제자들이 모은 것이다. 『주자어류』의 발간은 주희가 작고한 뒤 여러 차례에 걸쳐 이루어졌다. 발행지역에 따라 나누어 졌는데 대표적인 것으로 『요록』·『건록』·『요후록』·『지록』·『무록』·『휘류』·『촉류』등이 있고, 1263년에 여정덕이 최종적으로 모든 것을 모아서 편찬한다. 정식명칭은 『주자어류대전』인데 간단히 『주자어류』라고 부른다. 구체적으로 중요내용을 보면 리기·귀신·성리·성정론으로 주희의 형이상적 사유를 살펴볼 수 있다.

그러므로 주희가 직접 집필한 저서나 『주자문집』에 비교해 자료적인 가치는 다소 떨어진다고 볼 수는 있다. 『주자어류』는 주희라는 사상가의 공식적인 글이라기보다는 비공식적인 글로 보는 것이 주된 경향이다. 하지만 공식적인 언어보다는 비공식적인 언어 속에서 그 사람의 사유를 좀 더 심도 있게 알 수 있는

20) 조남호, 『주희, 중국철학의 중심』, 태학사, 2012, pp.42-43 참조.

법이다. 그래서 요즘은 『주자어류』를 연구하는 것이 주자학 연구의 주된 경향이기도 하다.

『주자대전』도 100권 38책으로 매우 많은 분량이다. 이 책도 주희가 직접 쓴 글과 편지를 모은 것으로 주희가 죽은 뒤 아들 주재가 『정집』을 편찬하고, 왕수가 『속집』을 편찬하며, 여사노가 『별집』을 편찬하였다. 공식명칭은 『주자문집대전』인데 통상 『주자대전』이라고 부른다. 그러나 『주자어류』와 구별하기 위해서 이 책에서는 『문집』이라고 한다.

스승 이동에게 받은 가르침을 기록하고 정리한 『연평답문』과 이 외에도 송대 성리학자들의 문집을 정리하면서 자신의 학설을 수립하였다. 주희의 학설이 성리학의 집대성인 이유가 바로 여기에 있다. 송대 성리학의 시발점인 주돈이의 「태극도설」을 주석한 「태극도설해」, 「통서」를 주석한 「통서해」, 장재가 지은 「서명」의 주석서인 「서명해의」, 정씨형제의 문집인 『하남정씨유서』와 『하남정씨외서』, 사량좌의 어록인 『사상채선생어록』, 스승인 이동과 문답한 「연평답문」등이 있다.[21] 그리고 이들의 핵심을 뽑아 여조겸과 함께 편찬한 『근사록』이 있다.

『시경』에 대한 주석서인 『시집전』, 『주역』에 대한 주석서인 『주역본의』, 『의례』에 대한 주석서인 『의례경전통해』, 『효경』을 새롭게 편찬한 『효경간오』, 『초사』에 대한 주석서인 『초사집주』등이 있다. 역사책에 관한주석도 있다.[22] 사마광의 『자치통감』을 뽑아서 만든 『자치통감강목』, 송대의 유명한 신하들에 관한 기록인『팔조명신언행록』이 있다. 도교 계통의 『음부경고이』와 『주역참동결고이』가 있으며, 어린아이들을 위한교과서인 『소학」이 있다.

주희에 관한 책은 매우 많은 분량이다. 그래서 후대에는 그의 글을 편집하고 요약한 글이 유행 될 정도이다. 대표적인 것으로 청대 이광지의 『주자찬사』, 조선 이황의 『주자서절요』, 정조의 『주서백선』 등이 있다. 하지만 이러한 요약본들은 주희 사상 전체를 이해하는 데는 도움 보다는 오히려 방해가 되는 실정이다. 그 이유는 요약본에는 편자의 주관이 들어가 있어 한계를 가질 수밖에 없는 것이기 때문이다.

---

21) 안유경, 『성리학이란 무엇인가?』, 새문사, 2018, p.27
22) 조남호, 『주희, 중국철학의 중심』, 태학사, 2012, p.43

주희는 죽음을 앞두고도『대학』의「성의장」에 대한 주석 원고에 손을 보았다. 그것은 유학을 공부하는 후학들에게 실족하지 않기를 바라는 입장에서 올바른 학문의 길을 걷도록 하는 순수한 바램 때문 이었으리라. 주희는 학자로서 누구든지 바른 인간이라면 성인의 경지에 이를 수 있음을 확신하며 학자의 길을 간 선비이다. 어쩌면 그는 자신을 포함하여 모든 인간들이 공부를 하면 성인의 경지에 도달할 수 있음을 확신하며 유학 유토피아 세상의 실현을 꿈꾸었을지도 모르겠다.

3. 학문과 사상

중국유학은 11세기 후반부터 급격한 변화의 흐름 속에서 고도로 발전하는 전기를 맞게 되는데 신유학의 단초가 되는 북송 도학의 윤곽은 이미 그 이전부터 움트고 있었다. 중국 철학자 펑유란은 당대에 송명도학, 즉 신유학의 학문은 그 맹아가 수당시대부터 태동이 시작되었다고 말하고 있다.[23] 새로운 유학이라는 의미의 신유학인 성리학은 주돈이에 의해서 개척되고 장재와 소옹을 거쳐 정호와 정이 두 형제들로 발전된 송학의 흐름을 남송의 주희에 의해 집대성된 학문 체계를 말한다.

주희는 도남학파의 일원인 이동에게 가르침을 받았지만 이동을 만나서 유학에 대한 공부를 본격적으로 시작하기 전인 성장기에는 당시 유행하던 도가와 선불교에 심취하여 그의 사상이나 생각이 점차 선불교로 경도되고 있었다. 주희는 나이 15-16세 당시 부친의 친구이자 스승인 유자휘를 통하여 도겸이라는 승려를 만나게 되는데 그 와의 인연으로 선에 매료되기 시작하였다. 19세 과거에 응시할 때 답안지에 선승 도겸에게 들었던 선에 대한 학문의 내용을 써낼 정도였다. "과거 시험에 응시하기 위해 갔을 때, 곧 다른 이〔도겸〕의 의견을 사용하여 황당하게 말했다."[24]라고 주희가 말했다. 그는 그렇게 답안지를 제출하였고 결

23) 유명종,『송명철학』, 형설출판사, 1993, p.15.
24)『朱子語類』卷104,「自論爲學工夫」, 及去社試時 便用他意思去胡說.

국 시험관의 마음을 움직여 과거에 합격하였다. 그 정도로 주희는 선불교 철학에 경도되어 있었다.

주희는 스승 이동을 만나면서 이러한 사상적 방황의 시기를 끝내고 본격적인 유학자의 길을 걷게 되었다. 이동은 주희를 만나 선에 치우쳐 있는 주희에게 일상생활의 일과 관련하여 본체를 체득해야 하는데 그러기 위해서는 논어, 맹자 등 유가의 경전을 읽어 의리(도덕원리)를 탐구하라고 권면하며 다음과 같이 말하였다. "자네는 그렇게 허공에 매달린 많은 것들에 대해서는 이해하면서, 도리어 눈앞의 일들은 이해하지 못하는가."[25]라며 현실성이 결여된 선학의 공허함에 대해 지적하고 일상의 현실에서 의리에 주목하라는 스승 이동의 질타를 받고난 후 선에서 유학으로 그의 생각과 학문을 전환하였다.[26]

주희는 유학에 목표를 두고 유교 경전을 중심하여 열심히 유학을 익혔으며 당시 이동에게 배우거나 편지를 주고받은 내용을 정리하였는데 그 책이 바로 『연평답문』이다. 주희가 미발이발 개념에 대해서 완전히 이해하기 전에 이동이 세상을 뜨자 주희는 매우 안타까워했다. 당시 이발 미발에 대한 해석의 관점에는 두 가지의 견해가 있었다. 그중 하나는 마음이 고요하게 있으므로 희로애락의 활동이 아직 발하지 않았을 때를 미발이라 하고, 심이 활동하는 때를 이발이라 하는데 당시 도남학파의 관점과 또 하나는 본성을 미발, 심을 이발로 보는 호상학파의 관점이 있었다.

그런 가운데 주희는 이발미발에 대한 자신의 논리를 확정짓는 새로운 전기를 맞이하게 되는데 그것은 그가 장식(1133~1180)과의 만남이 시작 되면서 부터이다. 주희는 장식을 만나서의 일들을 다음과 같이 기록하였다.

> 장흠부가 형산 호씨의 학문을 배웠다는 것을 듣고 가서 물었다. 흠부는 나에게 들은 것에 대해 알려 주었지만 나는 아직 깨닫지 못했다. 물러 나와 깊이 생각하며 침식을 잊을 정도였다. 그러던 어느 날 탄식하며 말했다 '사람이란 스스로 갓난아이부터 늙어서 죽을 때까지 비록 어묵동정이 동일

---

25) 錢穆, 『朱子新學案』 第三卷, 三民書局, 1971, 汝恁地懸空理會得許多 面前事却理會不得, 장창환, 「주희의 심성론 연구」, 동국대 박사논문, 2013, p.48-49에서 재인용.
26) 장창환, 「주희의 심성론 연구」, 동국대 박사논문, 2013, p.48-49 참조.

> 하지 않지만 그 대체는 이발 아닌 것이 없으며 그 미발은 아직 발 하지 않은 것일 뿐이다.'고 하였다. 이로부터 다시 의심하지 않았다.[27]

위의 인용문은 주희가 이발과 미발에 대한 인식이 변화되는 순간에 기록한 「중화구설서」에 나오는 내용이다. 그동안 이동이 속한 도남학파의 고요함은 미발에 해당되고, 움직임은 이발에 해당된다는 주장과 달리 호상학파에서는 미발과 이발에 대해서 마음의 고요함과 움직임 모두를 이발로 간주하였다.

주희는 40세(1169)에 채원정(1135-1100)과 토론하는 가운데 이발중심의 이론에 문득 의문을 갖게 되고 이정의 주장을 재검토하게 되었다. 이후 이발 중심의 이론에 관해서 반성하고 미발을 위주로 하면서 동시에 이발도 중시하는 이론을 새롭게 구축하게 되는데 이것이 바로 중화신설이다. 중화구설에서 신설로 전환하게 되었던 동기와 그것을 깨닫고 난 후의 심경에 대해 주희는 다음과 같이 토로하고 있다.

> 건도 기축년(1169) 봄 친구 채계통과 이야기하며 문변하는 가운데 나는 갑자기 스스로 의심이 생겼다. ……정자의 말도 문인 중 고제의 손에서 나왔으니 또 일체의 오류가 여기에 이른 것이 아니다. 그러므로 내가 스스로 믿고 있는 것이 도리어 잘못이 없는가? 다시 정자의 글을 허심평기하게 천천히 읽어보았다. 몇 줄을 내려가지 않아 얼었던 것이 풀어지듯 확연히 알게 되었다.[28]

이러한 과정을 겪으면서 주희는 중용과 조화, 미발과 이발의 문제를 명확히 해명하고 이정의 이론을 더욱 분명하게 이해하고 해석하기 위해 『하남정씨유서』를 펴냈다. 그는 정이의 글을 다시 읽으며 중화구설의 의문점에 대해 새롭게 이해하게 되었고 그 과정을 거치며 중화에 대한 자신의 입장을 재정립 하게 되었

---

27) 『朱熹集』 권75, 「中和舊說序」, 聞張欽夫得衡山胡氏學 則往從而問焉 欽夫告余以所聞 余亦未之省也 退而沈思 始殆忘寢食 一日喟然嘆 曰 人自 嬰兒以至老死 雖語默動靜之不同 然其大體莫非已發 特其未發者爲未嘗發爾 自此不復有疑.

28) 『朱子文集』 卷75, 「中和舊說序」, 乾道己丑之春 爲友人蔡季通言之 問辨之際 予忽自疑……而程子之言 出其文人高弟之手 亦不應一切謬誤以至於此 然則予之所自信者其無乃反自誤乎 則復取程氏書 虛心平氣而徐讀之 未及數行 凍解氷釋.

다. 특히 그동안 자신의 주장과 다른 정이의 말에 대해서 "정이가 젊었을 때 지은 성숙하지 못한 이론이었거나 정이의 제자들이 잘못 전한 것이다"[29]라고 간주했던 본인의 자만심에 대해서도 크게 뉘우치면서 술회하였다.

> 다시 마음을 비우고 심기를 편안하게 하여, 정씨의 글을 천천히 읽으니 몇 줄 지나지 않아 얼음이 녹아 풀리는 듯하였다. 이후에 성정 본연의 모습과 성현의 깊고 미묘함, 올바르고 뚜렷함이 이와 같음을 알았고, 그리고 전날에 읽었던 책들에 대해서 읽은 것이 상세하지 않아서, 멋대로 지어내고 억지로 천착하여, 대체로 매우 힘들여 고생하면서 얻게 된 이론이 바로 나를 그릇되게 했다는 것을 알게 되었다.[30]

정이의 글에 대한 의심이 몇 줄 읽지도 않았는데 얼음이 녹듯 풀렸다는 말은 이미 주희가 정이의 글에 대해 어느 정도는 분별되고 새로운 깨달음이 있었든 것으로 보여 진다. 주희는 새로운 자신의 인식에 대해 다음과 같이 말하였다. "그전의 설(說)은 심과 성을 명명하는 것만이 부당한 것이 아니고 일상의 공부에도 전혀 본령〔핵심〕이 없었다. 대체적으로 지나친 것은 비단 글의 뜻에 대해 잘못 이해한 것만이 아니었다."[31]라고 하였다. 이런 과정 속에서 주희 나이 40세가 되는 건도 5년(1169년, 己丑年)을 분기점으로 대전환의 시기를 맞이하게 된 것이다. 위의 인용문과 내용들이 주희 철학의 기본 구조가 새롭게 정립되는 역사적 의미를 갖는 사건이 된 것이다.

이 사건을 분기점으로 주희는 기축년에 얻게 된 심성의 구조와 공부 방법상의 깨달음이 전환되었다는 뜻에서 기축지오라고 불렀다. 주희의 철학은 이 기축지오를 기점으로 중화구설과 중화신설로 구분된다.

그러한 여건 속에서 새롭게 정립한 중화신설에 대해 살펴보고자 한다. 중화신설을 형성하는 「여호남제공론중화제1서」의 내용을 심도 있게 살펴보면 정이가

---

29) 『朱子大全』 75卷, 雖程子之言 有不合者 亦直以爲 少作失傳 而不之信也.
30) 『朱子大全』 같은 곳, 復取程氏書 虛心平氣 而徐讀之 未及數行 凍解氷釋 然後知情性之本然 聖賢之微旨 其平正明白 乃如此 而前日讀之不詳 妄生穿穴 凡所辛苦而僅得之者 適足以自誤而已.
31) 『朱熹集』 64卷, 「與湖南諸公論中和第一書」, 乃知 前日之說 非惟心性之命名之不當 而日用工夫 全無本領 蓋所失者 不但文意之間而已.

말하였던 심에 대해 그동안 주희가 오해 하였던 것에 대한 반성으로 글이 시작되고 있다. 그동안 정이는 심을 이발로 말하였는데 주희도 심을 이발로 이해하였으며 아울러 성 또한 미발로 말하였다. 그럼에도 불구하고 정이의 글과 주희의 주장이 많은 부분에서 같지 않았다.[32] 즉 주희는 성과 심에 대해서 미발과 이발에 귀속 시켰던 구설에서 벗어나 본성〔性〕과 마음〔心〕이라는 구조에 정(情)이라는 개념을 도입하여 마음과 본성의 관계를 새롭게 정립하였다. 즉 '정'이라는 개념을 도입하여 마음과 본성의 관계를 새롭게 정립한 것이다.

이것은 주희가 心 · 性 · 情 을 논리적으로 분석하므로 그것들의 관계성을 재정립하여 명확한 체계를 확립하고〔心統性情〕, 수양의 문제에 대해서도 정이의 '마음을 기르는 데에서 반드시 경(敬)으로써 해야 한다〔涵養須用敬〕'는 말처럼 경건함〔敬〕으로 미발과 이발의 마음을 통섭하여 수양활동의 방법을 확립한 것이다. 이런 것을 중화신설의 핵심으로 볼 수 있다. 이것이 중화신설로 이르는 과정과 내용이다. 주희는 중화신설의 이론을 확립하면서 새로운 관점을 제시하였다. 그 관점의 내용은 성의 작용이 심이 아니고 실제로는 정이라고 해야 정확 하다는 것이었다. 성이 작용을 할 때 심이 성과 정을 통괄한다는 것이다. 즉 이발 때에 심이 됨과 아울러, 미발에 정이 될 때도 역시 심이 되는 것이다.

이것이야 말로 미발의 리가 되는 본성의 조리에 근거하여 이발의 모든 감정과 의식이 되는 사유와 행위를 주관하는 것을 바로 마음으로 인식한다. 이것이 바로 중화논변을 거쳐 치밀하게 분석 정리된 중화신설의 결론으로 볼 수 있는 것이다. 주희는 신설에서 확정한 마음에 관한 이론을 다음과 같이 제시하고 있다.

> (정이의) 「문집」과 「유서」의 제설을 살펴보면 모든 사려가 싹트지 않았으며 사물이 이르지 않은 때를 희로애락의 미발이라고 한다. 이 때는 곧 심은 적연하여 부동하는 체이며 천명지성이 그 본체에 갖추어져 있다. 그것이 무과불급하고 불편부의 하므로 중이라고 한다. 감하여 천하의 일에 통

---

32) 최정묵. 「주자의 중화설에 대한 고찰」, 『동서철학연구』 제20호, 한국동서철학회, 2000, P.271 참조.

> 하게 되면 희로애락의 정이 발하니 심의 작용을 보게 된다. 그 절도에 맞지 않음이 없고 어긋나지 않음이 없으므로 화라고 한다. 이는 인심의 바름으로서 정성의 덕이 그러하다.[33]

마음을 미발과 이발로 구분하고 이것을 다시 주체와 작용으로 규정 하였다. 즉 여기서의 이발은 외부대상에 대응하는 작용이고, 미발은 곧 그 대응을 유발하는 주체이다. 아울러 미발 시 마음의 체에 갖춰져 있는 천리가 온전한 상태를 中으로, 이발시의 마음의 용이 천하의 일에 통하여 어긋나지 않은 상태를 화로 묘사하고 있다. 그런데 위 인용문에 '인심의 바름으로서 정성의 덕이 그러한 것'이라는 언급이 있는데 여기에서의 중화의 상태는 인간의 삶에서 가장 이상적인 모습을 묘사한 것으로 이 관점은 다음과 같이 주희의 언급에서도 확인할 수 있다.

> 성인이 심은 사물에 감하지 않았을 때에는 그 체가 광대하고 허명하여 결코 약간의 편의함도 없으니, 이른바 천하의 대본이라는 것이다. 그 사물에 감함에 이르러서는 희로애락의 용이 각각 그 감한 바를 따라서 응하여 하나도 절도에 맞지 않음이 없으니, 이른바 천하의 달도라는 것이다.[34]

위 인용문에는 유가에서 제시하는 가장 이상적인 삶의 형태를 현실적으로 실현해 낸 성인의 마음을 서술하고 있다. 즉, 사물과 아직 접촉하지 않고 있는 마음의 미발상태에는 약간의 편의(偏倚)함도 없는 중이므로 천하의 대본이 되며, 천지 사물과 접촉하여 대응하는 이발 상태에서는 마음이 절도에 맞지 않음이 없는 화이므로 천하의 달도가 되는 것이다. 주희는 이와 같이 현실가운데 불완전한 인간들이 성인의 이상적인 삶을 살지 못하는 상황을 놓고 다음과 같이 설명

---

33) 『朱熹集』 卷64, 「與湖南諸公論中和第一書」, 按文集遺書諸說 似皆以思慮未萌事物未至之時爲喜怒哀樂之未發 當此之時 卽是此心 寂然不動之體 而天命之性當體具焉 以其無過不及 不偏不倚 故謂之中 及其感而遂通天下之故 則喜怒哀樂之情發焉 而心之用可見 以其無不中節 無所乘戾 故謂之和 此則人心之正而情性之德然也.

34) 『朱熹集』 卷67, 「舜典象刑說」, 聖人之心未感於物 其體廣大而虛明 絶無毫髮偏倚 所謂天下之大本者也 及其感於物也 則喜怒哀樂之用各隨所感而應之 無一不中節者 所謂天下之達道也.

하고 있다.

> 희로애락이 미발하면 곧 이른바 중이다. 발하여 절도에 맞지 않음이 없으면 곧 이른바 화이다. 그러나 사람이 사물에 의해 이끌려서 스스로 안정될 수 없으면 대본이 확립되지 않는다. 발하여 혹 절도에 맞지 않으면 달도가 실행되지 않는다. 대본이 확립되지 않고 달도가 실행되지 않으면 비록 천리의 유행이 단절된 적이 없다고 하더라도 나에게 있는 것은 혹 거의 멈추게 된다.[35]

비록 인간의 마음 가운데에 순수한 선으로서의 천명지성이 존재해 있다고 하더라도, 외부사물에 대하여 사적인 물욕으로 마음이 동요되어 주체성이 상실되면 중이 확립되지 않는다. 아울러 미발에서 중이 확립되지 않게 된다면 그 작용으로 화(和)도 실행되지 않게 된다. 이 의미는 한 개인이 中으로서의 대본이 확립되지 않으면 결국 화로서의 달도가 실행되지 않고, 존재세계도 전체를 관통하는 천리의 작용이 단절되지는 않더라도 개체에게 성(性)으로 부여된 천리의 흐름이 정지될 수밖에 없는 것이다.

주희는 마음의 주체성을 "마음이라는 것은 사람이 몸을 주재하는 존재로, 둘이 아니라 하나이고, 손님이 되는 것이 아니라 주인이 되며, 사물에게 지시를 받는 것이 아니라 사물에게 지시를 하는 것이다."[36]라고 언급하여, 그 본래의 기능이 몸과 외부사물로 말미암아 제약받지 않음을 강조한다. 즉, 외부사물에 대한 사적인 물욕을 원인으로 나의 주체성이 상실되는 상황을 미연에 방지할 수 있는 마음이 선천적으로 잘 갖추어졌음을 인정한다. 이것은 인간이 자신을 에워싼 상황적 여건을 자신이 스스로 극복하므로 자아를 실현할 수 있는 존재라는 것이다. 상대방에 대해 의존적인 존재가 아니라 본인 스스로 충족하는 존재인 것이다.

---

35) 『朱熹集』 卷67, 「中庸首章說」, 喜怒哀樂未發 是則所謂中也 發而莫不中節 是則所謂和也 然人爲物誘而不能自定 則大本有所不立 發而或不中節 則達道有所不行 大本不立達道不行 則雖天理 流行未嘗間斷 而其在我者或幾乎息矣.

36) 『朱熹集』 같은 곳, 「觀心說」, 心者 人之所以主乎身者也 一而不二者也 爲主而不爲客者也 命物而不命於物者也.

그렇지만 현실가운데 완전하지 못한 인간의 마음이 이러한 본래적 기능에 대해서 충분하게 실현하지 못하고 있다는 점에 대해서 역시 인정하고 있다. 그러므로 성인을 제외한 대부분의 인간이 마음의 본래성을 회복하여 中和를 실현해야 하는 숙제가 부여되고 있다. 중화신설에서 중화를 실현하는 방법으로 미발과 이발의 양쪽 측면에서 제시되고 있다. 즉, 미발 시에는 존양하고, 이발 시에는 성찰하는 수양공부가 병행되어야 하는 것이다. 이는 이동에게서 배운 미발을 중심으로 하는 방법론과 중화구설시기에 경도되었던 이발을 중심으로 하는 방법론에 대한 비판적 계승의 결과로 볼 수 있다.

> 생각건대 마음은 몸의 주인으로서 동정어묵 하는데 있어서 간격이 없다. 따라서 군자는 경에 대해서도 동정어묵 하는데 있어서 그 힘을 쓰지 않음이 없다 미발의 때에 이 경이라는 것이 실제적으로 존양을 주관하고, 이발의 때에 경으로서 언제나 성찰하는 사이에 행해진다.37)

위 내용의 핵심은 미발과 이발 중에 한 쪽으로만 치우치지 말고 이 두 상태에 따른 공부 방법을 제시하는데 그것이 존양과 성찰이다 그러나 존양과 성찰을 논함에 있어 앞서 찰식한 후에야 존양한다는 것에 대해서 주희는 반대하였다. 즉 반드시 발하는 것을 기다린 후에 찰식하고 그런 후에 존양하여야 한다는 이론에 이의를 제기한 것이다.38) 이동에게서 배운 구설의 방법으로는 정(靜)을 중심하고, 동(動)을 중심하였다면, 중화신설에서는 경(敬)을 중심하여 동정[已發未發]을 포괄하는 방법을 세우게 된다. 즉, 미발의 때는 경에 의하여 존양으로 중을 실현하고, 이발의 때에는 경으로 찰식하여 화를 실현하는 것이다.

> 그러나 미발 전에는 찾아 구할 수 없고, 이발 후에는 안배를 허락하지 않

37) 『朱熹集』卷32,「答張欽夫」, 蓋心主乎一身而無 動靜語默之間 是以君子之於敬 亦無動靜語默而不用其力焉 未發之前是敬也 固已主乎存養之實 己發之際是敬也 又常行於省察之間.

38) 『朱熹集』 같은 곳, 又如所謂 學者先須察識端倪之發 然後可加存養之玫 則怠於此不能無疑 蓋發處固當察識 但人自存未發時 此處便合存養 豈可必待 發而後察 察以後存耶.

> 는다. 그러나 평일에 장경으로 함양의 공이 지극하여 인욕의 사로서 혼란함이 없으면, 그 미발에는 거울처럼 밝고 수면처럼 잔잔하며 발하여서는 절도에 맞지 않음이 없을 것이므로, 이것이야 말로 일용에 본령이 되는 공부이다. 일에서 성찰하고 사물로 다가가서 미루어 밝히는 것은 또한 이것이 근본이 되는 것이니, 이발할 때에 관찰한다면 그 미발의 이전에 구비되는 것을 묵묵하게 알 수 있을 것이다.[39]

주희가 미발의 앞에서 찾아보았지만 구할 수가 없었다는 말의 의미는 스승인 이동으로부터 배웠던 미발중심의 방법론에 대한 비판이다. 애당초 주희가 이발중심의 방법론에 입각하여 중화구설을 형성한 것은 미발중심의 방법론 자체가 문제점을 지니고 있다고 생각하였기 때문으로 보인다. 그런데 구설과는 달리 신설에서 제시되는 미발과 이발을 중심으로 하는 공부에서는 경을 중심으로 하여 공부를 하게 된다. 즉 경에 의한 함양공부는 외부사물에 대한 사욕으로 인하여 마음이 동요되는 현상이 제어가 되므로, 미발 안에 내재하고 있는 천리가 자연스럽게 보존되어서 자동적이며 점차적으로 중이 확립되어 간다는 것이다. 다음은 『주희집』에 있는 경에 대한 의미를 설명하는 내용이다.

> 단지 평일의 장경으로 함양공부가 인욕의 사사로움으로 인해서 어지럽힘이 없다면, 발하지 않았을 때는 거울처럼 맑고 수면처럼 잔잔하며, 발하여서는 절도에 맞지 않음이 없을 것이다. 이것이 일용 공부의 본령이다. 일의 상황에 따라 성찰하고 사물마다 밝힘에 이것을 근본으로 하여 이발할 무렵에 살피면 미발지전에 갖추어진 것을 고요한 가운데 알 수 있을 것이다. 따라서 정자가 소계명에게 아주 자세하게 반복하며 논변하였다고는 하지만 끝내 경에 대해 말한 것에 지나지 않는다. 정자는 경을 잃지 않도록 하는 것이 곧 중이라하고 도에 들어감에는 경이상이 없다. 치지하면서 경에 해당되지 않는 자가 없다고 말하였지만 함양을 이루려면 경을 실천해야 하고 학문이 나아가려면 치지에 있다고 말했는데, 대체적으로 이것을 위한 것이다.[40]

---

39) 『朱熹集』 卷64, 「與湖南諸公論中和第一書」, 然未發之前 不可尋覓 已覺之後 不容安排 但平日莊敬函養之功至而無人欲之私以亂之 則其未發也鏡明水止 而其發也無不中節矣 此是日用本領工夫 至於隨事省察 卽物推明 亦必以是爲本 而於已發之際觀之 則其具於未發之前者 固可嘿識.

40) 『朱熹集』 같은 곳, 但平日莊敬涵養之功至而無 人欲之私而亂之 卽其未發也鏡明水

마음이 아직 발하지 않았을 때에는 함양하고 마음이 발하였을 때에는 그 드러나는 단서를 살펴 절도에 맞추는 것이 경이다. 주희가 공부방법론에 대해서 경에게 맡긴 비중은 정이가 제시한 경에 대한 의미를 그대로 계승하였음을 보여준다. 경에 의하여 공부하는 방법으로는 察識端倪가 있으며 함양으로 실천하는 공부에 대해서도 일상의 공부 내용으로 인정한다는 것이다. 이는 마음을 이발로만 여겼던 관점에서 결국에는 바뀌게 됨으로써 새로운 공부방법론으로 확정된 것을 의미한다. 주희는 다음과 같이 심의 의미규정과 공부방법의 문제에 대해서 깊이 반성하고 있다.

> 과거의 강론과 사색은 심을 이발로 여겨 일용공부에 있어 다만 찰식단예를 최초의 착수처로 생각함으로써 평일의 함양공부를 결여하여 마음이 혼란하기만 하고 심잠순일 하는 맛이 없었다. 그래서 말하고 일함에 있어서도 항상 들떠 급하기만 하고 온화하고 심후한 풍모는 없었다.[41]

이러한 자신의 지난날 지녔던 주희의 견해에 대한 반성은 이미 「이발미발설」에서도 술회 하였는데, 다시 이것을 논한다는 것은 자신의 잘못된 견해에 대한 통렬한 자기반성을 의미한다. 또 하나의 중화신설의 내용을 설명하고 있는데 글은 『주희집』 卷32 「書·答張欽夫」이다. 역시 이 글도 「중화구설」에서 갖고 있었던 자신의 견해에 대한 반성과 심을 위주로 하는 이발미발의 정리를 논하는 것으로 시작되고 있다. 중화구설에 대한 주희의 입장은 공부 방법에서 중요한 핵심이 결여된데 있으며, 이것의 한계는 심을 주된 것으로 삼아 性과 情을 이해하는데 있다고 한다. 이렇게, 심을 위주로 하는 경우 性·情과 중화의 올바른 개념

止而其發也無不中節矣 此是日用本令工夫 至於隨事省察 則物推明 亦必以是爲本而於已發之際觀之 則其具於未發之前自 固可嘿識 故程子之答蘇季明 反復論辨 極語詳密 而卒之不過以敬爲言 又口 敬而無失卽所以中 又口 人道莫如敬 未有致知而不在敬者 又口 涵養須是敬 進學則在致知 蓋爲此也.

41) 『朱熹集』 같은 곳, 向來講論思索直以心爲已發 而日用工夫亦止以 察識端倪爲最初下手處 以故闕却平日涵養 段工大 使人胞中優優 無深潛純之味 而其發之言語事爲之間 亦常急迫浮露 無復雍容深厚之風.

정립이 토대가 된다.[42] 중화신설의 확립은 심에 대하여 한 이해 정립에서 출발한다. 이것은 심에 대한 언급에서 확인할 수 있다.

> 사람의 몸이 지각하고 운용하는 것은 모두 심이 하는 것이다. 즉 심이란 몸의 주인이 되어 동정과 말함과 침묵을 다 주관한다. 그러나 주위가 고요하면 사물에 이르지 아니하고 사려가 싹트지 않으나, 성에 혼잡이 없어 도의가 갖추어지니 일컬어 중이라 한다. 이것이 바로 심의 본체로서 고요하여 움직이지 않는다. 마음이 움직일 때 사물이 교류하며 사려가 싹이 트면 칠정이 작용하니 이것이 화이다. 이것이 마음의 작용으로 느껴 서로 소통한다.[43]

이렇게 심과 연계되어있는 이발과 미발에 대한 이해는 공부방법론과의 관계에 있어 그 관계 가운데에서의 한 방법으로 제시되고 있는 것이 바로 敬이다. 이러한 관계에 대해서 주희는 다음과 같이 말하였다. "대체적으로 심이 몸을 주관할 때 동정어묵(動靜語默)의 간격이 없으므로 경을 군자가 실천함에 있어 동정어묵을 활용하지 않을 수 없다. 발하기 이전에도 경이므로 존양의 결과를 주체로 하였고, 이미 발하였어도 경이니 성찰하는 사이에서도 언제나 움직인다."[44] 미발과 이발 어느 한 쪽으로도 경도되지 않고 이 두 상태에 의한 공부 방법의 제시가 존양과 성찰이다. 그러므로 존양과 성찰을 논함에 있어 우선 찰식한 후에 존양하여야 한다는 선과 후의 구분에 대해 주희는 반대하였다.

그는 발하는 것을 반드시 기다린 후에 찰식하고 그런 후에야 비로소 존양한다는 형식적인 이론에 이의를 제기한 것이다.[45] 이것은 장식의 방법에 대한 비

---

42) 『朱熹集』 卷32, 「答張欽夫」, 然比觀舊說 却覺無心綱領 囚復體察得見此理 須以心爲主而論之 則性情之德中和之妙皆有條而不案矣.

43) 『朱熹集』 같은 곳, 然人之身 知覺運用莫非心之所爲 則心者固所以主於身 而無動靜語默之間者也 然其靜也 事物未至 思慮未萌 而性渾然 道義全具 具所謂中 是乃心之 所以爲體而寂然不動者也 及其動也 事物交至 思慮萌焉 則已情送用 各有攸主其所 謂和是乃心之所以爲用 感而遂通者也.

44) 『朱熹集』 같은 곳, 且從初不曾存養 便欲隨事察識 竊恐浩浩茫茫 無下手處 而豪幣之差 千里之繆將有不可勝言者.

45) 『朱熹集』 같은 곳, 又如所謂 學者先須察識端倪之發 然後可加存養之玫 則怠於此不能無疑蓋發處固當察識 但人自存未發時 此處便合存養 豈可必待 發而後察 察以

판이다. 주희가 존양과 성찰에서 갖고 있는 선후에 대한 문제의식은 언제나 존양이 먼저고 성찰이 후라는 것이다.

이는 근본을 바로 하는 존양을 먼저 하지 않은 상태에서 찰식만 앞서 하는 것은 그 출발점을 상실함과 같아 큰 오류를 범할 수 있는 것으로서 존양과 찰식을 동시에 아우르는 공부방법이 바로 경이라는 것이다. 이것이야 말로 이발과 미발에 대해서 심을 주된 것으로 삼는 개념정립을 기초로 하여 존양과 찰식이라는 경에 의한 공부방법론이 정립된 것을 의미하는 것이다. 주희 철학에서 이발과 미발, 즉 中과 和에 대한 개념정립은 心·性·情에 대한 의미규정이라는 매우 중요한 뜻을 갖는다. 동시에 이것은 공부방법론의 결정과 연결된다는 점에서 차지하는 비중이 매우 크다. 주희가 경험을 하며 변화하는 학문적 문제해결의 성장과정은 대략 세 단계로 나누게 된다.

주희가 아버지의 유명에 의해 호헌, 유면지, 유자휘 등에게 가르침을 받으면서 도·불의 사상에 관심사를 가졌던 때가 첫 번째 단계이다. 그 이후에 스승 이동을 만나면서 비로소 유학에 대한 관심을 새롭게 갖게 되었다. 그는 이동과의 만남으로 유학에 대한 관심뿐만 아니라, 미발기상체인(未發氣象體認)이라는 공부 방법으로 인해 수용과 회의(懷疑)를 동시에 내재하게 된다. 이동이 제시한 공부 방법에 대해 회의를 갖게 되는 이유는 이발찰식단예(已發察識端倪)를 주장하는 장식을 만나 영향을 받았기 때문이다. 이러한 사정으로 이발을 위주로 하여 공부방법론을 구축하게 되는데 그 과정이 바로 두 번째의 변화이다.

그러나 결국은 두 번째 방법론마저 다시 부정하며, 정이가 제시한 이론으로 미발을 위주로 이발도 끌어안는 새 방법론을 수립하여 세 번째의 학문적 변화를 하게 된다. 세 번째의 변화를 구체적으로 살피면 단지 이발만을 심으로 간주하는 중화구설의 인식과 수양론을 부정하고, 미발과 이발을 심으로 끌어안아 동정의 방법을 함께 아우르는 공부방법론을 구성하게 된다. 이것은 심의 동정에 의해 존양과 성찰의 방법을 이상과 현실, 본질과 현상을 중요시하는 주희의 태도를 엿보게 한다. 미발을 성으로 이발을 심으로 간주하는 중화구설의 인식과는 다르게 새로운 방법론은 심의 미발과 이발에 대해서 각각 성과 정으로 이해하는

後存耶.

심·성·정에 대한 개념규정의 확립을 기초로 하여 성립 되었다.

2부. 주희의 사상적 연원

주희의 핵심사상은 성리학에 다 들어있다. 성리학은 일반적으로 존재하는 현상세계의 모든 것을 리와 기의 개념으로 설명한다. 리와 기의 개념은 사물의 생성과 존재를 말하고 성(性)과 정(情)등을 통해서 인간의 심리상태까지 리와 기의 개념으로 설명한다. 그러므로 주희는 리와 기로서 우주와 인간을 포함한 만물세계를 논 할 수 있는 방대한 이론 체계를 이룬 것이다. 그러므로 인간세계의 성정의 문제들을 리와 기의 문제로 귀착시킨다. 이렇게 볼 때 주희의 이기론은 주희의 핵심 이론이고 중심사상이 된다. 따라서 주희 사상의 연원을 주돈이의 태극사상, 장재의 기본론, 정이의 리본론으로 분류하여 살피고자 한다.

1. 주돈이의 태극사상

송대에 이르러 주돈이는 「태극도설」에 무극과 태극을 만물의 근원으로 제시하였다 그리고 주돈이의 우주본체에 대한 논의는 그의 「태극도설」에서 주로 다루어졌다. 무극과 태극에 대해서도 주돈이의 후대에 치열한 논변이 있었지만 그 논쟁은 지금까지 이어지고 있을 정도이다. 그 까닭은 「태극도설」이 비록 본체나 우주생성에 대한 함의가 깊다고 하더라도, 겨우 249字 밖에 되지 않는 가운데 우주관, 인생관 등을 개괄하고 있으므로 빚어지는 결과라고 할 수 있다. 또한 주돈이의 저작 속에 함유되어 있는 道·佛의 사상적 연계 역시 태극과 무극에 관한 이해를 어렵게 하고 있다.

아울러 무극과 태극과의 개념의 연용으로 인해 만들어진 자구의 구성으로 인한 혼동이 야기되고 있다. 즉 이 문제로 인하여 무극과 태극의 개념을 확실하게 파악하는데 장애가 되는 것이다. 특히 무극과 태극간의 연칭이 문제가 된다. 일반적으로는 '무극이태극(無極而太極)'이라고 쓰이고 있는데 그 외에 대표적으로 쓰이고 있는 것이 '자무극이위태극(自無極而爲太極)'과 '무극이생태극(無極而生太極)'이다. 전자를 주희가 주장한 무극과 태극의 관점이라고 한다면, 후자의 무극과 태극은 주돈이의 입장으로 볼 수 있다. 주돈이의 태극론을 제대로 이해하기 위해서 무극과 태극에 대한 개념정리를 하고자 한다.

무극과 태극에 대한 개념정리에 문제가 되는 부분이 「태극도설」의 머리글자인 '무극이태극'의 표현에 대한 문제이다. 그 내용을 주희가 수정하였다는 것이다. 무극을 사용할 때 혹여 '자무극이위태극(自無極而爲太極)'으로 사용될 경우 '무극에서 태극이 나왔다'라고 해석이 될 소지가 다분하다. 그렇게 되면 도가의 '무에서 유가 나온다.'는 관점과 같아지기 때문이다. 그러면 평소에 도가의 무에서 유가 나온다는 내용을 비판한 주희의 입장이 매우 난처해지기 때문이다. 그렇기 때문에 하는 수 없이 無極而太極을 사용 할 수밖에 없는 실정인 것이다. 그래서 이 문제를 피하기 위하여 그렇게 했다는 것이다. 주희에 대한 언급은 본체론에서 하기로 하고 여기에서는 주돈이의 태극개념만을 다루기로 하겠다.

일반적으로는 이미 알려진 대로 「태극도설」의 수구가 '무극이태극'이라고 생각하기가 쉽다. 그렇지만 그것은 주희에 의해서 만들어진 자구라는 의견 또한 만만치 않다. 그래서 그 문제를 우선적으로 다루어 과연 어떤 문장이 주돈이의 문장일 가능성이 높을 것인가를 확인해 보고자 한다. 「태극도설」 주돈이 유문의 판본 가운데 주희가 가장 먼저 수정하려는 대상은 『춘능본(春陵本)』, 『영능본(零陵本)』, 『구강본(九江本)』, 『장사본(長沙本)』으로 보인다. 이 판본들은 서로 동이한 부분이 있으므로, 주희는 특히 『장사본』이 이들 판본 가운데 가장 나중에 출간되었는데도 제일 상세하다고 여겨 『장사본』을 편정의 우선적인 대상으로 삼았다[46]

이 『장사본』은 주희가 건도 기축인 1169년에 편정된 것으로, 그의 나이 39세 때이다. 그것은 주희가 定한 판본 중에서 제일 빠른 것이며,[47] 그 특징은 『정문본』과 마찬가지로 「태극도」가 권말에 부착[48]되어 있었다는 점이다.

---

46) 『周子全書』 卷11, 太極圖說通書後序 長沙本最後出 乃熹所編定.
47) 勞思光, 鄭仁在 譯, 『中國哲學史』 「宋明篇」 探究堂 1997, P.107

『구강본』의 수구는 '무극이생태극(無極而生太極)'으로 되어 있다.[49] 주희는 『구강본』에 오류가 있음을 지적하면서 「태극도설」에서의 오류는 무극이생태극의 글자 가운데 생자가 있는 것이 잘못된 것 이라고 지적하였다.[50] 이러한 주희의 지적은 당시 『구강본』에 기록된 주돈이의 「태극도설」의 머리글자가 '무극이태극'으로 기록되어있지 않았음을 말해주고 있다. 자신의 학문적 관점에 기초해 「태극도설」의 수구를 '무극이태극'으로 해석한 주희는 『구강본』에 기록된 '무극이생태극'을 발견하고 생자가 잘못됨을 지적하는 내용으로 보아 당시의 『구강본』에는 생자가 있었음을 확실히 알 수 있는 내용이다.

그리고 주희는 주돈이 사후 약 100年이된 1188年에 간행된 『국사주돈이전』에 기재 된 「태극도설」의 수구가 '자무극이위태극'으로 표기된 것을 보고 '자' '위' 두 자가 『국사』를 수정하는 담당자가 잘못 기재한 것이라고 지적하면서, 수정할 것을 요구하였으나 관철되지 않았다. 육구연 역시 주희와의 논변 가운데 실제로 『국사』의 「염계전」에 '자무극이위태극'이 기록되어 있다고[51] 이의를 제기 하였다. '무극이생태극'이나 '자무극이위태극'의 자구는 다르지만 그 의미는 같다고 보아야 한다. 즉 태극 이전에 무극이 있고 그 무극으로 인해 태극이 나온다는 것이다. 그런 상황에서 주희는 바로 '생'과 '자·위'에 수정을 가하여 주돈이의 「태극도설」 머리의 첫 글자를 '무극이태극'으로 수정 변경시킨 것이다.

'자무극이위태극'의 내용을 발생적 관계에 기초해서 보면 무극은 태극보다 선재하고, 무극이 우주발생의 최초의 존재가 되며, 무극에 의해서 태극이 생성된 것이라는 뜻을 가지게 되는 것이다. 그런데 무극과 태극의 관계에서 도가의 '유생어무(有生於無)'의 관점을 기초해서 보게 되면 무극은 無가 되고 태극은 有가 된다.[52] 무극을 태극의 근원으로 인식하게 되는 이러한 관점은 주돈이 사상의 전래와 영향, 또한 고증에 따른 자구적 분석에 기초한 것에 불과하다. 이러한 관점에 기초하여 주돈이 태극에 관한 논의를 조금만 눈여겨봐도 당연히 태극은

48) 『朱子大全』 卷7. 再定太極通書後序 ……然諸本皆附于通書之後.
49) 朱伯崑, 『易學哲學史』2, 昆仑出版社, 2005, p.102.
50) 王茂, 「周子學考辨」, 『中國哲學史研究』, 1986, p.56 참조.
51) 『朱子大全』 卷36, 答陸子靜 近見國史濂溪傳, 載此圖說, 乃云自無極而爲太極.
52) 高康玉, 「人極圖說研究」, 『哲學研究』 10, 철학연구회, 1985, pp. 12-13 참조.

유형유상의 음양오행과, 만물의 통일체가 되어, 무극에서 근원이 비롯되므로 우주만물의 본체는 태극이 아니라 무극이 되는 것이다.

주돈이는 「태극도설」에서 태극을 우주의 본체로 제시하면서, 그 의미와 본질이 무엇인가를 밝히지를 않았다. 그러므로 태극이 무엇을 의미하는가를 확인하려면 태극개념에 대해서 문맥과 전개과정을 합리적으로 추론하여야 한다. 태극이라는 어휘가 유가에서 처음 등장하는 전적은 『주역』「계사전」이다. 「계사전」을 보면 "역에 태극이 있으니 태극이 양의를 생하고 양의는 다시 사상을 생하고 사상은 팔괘를 생한다"[53]고 되어있다 그러므로 「계사전」 에서의 태극이란 최고 단계의 역리이면서, 양의와 사상과 팔괘로 분화되어지는 변화의 출발점이다.

한편 태극의 사전적 의미로는 태는 '크다' 혹은 '시초'라는 뜻을 갖고 있다. 그리고 '극'이라는 말은 여러 의미를 내포하고 있는데, 지금까지 표출된 개념을 살펴보면 첫째는 中, 둘째는 지극, 셋째 표준, 넷째는 근본 또는 근원이라는 의미이다. 하지만 「태극도설」에서의 태극이란 우주를 표현하는 의미로 사용하였으므로 태극은 만물을 시작하는 근원이라는 의미가 맞는 이름이라고 생각된다. 그러나 「태극도」와 「태극도설」의 중심이 되는 사상은 바로 천인합일이며 천인합일사상은 하늘과 인간이 하나가 되는 사상이다. 하늘로부터 품부 받은 마땅히 살아야 할 도리가 하늘과 하나 될 수 있는 매개가 되는 것이다. 그래서 인간의 근원이 하늘임을 알리는 사상이다.

인간이라는 존재는 우주에서 어떤 존재로 드러나는가? 그것은 우주의 작용으로 인해서 구체적인 모습으로 드러난다고 본다. 따라서 인간을 만들고 드러나게 하는 존재의 근원을 우주라고 보며 그 우주를 본체라고 생각하는 것이다. 따라서 「태극도설」에서의 태극은 『역』 에서 나오는 모습과는 다르게 만물을 생성시키고 각각의 꼴을 갖게 하는 만화(萬化), 만물의 근원이자 우주의 본체라는 개념으로 보아야 한다.

그런데 우리가 「태극도설」에서 보았듯이 '자무극이위태극'의 하나로서 발생론적 관계에서 본다면 무극이 태극에 앞서 선재하게 되는 가운데 우주발생의 주관

53) 『周易』, 「繫辭傳」, 易有太極 是生兩儀 兩儀生四象 四象生八卦 八卦定吉凶 吉凶生大業.

자는 무극이 되는 것이며 태극은 무극에 으로부터 생성되는 피조의 대상이 되는 것이다. 도가의 '유생어무(有生於無)' 입장의 시각에서 관찰해보면 무극은 무가 되고 태극은 유가 되는 결과를 맞게 된다.[54] 무극을 태극의 근원으로 보게 되는 이 관점은 주돈이 사상의 전래와 영향, 또한 고증에 따른 자구적 분석에 기초해야 한다. 이러한 관점에 기초하여 주돈이의 태극에 관한 논의를 관찰해보면 태극은 음양오행 즉 만물과 같은 존재가 되고 무극에서 비롯되므로 태극이 우주만물의 본체가 되지못하고 무극이 그 본체가 되는 것이다.

주돈이는 「태극도설」에서 '무극지진 이오지정 묘합이의(無極之眞 二五之精 妙合而疑)'을 말한다. 여기에서의 '무극지진'도 마찬가지로 무극에 이미 진이 있기 때문에 그것이 이오의 정과 묘합하여 응결됨을 의미한다.[55] 그래서 무극지진은 무극을 설명하는 것이 된다. 「태극도」나 「태극도설」의 논리로 해석한다면 주돈이의 우주발생은 무극으로 말미암아 태극이 형성되는 것으로 무극과 태극의 관계는 선무극후태극의 발생적 관계로 보아야지 '무형이유리'로의 '무극이태극'인 대등한 관계는 아니라고 볼 수밖에 없다.

도가에서 무극이란 말의 의미는 공간적인 뜻으로는 극의 무, 즉 무가궁극, 무변, 무한을 말하고, 감각의 세계로는 무명, 무상(無象), 무상(無狀)으로 말하는데 이 모든 것은 도의 영역을 말한다. 이러한 무극의 개념은 노자가 최초로 무극을 언급한 이후 도가뿐 아니라 불가, 심지어는 유가에서까지 무극을 말하게 되어 위, 진, 수, 당 이래의 유·불·도 삼교의 합일 과정 중에서 이미 보편적으로 쓰이게 되었다[56] 『노자』에서의 무는 그것이 단순한 무를 뜻하는 것이 아니다. 그것은 오히려 만유가 생기는 근원으로서의 기능을 갖는 무이다. 즉 『장자』「재유편」에서의 '인무궁지문 이유무극지야(人無窮之門, 以遊無極之野)'에서 말하고 있는 '무궁'이란 시간으로서의 무종무시를 의미하고, '무극'은 공간상의 무한을 가리킨다고 보아야 한다.

『노자』에서의 무극도 공간에서의 무한을 뜻하는 것이지 그것이 궁극존재자의

54) 高康玉, 「人極圖說硏究」, 『哲學硏究』 10, 1985, pp.12-13 참조.
55) 이천수, 「주렴계 사상의 연구」, 원광대학교 박사논문, 2021, p.53.
56) 張立文, 『宋明理學硏究』, 中國人民大學出版社, 1985, p.119 參照.

의미는 아니라고 본다. 『노자』의 무극은 극과 관련하여 무궁의 의미를 갖고 있다고 볼 수 있다.[57] 그러나 이 무극은 무궁만을 단순히 가리키는 것은 아니고 무형무상의 최고 정신적인 실체를 가리키는 것으로 보아야 한다.

주돈이는 이러한 『노자』에서의 무극 개념을 『역』의 태극 개념과 결부하여 사용하였다. 주돈이의 '무극이태극'으로서의 태극을 본체로 하는 것과 주희가 '무극이태극'으로서의 태극을 본체로 하는 것과는 차이가 있다.

주희는 주돈이 「태극도설」의 첫 문장이 '무극이태극'이 당연히 되어야 한다고 본다. 그 이유는 태극의 밖에 무극이 있는 것이 아니기 때문에 무극과 태극은 동등한 관계로 연결되어야 한다고 보는 것이다.[58] '무극이면서 태극이다' 에는 주사(主辭)가 빠져 있다. 따라서 무엇이 무극인가와 함께 동시 의문에 접할 수 있다. 즉 '무극이위태극'이나 '무극이생태극'인 경우에는 무극이 주사가 되지만 '무극이태극'의 경우에는 무극과 태극이 동등한 관계를 이루고 있어 주체와 대상의 관계가 밝혀지기가 어렵다. 주사가 '무극이태극'의 경우에는 무극과 태극을 벗어나지 않고 그 안에 존재하고 있는 것이 된다.[59] 곧 무엇이 무극이면서 태극인가? 라고 했을 때 무극이 곧 태극이고 태극이 곧 무극임을 말할 수 있게 되는 것이다.

주희는 이 관계에 대해서 '무형이유리(無形而有理)'로 파악하고 있다. 이것은 「태극도설」에서 주돈이가 무극과 태극의 관계를 무극선태극후의 관계로 파악한 것과는 다르다. 주돈이는 「태극도설」에서 태극 및 음양오행, 건남곤녀, 만물로 연결되는 생성이 무극에 의한다고 보았다. 주돈이는 무극과 만물의 관계에서 무극에 관련하여 "무극에서 태극이 된다 ·····무극의 진과 이오의 정이 묘하게 합하여 굳어지게 되면, 건도는 남성을 이루고 곤도는 여성을 이룬다. 이 이기(二氣)가 교감하게 되면 만물이 생겨나게 된다"[60])고 하였다. 이 경우 본체는 무극

---

57) 張軍夫, 「無極辨與屬性範鶴實體化」, 『中國哲學範爾集』, 人民出版社, 1982, pp.360-364 參照.

58) 『太極圖說解義』, 上天之載 無聲無見 而實造化之樞紙 品集之根抵也 故日無極而太極 非太極之外 復有無極也.

59) 피재우, 「주돈이의 수양론에 관한 연구」, 대구한의대 박사논문, 2022, p.63.

60) 『性理大全』, 「太極圖說」, 自無極而爲太極 無極之眞 二五之精 妙合而凝 乾道成男 坤道成女 二氣交感 化生萬物.

이 되고 현상은 태극이 이 된다.

주돈이는 “오행은 하나의 음양이고, 음양은 하나의 태극이며, 본래 태극은 무극이다.”[61] 라고 하여 오행→음양→태극→무극으로 역순으로 가는 과정에 있지만 무극과 태극은 그 과정을 형성하고 있다. 주돈이는「태극도설」에서 무극과 태극과의 관계설정을 무극이 태극의 본원으로 하고 있지만 그것을 규정하지는 않았다. 즉「태극도설」에서의 주돈이의 입장은 무극은 태극의 본원이므로 무극이 본체이고 태극은 그 본체의 대상으로서의 최초의 형태로 나타난 것으로 볼 수 있다. 주돈이가「태극도설」에서 무극을 우주만물의 최고 궁극의 존재로 있는 것은 노자에서의 ‘유생어무'의 경우와 같다고 볼 수 있는 것이다.

다음은 태극으로서의 본체에 대해서 고찰하고자 한다. 주돈이는「태극도설」에서 ‘자무극이위태극’의 명제를 제기하면서 무극을 본체로 삼았다. 반면에 그는 『통서』에서 무극개념을 전혀 사용하지 않았다. 그는 무극을 대신하여 태극과 신을 사용하였는데 주돈이의 태극에 관한 이러한 태도는 아마도 『역』의 태극개념을 염두에 둔 것으로 보인다. 『역』에서 의미하고 있는 태극의 의미를 고찰하고자 한다.

「계사전」에 “역에는 태극이 있다. 태극이 양의를 생하고 양의가 사상을 생하며 사상이 팔괘를 생한다. 팔괘는 길흉을 정하고 길흉이 위대한 사업을 낳는다.”[62]라고 말한다. 여기에서 태극에 대해서 대체로 우주만물이 개시되는 최초의 본원, 즉 본체로 설명하고 있다. 그러나 태극이란 개념이 『역』,「계사전」에 등장한 이래 태극에 대한 해석을 놓고 시대와 학파에 따라 의견이 분분했다. 그런데「계사전」에서의 ‘역유태극’은 형이상학적 입장에서 우주의 원리 및 생성과정을 해설 했다기 보다는 사물로서의『역』을 구체적으로 해설한 것으로 볼 수 있다. 즉 역, 괘, 효의 성립과정을 현상적으로 설명한 것이며, 괘효 의 음양의 작용을 설명한 것일 뿐이다.

『주역』에서 보이는 태극은 그 자체가 현실적인 생성 변화에 대하여 직접적으

---

61)『性理大全』, 같은 곳, 五行一 陰陽也 陰陽一太極也 極本無極也.
62)『性理大全』, 같은 곳, 易有太極 是生困儀 兩儀生四象 四象生八卦 八卦定吉凶 吉凶生大業.

로 언급되었다기보다는 현실의 변화하는 모습은 음양, 사상, 팔괘를 통하여 표현되고 있다 이러한 『주역』의 논리는 단순히 자연의 생성, 소멸하는 모습을 표현하는 것이 아니라 그 변화를 가능케 하는 원리로서 천도와 그에 대응하는 인간의 자세까지를 보여주는 것이라고 할 수 있다. 따라서 주돈이가 종래의 유학사상을 재료로 하여 우주론을 전개함에 취할 수 있는 것으로 나타난 것은 바로 『주역』「계사전」에 나타나는 변하는 것 중에 변하지 않는, 즉 만유의 근원적 원인이며 모든 도리의 총합인 태극이었던 것이다.

우리는 주희의 태극사상에서 다루는 태극의 시원을 주돈이의 「태극도설」속에 있는 태극으로 그 태극과 주희의 태극이 꼭 들어맞는 태극을 밝히고자 함이 아니라 성리학에서의 중심인 리가 되는 태극, 그 태극의 사상적인 연원을 확인 하고자 하였다.

2. 장재의 기본론

기에 대한 개념은 송대로 접어들어서야 비로써 태극과 기의 본질에 대해 처음으로 체계화된 철학적인 논리가 수립되었다. 그가 바로 북송의 장재(1020-1077)이다. 장재는 우주의 본체를 氣로 보고 기의 취산과 굴신으로 만물의 운동변화를 설명하는 기본론을 수립하였다. 기본론이란 기를 중심으로 하는 기에 대한 학문을 말한다. 기라는 개념은 그 정의가 시대와 환경에 따라 달라지기는 하였지만, "사물을 구성하는 근원으로서, 활동력과 생명력을 갖춘 것이다."[63]라고 일반 적으로 정의할 수 있다. 장재는 본인 이전의 학자들과는 달리 치밀하게 전체를 관통하면서도 다방면적인 개념으로는 다루지 않았다.

그는 기에 대해서 다음과 같이 말 하였다. "기에는 한결같은 음양이 있는데, 앞으로 나아감에 순차적인 단계가 있는 것이 변화가 되고, 음양이 하나로 합하게 되어 그 고유함이 측량할 수 없을 때 신이 된다."[64], "신이란 하늘의 덕이고, 변화는 하늘의 도이다. 덕은 신의 본체가되고, 도는 신의 작용이 된다. 하지

63) 山井湧, 朱子の哲學仁 おける「氣」',『明淸思想史の硏究』, p.44 參照.
64) 『正蒙』「神化」, 氣有陰陽 推行有潮爲化 合一不測爲神.

만 기라는 것은 하나일 뿐이다."[65] 이 말의 의미는 기를 한편으로는 우주 본체의 본질로 파악하고 있고, 또 다른 측면으로는 기 자체 내에 사물의 운동이 일어날 수 있는 요인을 함께 갖고 있다는 것을 의미하고 있다. 즉 우주만물을 통일시키는 원리를 내재하고 있음을 뜻하는 것이다. 따라서 장재는 기에 대해서 일물양체라는 명제를 제기하고 있다.

그는 '기본론'의 관점에서 천·지·인 삼재가 하나 된 도를 태극이라고 하였다. "하나의 사물에는 두 가지 체가 있다. 그것은 태극을 말하는 것이다. 음양은 천도로서 상(象)을 이루고 강유는 지도로서 그것을 본받는다. 인의는 인도로서 성(性)을 확립한다. 삼재가 두 번 겹치니 건곤의 도가 아닌 것이 없다. 역은 하나의 사물이나 삼재이고 천지인은 하나다."[66] 여기에서 하나의 사물 안에 두 가지 체가 있다는 일물양체를 말하고 있다. 그는 기본론의 관점에서 천·지·인 삼재가 합일된 도를 바로 태극이라고 하였다.[67]

그러면 '일물양체'를 기라고 하는 그 기는 과연 무었일까? 장재는 "일물양체는 기이며 하나이기 때문에 신이며, 둘이기 때문에 화라고 말한다."[68] 그는 대립의 국면에서 운동과 생성의 근원을 찾는다. 즉 대립하는 양체의 존재 없이는 어떠한 일물도 존재할 수 없게 된다는 것이다.[69] 양체는 실재하는 운동으로서 다음과 같이 설명된다. "둘이 서지 않으면 하나가 드러지 않고, 하나가 드러나지 못하면, 둘의 작용이 멈추어진다. 양체라는 것은, 허와 실이고, 동과 정이며, 취와 산이고, 청과 탁함이나, 그것은 궁극적으로 하나이다."[70] 양체라고 하는 것은 상하 · 동정 · 취산 · 청탁과 같은 대립적 개념이며 동양사상인 대대의 원리이다. 이러한 개념들은 서로 대립적 의미를 가지며 주고받는 수수작용의 원인이 되기도 한다.

---

65) 『正蒙』 같은 곳, 神 天德 化 天道 德 其體 道 其用 一於氣而已.
66) 『橫渠易說』「說卦」, 一物而兩體者 其太極之謂戴 陰陽天道 象之成也 剛柔地道法之效也 仁器人道 性之立也 三才兩之 莫不有乾坤之道也 易一物而三才 天地人一.
67) 몽배원, 홍원식 외 3인 역, 『성리학의 개념들』, 예문서원, 2011, p.131 참조.
68) 『正蒙』, 「參兩」, 一物兩體 氣也 一故神 兩故化.
69) 김학권, 「장재 우주론과 인간론」, 『철학연구』 제77집, 대한철학회, 2001, p.66.
70) 『正蒙』, 「太和」, 兩不立則一不可見 一不可見則兩之用息 兩體者 虛實也 動靜也 聚散也 淸濁也 其究一已.

이러한 대립적 개념들을 대표하는 것은 바로 음양이다. 음과 양이 서로 별개로 존재하나 그것의 결합이 이루어지면 생성이 이루어진다. 이는 농경문화권속에서 등장한 자연의 생성 모습을 보고 유추한 사고로서 동양사상 전반에 뿌리 깊게 내재하고 있다. 기는 일물양체의 특성을 가지고 있는데 이로 인하여 기 자체에 생성이 가능하게 되는 운동의 원인이 내재되게 되는 것이다. 그래서 장재는 다음과 같이 말한다.

> 기는 가득한 태허로서, 승강 비양이 일찍이 그치고 쉼이 없다.……이것은 허실 · 동정의 기틀이며, 음양 · 강유의 시작이다. 부상하는 것은 양의 맑은 기이고, 하강하는 것은 음의 탁한 기이다. 그것이 상호 교감하며 취산하여, 바람이 되고 비가 되며, 눈이되고 서리가 된다. 만물의 변화와 생성, 산천의 응결과 융화, 지꺼기나 타고남은 불과 잿더미, 이것 모든 것이 기가 그렇게 되도록 하지 못하는 것이 없다.[71]

이러한 그의 표현은 기에 이미 생성작용이 발생하는 운동의 원인자체가 내재되어 있음을 말하는 것이다. 기의 운동성은 기 자체에 내재되어 있는 것이지 외부에서부터 발생하는 것이 아니다. 이러한 논리는 인간에게 역시도 마찬가지로 적용된다. 인간 역시도 기의 운동으로 인하여 형체를 얻기 때문에 같은 논리의 적용을 받는다. 또한 이러한 운동의 원인의 내재성은 끊임없는 운동으로서 생성을 이루어 내게 된다.

장재는 일물양체에 대해 다음과 같이 말하고 있다 "양쪽에 체가 있으면 하나가 태극이다 …… 양체이면서 그 하나가 사물이면 태극인 것이다."[72] "둘이 있으면, 하나가 있게 된다. 이것이 태극이다. 혹여 하나가 존재하면, 둘이 있고, 둘이 존재하면 또한 하나가 있게 되지만, 둘이 없어도 하나는 있다. 하지만 둘이 없다면 어떻게 하나로 쓰여 지겠는가 태극이 아니라면 공허일 뿐이며, 삼인천이 아니다."[73] 장재는 태극을 태허의 기와 동일한 개념으로 규정짓는다. 동시

---

71) 『正蒙』, 같은 곳, 氣坱然太虛 昇降飛揚 未嘗止息……此虛實動靜之機 陰陽剛柔之始 浮而上者陽之淸 降而下者陰之濁 其感遇聚散 爲風雨 爲雪霜 萬品之流形 山川之融結 糟粕煨燼 無非敎也.
72) 『正蒙』,「易說」有兩則有一是太極也……一物而兩體 其太極之謂歟.

에 태극은 일물양체론의 범주로 끌어들여서 태극이 어떤 공허한 사물이 아닌 원리와 원칙을 가지고 있는 개념으로 해석을 시도한다. 또한 태극을 통해 천지인 삼재를 구성되기 때문에 태극은 인간과 어떠한 의미관계를 가지게 된다.

그리고 장재는 태극과 인간의 관계를 다음과 같이 말한다. "일물이면서 양체인 것은 태극을 말한다. 음양은 천도인데 상을 이루는 것이며, 강유는 지도인데 그것을 본받는 것이며, 인의는 인도인데 성을 확립하는 것이다. 삼재를 두 번 겹치니 건곤의 도가 아닌 것이 없다. 역은 하나의 사물이지만 삼재이고 천·지·인은 하나이다. 음양은 그것의 기이고, 강유는 그것의 형(形)이며, 인의는 그것의 성(性)이다."[74] 이른바 태극이란 음양 등 대립되는 것이 통일된 것이며, 자연과 인간이 함께 따라야 하는 근본 법칙임을 가리킨다.[75] 태극은 그래서 기의 속성인 일물양체의 논리를 내함 한다. 이로써 장재는 일물양체의 논리를 통해 태극과 태화지기의 동일성을 다시 한 번 천명한다.

다음은 장재의 태허에 관한 개념에 대해서 고찰하고자 한다. 장재의 철학을 한마디로 표현한다면 기일원론의 철학으로 칭할 수 있다. 그는 우리가 감각기관으로 분별하고 판단 할 수 있는 모든 사물은 기로 이루어진다고 보았다. 세계에 대한 인식의 주체인 인간과 인식의 대상인 사물, 그리고 형이상학적 개념 역시도 기라고 보았다.[76] 다만 기의 드러남과 드러나지 않음의 차이가 존재할 뿐 그 본질은 같다고 보았다. 장재는 기를 철학의 근본으로 삼고 있다. 이러한 기일원론적 사고는 명백하게 존재의 세계에 대한 의식을 드러냈다. 장재는 태허-기-만물의 의미를 제시하여 이 세계가 뚜렷하게 실재하고 있음을 설명하려 한다.[77] 그는 태허-기-만물은 서로 전화하며 실존하는 개념으로 보았다.

---

73) 『橫渠易說』, 「說辭傳」, 有兩則有一 是太極也 若一則有兩 有兩亦一在 無兩亦一在 然無兩則安用一 不以太極 空虛而已 非川參也.

74) 『橫渠易說』, 「說辭傳」, 一物而兩體者 其太極誌謂歟 陰陽天道 象之性也 剛柔之道 法之校也 仁義仁道 性之立也 莫不有乾坤之道也 易一物而三才 天地人一 陰陽其氣 剛柔其形 仁義其性.

75) 몽배원, 홍원식외 역, 『성리학의 개념들』, 예문서원, 2008, p.132.

76) 장윤주, 「장재 역학의 기론적 구조와 특징」, 『동양예학』13, 동양예학회, 2004, p.169 참조.

77) 유병헌, 「중국의 기사상연구」, 원광대 박사논문, 2020, p.137.

장재는 기의 취산을 설명하기 위해 '태허'이다. '태허'를 제시하였다고 말 한다. 그리고 자신의 우주론을 설명하는 중요한 개념으로 채택되었다. 장재는 태허를 다음과 같이 설명하였다. "태허는 기의 본체이다…… 형을 취해서 사물이 되고, 형을 산하여 근원으로 돌아간다."[78] 장재는 기가 취해지고 산함에 의해서 만물이 나타났다 사라지는 것으로 설명 하지만 그러나 이 취산작용은 일시적인 현상일 뿐이다. 그러므로 기는 항상 일정하게 존재하는 것으로 본다. 기가 모이면 형태가 있는 사물이 되고, 흩어지더라도 사라지는 것이 아닌 기의 원질 상태는 보존된다. 이러한 상태가 바로 '태허'인 것이다.

결국 기의 모임과 흩어지는 순환과정을 설명하기 위해 장재는 기에 대해 얼음과 물로서 비유한다. "기의 취산은 태허에서 비롯되는데, 얼음이 물에서 얼었다 녹는 것과 같으며, 태허가 기라는 것을 알면 무는 없다."[79]고 말하며 존재하는 모든 형태의 물체는 기의 본체인 '태허' 에서 갈려 나오는 일시적 현상으로서 얼음은 수시로 얼고 녹지만, 물은 언제나 존재 하는 것이다.

태허에 대해서 장재는 또 다음과 같이 말한다. "태허에는 기가 없을 수 없고 기는 모여서 만물이 되지 않을 수 없으며, 만물은 흩어져서 태허가 되지 않을 수 없다."[80]고 하며 태허의 개념을 기와의 관계를 통해 제시하였다. 기의 본체로서의 태허는 외형상 아무런 형태와 느낌이 없지만, 모였다 흩어지면서 일정하고 구체적인 모습을 가지게 되는데 그러한 과정을 거치면서 마침내 만물이 되는 것을 객형으로 보았다.

장재는 "태허로서 무형인 것은 기의 본체이다. 그것이 모이고, 흩어지는 것은 변화하는 객형이다. 지극히 고요한 것으로서 아무런 감응이 없는 것이 성의 연원이다. 인식이 있고 지식이 있는 것으로서 만물이 교감할 때 느낄 뿐이다. 객감, 객형, 무감, 무형은 오직 성(性)을 다 아는 사람만이 그것을 하나로 묶을 수 있다."[81]고 말하였다. 즉 객형이란 기가 끊이지 않고 변화하며 운동하는 과정에서 구체적인 형태로 드러나는 하나의 단계로 보는 것이다.

---

78) 『正蒙』, 「乾稱篇」, 太虛者氣之體 …… 形聚爲物 形散反原.
79) 『正蒙』, 「太和」, 氣之聚散於太虛 猶氷凝釋於水 知太虛則氣 則無無.
80) 『正蒙』, 같은 곳, 太虛不能無氣 氣不能不聚而爲萬物 萬物不能不散而爲太虛.
81) 『正蒙』, 같은 곳, 太虛無形 氣之本體 其緊其散 變化之客形爾 至靜無感 性之淵源 有識有知 物交之客感爾 客感客形 與無感無形 惟盡性者之.

또 장재는 태허를 모든 기가 지니는 성(性)의 근원이라고 하였다. 장재는 이와 같이 태허로서의 기가 만물의 근원이 되며, 형이상학적 의미로서 존재가 불변하는 실유가 되는 것이다. 그러므로 태허에서 만물이 생겨나고 그 만물이 다시 태허로 돌아가는 것이다. 그러므로 기는 항상 존재하는 것이다.[82] 장재에게 있어서 현실세계란 기가 중심이면서 태허와 만물이 서로 소통하는 가운데 전화하는 개념이라는 것을 알 수 있다.

장재가 설명하는 세계는 기가 모이면 만물이 되고, 그 기가 흩어지면 형태가 없어진다고 하였다. 그러나 태허로서의 기는 비록 존재하고 있지만 무형이라서 아무런 형체나 감응이 없는 존재로 태허라 가리켜 말 할 수 는 있더라도 그 자체는 무로 돌아가는 것은 아니라고 본다. 결국 장재가 주장하는 허란 텅 비어 있어 아무것도 없는 무의 상태를 말하는 것이 아니라 단지 외형적으로 형상이 없다는 의미일 뿐으로 그것은 우주만물의 기본 존재인 태허로서의 무형의 기로 가득 차있다는 것이다.

기와 세계에 대한 해석을 하면서 형체가 없는 본질의 세계를 태허라 드러내고, 이 태허는 기로 가득 차 있으며 이 기가 모이고 흩어지는 작용으로 인하여 기가 만물도 되고 그 만물이 다시 태허로 바뀌기도 하는 순환작용으로 보았다. 그러므로 장재의 세계관의 원리에서 보면 만물은 태허에서 탄생되고 다시 태허로 되돌아가는 것으로 만물은 언제나 존재할 수 없지만 기는 항상 존재하는 것이다. 따라서 장재는 인간의 생사문제에서도 단지 기의 취산에 대한 과정 이라며 인간의 내면성에 대해서도 밝히고 있다.

그러므로 이러한 상태로부터 장재가 세계에 대한 해석을 펼치면서 밝히고자 하였던 철학의 목적이 간단하게 만물의 생성과 변화에 대한 내용과 생사문제까지 해답을 얻기 위함이 아니라 현실세계에서 변화하는 만물의 내면과 구체적인 분석으 성을 파악하고 그것을 자기 자신에게 치환하여 성인의 경지를 향하여 날로 성장하므로 천인 합일의 목표를 이루어 나가는 삶을 살고자 하는데 의미가 있다고 본다.

다음은 기의 운동에 대해서 살펴보고자 한다. 장재는 태허에서의 기는

---

82) 정용환, 「장재의 기 철학」, 한국정신문화원 박사논문, 2003, p.68.

격렬하게 운동하며 상승하고 하강하는 가운데, 상승하는 것은 청한 양기이고, 하강하는 것은 탁한 음기라고 생각하였다. 즉 태허는 무형의 기일지라도 자체 가운데에 운동성이 내함되어 있으므로 가능하다고 보았다. 따라서 그는 기의 운동성에 대해서 다음과 같이 표현하였다

> 기는 태허에 가득히 있으므로, 상승하고 하강하며 (날개로)날고 (바람에) 흩날리는 것이 쉬거나 머무름이 없어, 이것은 『역』에서 일컫는 왕성한 원기이며, 『장자』에서 이야기하는 생물이 서로 숨을 쉬는 것과 野生馬일 것이다. 이것은 허와 실, 동정의 기틀이며, 음양의 강하고 부드러움의 시작이다. 떠오르는 것은 양의 청한 기운이고, 아래로 가라앉는 것은 음의 탁한 기운이다. 그것이 서로 느낌으로 만나고 모이고 흩어지고 비바람이 되고, 눈서리가 되니, 만물이 형성되고 흐르니, 산천이 융화하고 응결되니 지게미나 타고 남은 불이나 잿더미, 이 모든 것이 기가 그러하게 되도록 하지 않은 것이 없다.83)

위 인용문의 내용은 기는 끊임없이 동정으로 변화한다. 이와 같은 기의 운동성으로 인하여 만물이 변화하는 출발점이 되는 것이다. 그리고 기가 취산으로 활동하는 속성을 잘 보여주고 있다. 결국 끊임없는 기의 운동과 변화작용에 의해 만물이 생겨나는 것이므로 어느 것 하나라도 이와 같은 기의 운동성과 작용성을 벗어나서는 해석할 수가 없다. 그렇다면 기안에 내함 되어 있는 운동성은 그 원인을 어디에서 찾을 것인가? 장재는 이 문제에 대한 해답으로 다음과 같은 말을 한다.

> 태허에는 기가 없을 수 없고 기는 모여서 만물이 되지 않을 수 없으며 만물은 흩어져 태허가 되지 않을 수 없다. 이와 같은 과정을 따라 드나드는 것은 모두 부득이해서 그러한 것이다.84)

---

83) 『正蒙』, 「太和篇」, 氣块然太虛 升降飛揚 未嘗止息 易所謂絪縕 莊生所謂生物以息相吹 野馬者與 此虛實動靜之機 陰陽剛柔之始 浮而上者陽之淸 降而下者陰之濁 其感遇聚散 爲風雨 爲雪霜 萬品之流形 山川之融結糟粕煖燼 無非氣也.

84) 『正蒙』, 「太和」, 太虛不能無氣 氣不能不緊而爲萬物 萬物不能不散而爲太虛 循是出入 是皆不得已而然也.

기 운동의 근원은 기의 내부에 있는 것이지 외부에 존재하는 것이 아니다. 즉 모든 사물들은 기가 끊임없이 운동하고 변화하는 가운데 기의 운동성은 스스로 변화하는 능력을 소유하고 있기 때문에 모든 사물을 변화시킬 수 있는 것이다. 그렇다면 기는 어떻게 스스로 운동하고 변화하는 능력을 가지게 되었는가?

장재는 우주 만상 자체가 기로 이루어졌으며 모든 운동과 변화의 현상은 기의 취산작용이라는 장재의 기 일원론적인 본체론에서 어떤 존재도 예외일 수 없다. 즉 인간 역시 기로 이루어져 있으므로 기의 작용 법칙에서 인간도 벗어날 수 없다. "물이 처음 생겨나는 시기에는 기가 날마다 이르러 빠르고 크게 성장하고 물이 성해진 후에는 기는 날마다 떠돌며 흩어진다. 이르는 것에 대해 서 신이라는 것은 그 펴는 현상 때문이고 되돌아가는 경우에는 귀로 보는 현상이 있다."85) 장재는 『정몽』에서 사물의 발생과 소멸되는 과정에 대해 다음과 같이 주장하고 있다.

장재는 기의 모으고 흩어지는 취산 작용으로 물의 성장과 소멸을 설명한다. 기가 확산하여 펼쳐지는 작용을 '신'이라고 하고 아울러 기가 흩어져 그 근원인 태허로 되돌아가는 것을 '귀'라고 하는데, 이 때 신은 '펴고'〔伸〕 귀는 '돌아간다'〔歸〕는 뜻으로 풀이하고 있다. 그렇지만 장재는 기의 작용에 대해서 주관하는 체와 작용하는 용으로서 각각 신과 화를 활용하고 있다. 본체론적 개념으로 사용하는 신화는 상황의 구체적인 개별체의 사물에게 적용할 시에는 신과 귀라는 단어를 사용하고 있음을 보게 된다. 그래서 귀신이란 기의 취산으로 신묘한 현상적 작용을 묘사를 할 뿐이므로 초경험적이거나 혹은 사후에 존재하는 어떠한 실체론적 개체를 의미하는 것이 아니다. 이에 대해 장재는 이와 같은 귀신의 관념을 인간에게 적용하는 경우 혼백이라는 용어를 사용한다.

> 기가 사람에게 있어서 생전에는 떨어지지 않고 사후에는 흩어져 떠도는 것을 혼(魂)이라 한다. 모여서 형질을 이루다가 혹여 죽더라도 흩어지지 아니하 는 것을 백(魄)이라 정의한다.86)

---

85) 『正蒙』, 「動物」, 物之初生 氣日至而滋息 物生旣盛 氣日反而游散 至之謂神 以其伸也 反之爲鬼 以其歸也.

인간 역시 기의 취산으로 설명되는데, 인간 하나하나 개체의 구성 성분에 대해서는 기와 질이라는 두 분야로 나누어져 있다. 인간은 생전에 형이상적인 기와 형이하적인 형질로 존재하다가 죽음에 이르러 기가 흩어지면 기의 분야는 혼이 되고 형질분야는 백이 된다. 이것은 혼이든 백이든 기의 형태가 되는 것이고 죽음 후에도 개체를 구성하였던 기존 내용들은 단지 형태만 바뀌었을 뿐 없어지지는 않는다는 의미이다. 인간의 존재론적 조건으로는 기의 작용에서 벗어나지는 않는다 하여도, 장재는 세부적인 기의 작용과 역할의 접근 방법에 의해 다양한 명칭을 『정몽』「태화」에서 부여하고 있다.

> 태허에서 천이라는 이름이 있고 기화에서 도라는 이름이 있으며 허와 기가 하 나되어 성(性)이라는 이름이 있으니 성과 지각을 하나로 합하여 심의 이름이 있다.[87]

기의 본체가 되는 태허는 인간이 알게 되는 영역이 아니므로 천이라는 이름이 부여되었고 기가 취산 작용으로 변화하는 것을 도라고 이름하고 본체의 태허와 작용의 기가 하나가 되는 상태가 성(性)이 된다. 성이란 지각과 합하면 심이 되고 기를 체와 용으로 나누면 체가 태허가 되고 용이 기화 하면, 이러한 체용을 합한 상태가 개체를 통하여 드러나는 상태가 성이 된다.[88] 물론 성이란 인간의 개체적인 능력에 속하므로 추리하고 판단하는 지각 능력과 하나가 되면 심이 된다.

심이란 인간이라는 개별적인 특수한 자질이 요구되지만 성은 인간 외에 모든 만물에 두루 편재해 있는 일반적인 존재의 조건이 된다. 다시 말해 본체와 작용이 결합되어진 기가 취산 활동을 통해 만물이 된다는 것은 만물은 이미 그 자체에 체와 용이 결합된 성을 지니고 있다는 것을 내포한다.[89] 장재의 기론 체계를

86) 『正蒙』, 「動物」, 氣於人 生而不離 死而游散者爲魂 聚成形質 雖死而不散者爲魄
87) 『正蒙』, 같은 곳, 由太虛有天之名 由氣化有道之名 合虛與氣 有性之名 合性與知覺有心之名.
88) 황영호, 「조선시대의 태극론에 관한 연구」, 원광대학교 박사논문, 2015, p.37.
89) 서방원, 「주희의 기 감응론 연구」, 원광대학교 박사논문, 2018, p.38.

구조적인 측면에서 볼 때, 태허가 본체가 되지만 현상의 측면에서 볼 때에는 성이 본체가 되면서 만물의 근원이 된다.

주희는 이러한 장재의 기본론을 비판적으로 수용을 하여 그의 성리학의 기론을 완성한다. 장재의 기본론은 정이의 영향을 받은 주희가 비판적으로 수용함에 따라서 형이상 내용의 많은 부분은 버리고 '기'라는 이름과 형이하의 내용들을 받아들이게 되지만 주희의 사상적인 연원에는 매우 중요한 위치에 자리하고 있게 된다.

3. 정이의 리본론

리는 북송시대를 거치면서 존재의 원리뿐만 아니라 윤리적인 규범까지 성리학의 최고의 범주가 된다. 물론 리라는 개념은 성리학의 시대에 와서 비로소 그 모습을 드러낸 것이 아니고 그 이전에도 리의 개념은 존재했었지만 그러나 북송오자를 거쳐 주희에 이르면서 존재의 원리와 윤리적 규범이라는 의미를 갖게 된다. 리에 형이상학적 인 내용과 의미를 부여한 뒤에 세계와 인간을 인식하는 기틀로 세우는 것은 이정에 게서 이루어진다. 정이는 『주역』의 「계사전」에서 "한번 음이 되고 한번 양이 되는 것을 도라고 한다."[90]라는 구절에서 정이는 "음양은 도가 아니라 한번은 음이 되게하고 한번은 양 이 되게 하는 그 원리가 도이다."[91]라고 해석한다. 음양이라는 기를 가리켜 원리나 또는 법칙으로 리를 세워 형이하자인 기와는 또 다른 형이상자를 확실히 구분 한다.

주희에 오면서 리는 기와 더불어 두 분야의 근원적인 실질적 존재로서 명백하게 규정되고 모든 존재의 원리와 윤리적 규범으로 세밀화 된다. 다시 말하면 이정의 리 이론을 자연세계의 원리나 법칙에서 뿐만 아니라 인간사회의 윤리적 당위나 규범에 까지 일관된 이론을 정립하게 된다. 모든 존재의 원리나 법칙이 리라고 한다면, 인간 역시 그와 같은 원리나 법칙을 자신의 본질로 삼아야 됨에 따라 윤리적이고 도덕적인 삶을 살아야 한다는 당위성을 갖게

---

90) 『周易』, 「繫辭傳」, 一陰一陽之謂道.
91) 『二程全書』 卷3, 一陰一陽之謂道 道非陰陽也 所以一陰一陽者是道也.

된다.[92] 이러한 윤리적 삶의 당위성의 근간이 '리'로써 설명되고 자연세계와 인간세계를 '리'라는 개념으로 통일적으로 설명 할 수 있는 이론적 체계를 마련하게 되었다.

이제 그 이론이 주희에 이르러서 리본론으로 체계화 되었지만 주희에서 체계화되기 전까지 그 기틀을 세운 유학자가 바로 북송의 정이다. 따라서 정이의 기본적인 리철학을 분석하면서 정이의 리본론을 고찰해 보고자 한다. 정이는 리학의 창시자이다. 물론 정이 이전에도 리에 대한 논의는 있었으나, 그는 리의 개념에 대해서 보다 분명하게 체계화시켰다. 그래서 사람들은 리본론의 문을 연 인물로 정이를 꼽는다. 그는 리론의 기수로서 기와 태극과 상수는 배척하였다.

> 리가 있은 후에 상이 있으며, 상이 있은 후에 수가 있다. 『주역』은 상을 통해 리를 밝히는 것이며, 상에서부터 수를 알 수 있는 것이다 그 뜻을 얻었다면 상수는 그 속에 있는 것이다. 상의 은미함을 궁구하고 수의 단위를 극진히 하고자 하는 것은 세류를 찾아 말단이나 좇는 것으로, 방술가들 이나 숭상하는 것이지 유학자들이 힘쓸 것은 아니다.[93]

인용문에서 보듯이 정이는 수와 상과 점에 관심을 갖는 것에 대하여 경계하였다. 정이 이전에는 태극과 음양을 기라는 의미로 이해하고 사용하였다. 주돈이는 무극을 제시하였고, 소옹은 상수학을 말하고 장재는 기를 말하였지만 이정은 리를 논하였다. 그는 왕필처럼 상수학을 멀리하고, 오직 의리만으로 역을 해석하였다.[94] 무와 기를 근본으로 하는 학설도 비판하였다. 이에 리는 최고의 본체로 설정되었고, 주돈이의 태극과 장재의 태허는 모두

---

92) 김수길, 「이정의 경설과 도학체계에 대한 연구」, 서울대학교 박사논문, 2022, p68-69 참조.

93) 『二程集』, 「文集·答張閎中書」, 有理而後有象 有象以後有數 易因象以明理 由象而知數 得其義 則象數在其中矣 必欲窮象之隱微 盡數之毫忽 乃尋流逐末 術家之所尙 非儒者之所務也.

94) 皮錫瑞, 『經學通論』, 臺灣商務印書館, 1969, pp.16-25 參照.

철저하게 부정되었다.[95] 『역』이 본래 점치는 책이었는데 상수를 떠난다면 시, 서등의 고전과 다를 바가 없게 된 것이다.

정이는 거경 궁리를 강조하며 실천궁행을 학문의 궁극적 목적으로 삼았기에 그의 역의 해석은 의리를 떠날 수가 없었다.[96] 땅의 도보다는 인간의 도에 더욱 치중하였다.[97] 그는 소옹의 상수학, 장재의 기에 대해서는 말할 것 없고 주돈이의 우주론마저도 부정하고 멀리하였다. 그는 태극과 무극은 말하지 않았으나 도와 음양에 대해서는 논하였다. 마치 "한 번 닫히고 한 번 열리는 것을 일컬어 변화라고 한다."[98]는 『역전』의 명제에서, 한 번 닫히고 한 번 열린다는 말이 한 번 닫히고 한 번 열리는 과정을 가리키는 것과 같은 의미인 것이다.

이러한 정이의 태도로 인해서 심지어 태극이라는 개념 사용에 관하여서도 극도로 자제하게 만들었다. 정이가 태극에 대해서 자주 말하지 않은 것은 태극이라는 말이 마치 장재의 '청허일대설'과 비슷하게도 보이고, 또 도가의 무극설과도 그 구분이 뚜렷하지 않았기 때문이었다. 그는 태극 대신에 '일리'라는 개념을 자주 사용하였다.[99] 즉 정이 철학체계에 있어서 본체론적 의미의 관념은 리의 개념이 태극을 대체 하게 되는 것이다. 정이는 장재의 기철학에 대해서도 비판하였는데, 특히 태허의 실체론에 관하여는 일관되게 비판적 태도를 견지하였다. 다음은 태허에 대한 정이의 주장이다.

> 맑고 텅 빈 하나의 조건을 세워서 만물의 근원으로 세우는 것은 아마 잘못된 것 같다. 틀림없이 맑음과 흐림, 비어 있음과 가득함을 아울러서 곧 신묘함을 말 할 수 있다. 도란 어떤 사물도 빠뜨림이 없이 그 몸이며 시간과 장소가 있어서는 안 되기 때문이다.[100]

---

95) 몽배원, 『성리학의 개념들』, 홍원식 외 역, 예문서원, 2008, p.132.
96) 朱伯崑, 『易學哲學史』 第一卷, 化夏出版社, 1995, p. 246
97) 金忠烈, 「東洋 人性論의 序說」, 『東洋哲學의 本體論과 人性論』, 동양철학연구회, 1982, p.192
98) 『二程全書』, 「遺書」 第3, 一陰一陽之謂道 道非陰陽也 所以一陰一陽 道也 如一闔一闢謂之變.
99) 朱伯崑, 『易學哲學史』 2卷, 昆仑出版社, 2005, p.200 參照.

정이는 동시대 사상가이자 자신의 表叔〔외삼촌〕인 장재에게서 사상적인 영향을 받았으나 추후에 장재에게 비판적 입장을 취하는 입장을 견지하며 자신의 '리' 철학을 세워 나갔다. 장재의 기 철학은 도가철학의 영향을 받은 것으로 알려져 있었다. 따라서 정이는 장재가 사용하는 태허라는 개념에 대해서도 매우 못마땅해 했다. 왜냐하면 정이의 생각은 모든 사물의 내면에도, 즉 리가 존재해야 된다는 것이다.[101] 이것은 바로 사람에게도 본체가 내포하게 됨은 당연한 사실이며 이와 같은 내용을 근거로 하여 인간 본성을 '천리'로 해석할 수 있는 근거를 마련하게 된 것이다. 그는 리의 개념을 보다 명확하게 체계화 시켜나갔다.

정이의 『주역』 해석 이론의 관점은 중국철학사에서 그가 차지하는 위치를 생각할 때 매우 중요한 의미를 갖는다. 정이가 『주역』을 해석하는데 가장 근본적인 범주로 삼았던 개념은 '리' 개념으로 그는 음양은 기이고 일음일양의 근기는 도라고 하였다. 도는 단지 지시리(只是理) 라고 『이성선서』에서 설명하고 있다. 정이의 공헌은 신유학의 전개과정에서의 리를 철학의 핵심 주제로 세웠다는 것에 있다. 정이는 말하길 "일음일양을 도라고 하는데 음양이 도가 아니고 일음일양의 근거가 도다. 한번 열리고 한번 닫히는 것을 변이라 하는 것과 같다."[102]라고 했다. 즉 음양 자체가 도가 아니라, 한번 음하고 한번 양하는 원리를 도라고 한다는 말이었다.

그는 또 도는 형이상자이고 기는 형이하자라면서 "음양을 떠나면 도가 없다. 음양의 근거는 도이며, 음양은 기이다. 기는 형이하자이고 도는 형이상자이다. 형이상자는 밀이다."[103]라고 하였으며 "일음일양을 도라 한다고 했는데, 이 리는 본래 심오하여, 말한다 하여도 말할 수 없다. 음양의 근거가 도다. 이미 기

---

100) 『二程遺書』 卷2, 立淸虛一大爲萬物之原 恐未安 須兼淸虛虛實 乃可言神道體物不遺 不應有方所.

101) 김우형, 「주희의 지각론 연구」, 연세대학교 박사논문, 2003, p.39.

102) 『二程全書』, 「遺書」 第3, 一陰一陽之謂道 道非陰陽也 所以一陰一陽 道也 如一開一闔之謂變.

103) 『二程全書』, 「遺書」 第15, 離了陰陽更無道 所以陰陽者 是道也 陰陽 氣也 氣 是形而下者 道是形而上者 形而上者則是密也.

라고 한다면 바로 둘(二)이다. 열리고 닫힘(開闔)을 말하면 이미 감이다. 이미 둘이 라면 바로 감이 있게 된다. 개암(開闔)하는 근거는 도이며, 개암은 바로 음양이다."[104]라고 하였다. 여기서 정이 말의 내용은 음양은 기이고 음양의 근거가 도이며 형이상자요, 기는 형이하자이다. 정이가 말하는 도는 '단지 리'일 뿐이라는 결론에 도달하게 된다.

정이는 존재의 근원을 리라고 하였는데 존재하는 것은 리를 실현시키는 것으로 보았다. 그래서 "만물은 하나의 천리이다."[105]라고 하였으며 "도가 있고 리가 있기 때문에, 하늘과 사람은 하나이며, 나누어 구별되지 않는다."[106]고 하였다.

먼저 리에 대한 정이의 가장 핵심적인 언급을 살펴보면 한 마디로 "리는 천이다."[107]라고 요약된다. 다시 말해 그는 "천은 객관적으로 존재하는 세계를 통체적으로 부르는 말이다."[108] 라고 했다. 이러한 천 또는 천리가 "요 임금 같은 성현들 이 계실 때만 존재하는 것도 아니고, 걸 왕 같은 폭군이 있을 때에 없어지는 것만도 아니다."[109]라고 하였다. 그는 『순자·천론』에서 나오는 천을 리로 바꾸어 생각하였다. 정이는 리는 무엇에 의지하며 존재하는 것이 아니고 스스로 독립해 있는 것으로서 주관적이지도 않다고 보았다. 그리고 리는 사람이 나눌 수 있는 것도 아니다. 즉, 리는 인위적인 것이 아닌 자연적인 것으로 우주의 원리가 된다.

정이는 "천지 만물에는 단지 하나의 리가 있을 따름이다."[110]라고 말하였다. 그는 리가 우주 만물에 일반적으로 존재한다고 보았다. 따라서 "만물이 나에게 구비되어 있다는 것은 사람만이 아니고 모든 사물이 전부 그러하다. 그리고 모든 존재물이나 사람들이 리에서 나가고 들어온다. 이 리는 천지 사방으로

---

104) 『二程全書』, 「伊川先生語」, 一陰一陽之謂道 此理固深 說則無可說 所以陰陽者道 紙曰氣 則便是二 言開闔 已是感 概二 則便有感 所以開闔者道 開閩便是陰陽.
105) 『二程遺書』 卷2, 萬物皆只是一個天理.
106) 『二程遺書』 같은 곳, 有道有理 天人一也 更分別也.
107) 『二程遺書』 卷12, 天卽理.
108) 潘富恩 徐余慶 『程顥程伊川理學思想研究』 上海, 復旦大學出版社, 1988, p.228.
109) 『二程遺書』 卷2, 不爲堯存 不爲桀亡 二程遺書.
110) 『二程遺書』 卷2, 理卽天下只是逸個理.

뻗어 나가니 모든 사물의 준칙이 된다.111)"고 하였다. 다시 말해 리란 존재하는 모든 것의 리법(理法)이고 법칙이다. 아울러 리는 모자라지도 남음도 없이 완전하다.

리란 만물이 존재하는 존재법칙이고 자연의 리법으로서, 사람에게는 당위법칙의 리로 주어진다. 그리고 인간존재의 윤리법칙의 대전제로서 곧 "성은 리이다."112)는 말로 극명하게 표현된다. 즉 리는 성이며, "성은 곧 인·의·예·지·신이다.."113) 인·의·예·지·신은 리의 체현이다. 정이는 맹자의 전통에 서서 인간의 성은 선하다고 보았다. 그러나 기질에 의해 악해질 수도 있다고 말한다. 그렇다면 사람에게는 누구나 선해야 하는 당위가 따르는데, 우리들이 선할 수 있는 방법은 무엇인가? 이문제에 대해 정이는 한마디로 인간의 당위법칙인 리를 쫓아야 된다고 보았다. 그래서 천리를 따르고 사욕을 없애라고 하였다.

이러한 생각에서 정이는, "인심은 사욕을 내면에 취하고 있어서 위태하고, 도심은 천리와 같은 존재기 때문에 정의롭다."114)고 하였으며, 또한 자신의 『역전』의 많은 곳에서 천리의 사상을 펼치고 있다. 이렇게 정이는 리를 우주만물 의 본체로 본 것이다. 그는 모든 사물과 분리되지 않으므로, 리는 존재의 근원인 모든 유를 가능하게 하고 자본자근의 독립 절대자이다. 이 리는 공간적으로는 무소부재하고, 시간적으로는 영원불변하다. 정이는 우주 안에 존재하는 사물들의 형태가 모두 다르지만 우주의 모든 사물들에게는 공통적으로 '리'의 존재가 있고 존재하는 그 리는 법칙으로 이해하였다.

먼저 리에 대한 정이의 가장 핵심적인 언급을 살펴보면 한 마디로 "리는 천이다."115)로 요약된다. 다시 말해 그는 "천은 객관적으로 존재하는 세계를 통체적으로 부르는 말이다."116) 이러한 천 또는 천리가 "요 임금 같은 성군이

---

111) 『二程遺書』 卷2, 故推至四海而準.
112) 『二程遺書』 卷22, 性卽理也 所謂理 性是也.
113) 『二程遺書』 卷22, 仁·義·禮·智·信 五者 性也.
114) 『二程遺書』 卷24, 人心私慾 故危殆 道心天理 故精微.
115) 『二程遺書』 卷12, 天卽理.
116) 潘富恩, 徐余慶 『程顥程伊川理學思想硏究』 上海, 復旦大學出版社, 1988, p.228.

있을 때만 존재하지 않고, 그렇다고 걸 임금 같은 폭군이 있을 때에 없는 것도 아니다."[117]라고 하였다. 그는 『순자·천론』 에 나오는 천에 대해서 리로 바꾸어 생각하였다. 정이는 리에 대해서 어디에 의지해서 있는 것이 아니며 리 스스로 독립해 있는 것이고, 그리고 주관적이지도 않다.

그리고 리는 사람들에게 안배해 줄 수 있는 것이 아니고, 저절로 나누어지지도 않는다. 즉, 리는 인위적인 것이 아니고 자연적인 것이다. 정이에 있어서 리는 자연적인 것이기 때문에, 우주의 원리가 된다. 그러므로 정이는 "천지만물에는 하나의 리가 있을 따름이다."[118]라고 하였다. 그는 리가 우주만물에 일반적으로 존재하는 것으로 보아서, "만물이 나에게 구비되어 있다는 것은 사람에게만 구비 된 것이 아니고 모든 사물이 그러 하건데, 모든 것이 리에서 나오고 들어간다. 따라서 이 리는 온 사방으로 펼쳐 나아가 모든 사물의 법칙이 된다."[119]라고 하였다. 다시 말하여 리는 모든 존재의 리법이면서 아울러 법칙이라는 것이다.

그리고 이러한 리는 남음도 모자람도 없는 완전한 것이기 때문에, "하늘의 이치라고 하는 것은……없어지고 생기고 늘어나고 줄어들고 하는 것이 아니다."[120]라고 하였다. 또한 정이는 모든 리가 스스로 완비되어 있고, 리의 속안에는 조금도 결함이 없다고 보았다

그래서 정이는, "사물은 구비되어 있는 리에 대해서 넓히고 늘릴 수 없지만 사람에게는 확충할 수 있다. 그러나 확충하는 경우에 조금도 첨가되지 않아도 절대로 조금도 감소되지 않는다. 어찌하여 요 임금이 그 책임을 다 했다고 해서 임금의 도가 첨가된 적이 있으며, 그리고 순 임금 또한 아들의 도를 다했다고 해서 순임금의 도가 첨가된 적이 있었는가? 그래서 원래부터 예전과 다름이 없다." [121]라고 말하였다. 즉 정이에 있어서 리는 그 자체로 완전하여 절대로

---

117) 『二程遺書』 卷2, 不爲堯存 不爲桀亡 二程遺書.
118) 『二程遺書』 卷2, 理卽天下只是逸個理.
119) 『二程遺書』 卷2, 故推至四海而準.
120) 『二程遺書』 卷2, 天理云者……怎生說得存亡加減.
121) 『二程遺書』 卷2, 萬物皆備於我 不獨人爾物皆然 都自這裏出去 只是物不能捕 人則能推之 雖能推之 幾時添得一分 不能推之 幾時減得一分 百理俱在平負鋪放着 幾時道堯盡君道 添得共君道多 舜盡子道 添得些子道多 舜盡子道 添得些子道多 元來依舊.

증감되지 않는다. 따라서 변하지 않고 영원한 존재이다.

리는 자연의 리법입장에서 만물에 대한 존재법칙이 되고 그리고 인간에게는 당위법칙의 리로 주어진다. 따라서 인간존재의 윤리법칙의 대전제로서의 리학은 곧 "성은 리이다."[122]는 말로 극명하게 표현된다. 즉 리는 성이며, "성은 바로 인·의·예·지·신을 의미한다."[123]는 것이다. 인·의·예·지·신은 리의 체현이다. 정이는 맹자의 전통에 입각하여 인간의 성은 선하다고 보았다. 하지만 인간은 기질에 의해 경우에 따라서 악해질 수도 있다고 보았다. 그러면 사람에게는 선해야 하는 당위가 따르는데, 인간이 선할 수 있는 방법은 과연 무엇인가? 여기에 대해 정이는 인간의 당위법칙인 리를 따르면 된다고 보았다. 그래서 천리를 따르고 사욕을 없애라고 하였다.

이렇게 정이는 모든 만물에 리가 있다고 보았는데 결국에 그 리는 모두 하나의 리로서 개별적 리는 하나의 통일적 리로서 구체적으로 보면 태극으로 미루어 갈 수 있는 것으로 보았다, 따라서 결국 정이가 제시하는 리는 만물이 그러한 까닭을 드러내는 까닭이고 또한 그 자체로 완비되어 있기 때문에 어떠한 결함도 없다. 또한 정이는 우주만물이 전부 각각 리를 소유하고 있으며, 천하의 사물은 모두 가지고 있는 리로서 해명할 수 있다고 본 것이다.[124] 그래서 그는 모든 만물에 리가 있다고 보았으며, 이러한 리는 모두 하나의 리로 총합된다고 보았다. 결국 정이가 주장하는 리는 존재의 근원과 원리로서의 리인 것이다. 그러므로 우리는 이러한 리를 알게 되고 그리고 순리대로 살아야 할 책임이 주어지는 것이다.

정이는 리철학에 새로운 지평을 열었다. 리는 자연의 법칙만도 아니고 인간의 법칙만도 아닌 인간과 자연을 아우르는 보편적 원리이며 마땅히 따라야하고 그렇게 되어야 할 원리이다. 송대의 신유학은 한당시대 도교와 불교의 영향을 받았지만, 이들을 비판적으로 수용하고 난 뒤 이를 극복하였다. 특히 이들의 간결하고 세련된 형이상학적 이론에 대한 논리를 받아들여 전통유학에서 미비

122) 『二程遺書』 卷22, 性卽理也 所謂理 性是也.
123) 『二程遺書』 卷22, 仁·義·禮·智·信 五者 性也.
124) 한지윤, 「주희의 학에 관한 연구」, 고려대학교 박사논문, 2021, p.52.

하였던 내용들을 부분적으로 보완하였다. 따라서 신유학자들은 궁극적이며 형이상학적인 실체에 대해서 자신들의 논리와 인식이 미흡함을 확인하고 철학적인 사유를 통하여 전통 유학의 형이상학화를 계획하고 노력을 투입하였으며 이로 인한 유학사에 새로운 지평을 열었다.

3부. 주희의 본체론

본체론이라는 의미는 우주만물의 존재 근거가 되는 만물의 본원, 본질, 본성 등을 핵심적으로 탐구하는 뜻이다.[125] '본체'라는 용어는 사마표의 『장자』「변무」편의 주석에 나오는데 서진의 사마표가 '이수어성(而修於性)'을 '성인지본체(性人之本體也)〔성이란 사람의 본체다〕'로 주해하는 과정에서 '본체'는 사람의 본성을 의미한다.[126]고 사용하였다. 북송의 장재는 『정몽』「태화」편에서 '태허무형 기지본체 (太虛無形, 氣之本體)[태허는 무형이므로 기의 본체다〕'라고 본체라는 용어를 사용하였는데 장재는 '본체'에 대해서 원래의 기의 모습으로 사용하였으며 정이와 주희는 '리'를 본체로 사용하였고, 왕수인 또한 '심'을 본체로 보았다. 이를 근거로 무극과 태극의 관계, 태극과 리, 오행과 기를 바탕으로 하여 우주와 만물의 정체성을 밝히고자 한다.

주희에게 태극이란 우주의 본체로서, 우주만물의 존재와 생성을 설명하는 본원 또는 근원의 의미가 담겨 있다. 주희는 우주가 유행하는 방법에 대해서 천도라는 개념을 설정하고, 이를 근본으로 하여 본체 개념을 정하였다.

> 도의 본체 가운데 가장 끝을 말하여 태극이라 하고 태극의 유행을 말하여 도라 한다. 비록 이름은 둘이나 처음부터 본체가 둘이 있는 것은 아니다.[127]

---

125) 方立天, 『中國古代哲學問題發展史』, 中華書局, 1990, p.l.
126) 같은 책, 같은 곳, p.53.
127) 『朱熹集』 卷36, 「答陸子靜」, 語道體之至極則謂之太極 語太極之流行則謂之道 雖有二名初無二體.

우주에는 궁극적인 존재가 있으며 그것이 유행하는 형식으로서의 천도 가운데 태극의 본체적 성격이 내포되어 있다. 이것은 태극에 대한 개념을 형이상학적 범주로 이해한 것이다. 따라서 주희는 "도의 본래의 체는 나타날 수 없고, 이를 살펴보려면 원래 체가 없는 체를 보게 된다. 예를 든다면, 음양오행이 태극의 체가 된다"[128]라고 할 수 있는 것이다. 여기에 본체 개념을 말한다면 이중의 개념으로 제시될 수 있는데 그것은 형이상학적인 범주와 형이하학적 범주의 본체이다. 형이상학의 범주는 태극이고, 형이하학의 범주는 음양오행이다. 천도는 우주와 만물이 운행되는 형식으로, 태극이라는 존재가 리와 기의 양태 즉 음양과 오행으로 드러나는 것을 본체라 한다.

즉 궁극적 본체는 우주 변화의 원리인 리로 규정한다. 우주의 변화란 한마디로 음과 양이 어우러지는 양태로 펼쳐져, 그 상태 그대로 운행되는 원리가 바로 리인 것이다. 주희는 "그 여닫는 변화의 본체에 대해서 역이라고 말하지만, 그렇게 여닫는 변화를 가능하게 하는 이치를 도라 한다."[129]고 말한다. 여기에서 도는 변화하는 본체의 이치라고 하는 원리를 리로 규정하는 것이다. 즉, 태극이 이치이며 원리이고 본체인 것이다. 주희는 "역이란 음양의 변화이고, 태극이란 그 리이다"[130]라고 하였다. 이것은 역에서 변화하는 음과 양을 실제로 변화하게 하는 이치로서의 리가 태극의 궁극성을 나타내는 원리임을 함축하는 것이다.

특히 중국 철학에서의 본체론이란, 우주만상의 근거와 존재의 원리를 찾은 후에 그것을 실천하고자 하는 것에 목표를 두고 근본적인 실천 방법까지를 철학적으로 탐구하여 체계화하는 전통적인 사유체계를 말한다. 주희는 "도의 본래 있는 '본체'는 드러날 수 없고 이를 보려면 그러한 '본체'가 없는 '본체'로 드러낼 수 있다. 예를 들면, 음양과 오행이 태극의 '본체'가 된다"[131]고 한다. 그러므로 실제로 존재하는 이론의 응용을 중요시하면서도 언제나 항상 체인된 본체와 연

128) 『朱子語類』 卷36, 道之本然之體不可見 觀此則可見無體之體 如陰陽五行爲太極之體.
129) 『朱子語類』 卷95, 其闔辟變化之體 則謂之易 然所以能闔辟變化之理 則謂之道.
130) 『周易本義』 「繫辭傳」上, 易者 陰陽之變 太極者 其理也.
131) 『朱子語類』 卷36, 道之本然之體不可見 觀此則可見無體之體 如陰陽五行爲太極之體.

관하여 체용과 지행합일의 체계를 실제로 전개하고 있는 것을 특징으로 하는 학문이 중국철학의 본체론이라 할 수 있다.[132] 따라서 변화하는 현상계와의 관계에서 꼭 필요한 인간의 가치와 도리, 윤리관 등의 제반 문제해결을 위해서 유도하여 주는 길잡이 역할을 하고 있다.

1. 무극과 태극

주희는 '무극이태극'을 주돈이와는 다르게 '무극에서 태극이 나온다'라는 의미가 아니라 '태극이 곧 무극이다'라고 새롭게 해석하였다 주희는 태극과 무극의 관계를 새롭게 설명하여 무극이 태극위에 또 다른 모습으로 존재하는 것이 아니라 단지 태극이 사물이 아님을 증거 하는 것이라고 하면서 주돈이가 무극을 말하고자 한 것은 태극이 개체 사물로서의 존재이전과 이후에 관통되어 있음을 나타내는 것이라고 하였다. 다시 말해 태극은 특정한 시간과 공간상에만 있는 것이 아니라 모든 것에 관통되어 있는 것이다. 주돈이는 이와 같이 근원자 로서의 존재 모습을 확인시키기 위한 수단으로 유무를 거론하고 있으며 근본적으로는 둘이 아님을 전제로 하고 있다.

그러므로 주희에게 무극과 태극의 관계에서 본체로서의 선후관계가 성립되지 않는 것이다. 주희는 이를 분명하게 하려고 '而'자가 순서가 아님을 강조하고 있다 무극이태극이라 일컫는 것은 태극위에 별도의 무극이 있음이 아니다.[133] 라고 하였고 "태극이란 천지만물의 리를 하나로 하여 하나의 이름을 갖도록 한 것을 뜻하는 것이다. 그것은 기와 형이 없더라도 천지만물의 이치가 이에 존재치 않음이 없으므로 무극이면서 태극이라고 한 것이다. 바로 그것이 천지만물의 이치를 모두 갖추었으면서도 기와 형이 없으므로 태극은 본래 무극이라고 한다."[134] 주희는 '무극이태극'은 단지 '무형이유리'를 나타내는 말로 근원자인 태극

132) 최영찬, 「송학의 본체론」, 『인문논총』, 전북대인문학연구소, 1981, p.91.
133) 『性理大全』 卷1, 朱子所謂無極而太極 非謂太極之上別有無極也.
134) 『性理大全』 卷1, 「太極圖說註」, 太極云者 合天地萬物之理 而一名耳 以其無器形 而天地萬物之理 不在是 故曰無極而太極 以其天理萬物之理 而無與形 故曰太極本無極.

밖에서 또 다른 근원자를 찾는 잘못을 막으려고 무극이 덧붙여진 것으로 이해하고 있다.

즉 주희는 주렴계가 무극이라 말한 것은 사람들로 하여금 태극위에 다시 태극의 근원을 찾지 못하게 하기 위함이라고 보았다. 이렇게 함으로써 원인과 결과의 모든 규율을 다 태극 안에서 적용시키려는 것이다. 주희는 무극을 태극의 형용으로 보고, 이를 토대로 태극과 음양을 불가분이면서도 각각 서로 다른 이기관계로 파악하였다.

주희는 무극과 태극을 하나의 실체로서 이해하고 서로 간에 필수적인 관계로 나타내고 있다. 주희가 무극으로써 태극을 설명하고자 하는 것은 태극의 형이상학으로서의 본체의 의미를 나타내는 것이다. 주희는 주돈이가 「태극도설」에서 '무극이태극'이라 한 것에 대하여 정이의 이론을 따라서 태극을 오로지 리라고 하였다. "태극은 오직 하나의 리이다."135) "태극은 천지만물의 리이다."136) 여기서 주희는 태극의 극을 추극의 의미로 해석하였다. 주희에 의하면 성인은 천지만물의 근원에 대해서 태극이라 하였으며 이 존재는 형체도, 소리도, 냄새도 없음을 주돈이가 '무극'이라 표현한 것이라 했다.

주희는 주돈이의 「태극도설」을 해석함에 있어서 태극을 '도리의 지극함이요리의 총합이라고 규정하고 있다. 그리하여 주희는 '극'이라는 용어가 생기게 된 이유와 주돈이가 사용한 무극의 의미에 대하여 "극이라는 이름이 붙여진 소이를 살펴보면 추극의 뜻을 취한 것으로서 성인이 이것을 태극이라 이름 한 것은 천지만물의 근본에 대해 알리고, 주돈이가 이것에 대해서 무극이라 이른 것은 이 말로 소리도, 냄새도 없는 오묘함을 나타낸 것이다."137) 주희는 주돈이가 사용한 '무극'의 의미가 무성무취의 오묘함을 나타낸 것이지, 태극의 근원자로서 무극을 상정한 것이 아닌 것에 대해서 천명하고 있다.

주돈이가 무극을 말한 의도는 사람들이 태극의 형이상학적인 의미에 대해서잘못 이해하고 그것을 하나의 사물로 여기는 오류를 방지하기 위함이라고 하였다.

135) 『朱子語類』 卷1, 太極只是一箇理字.
136) 『朱子語類』 卷1, 太極只是天地物之理.
137) 『朱子語類』 卷94, 原極之所以得名 蓋取樞極之義 聖人謂之太極者 所以指夫天地萬物之根也 周子因之而又謂之無極者 所以大無聲貿臭之妙.

즉 주희는 무극이라는 것은 단지 태극을 설명하기 위한 일환으로서 태극에 대한 하나의 표현으로 생각하며 어떤 물건과 같이 여기는 일이 없도록 하기 위한 것이다. 요컨대 주희는 주돈이가 무극이라 한 것은 태극의 초월성을 나타내기 위한 것으로 이해하고 『태극도설해』에서 강조하며 무극과 태극의 의미를 부연설명하고 있다.

上天의 일이라는 것은 인간의 감각적인 기능을 넘어서는 것으로서 주희는 이것을 소리도, 냄새 까지도 없는 무성무취라고 표현하였다. 이와 같이 주희는 무극을 태극의 무 규정적 성격 즉 초월의 의미를 나타내기 위하여 쓰여 졌다고 한다. 아울러 생성변화의 원리이자 만물의 존재근원을 태극으로 표현한 것이다. 주희의 '무극이태극'에 대한 이해가 주돈이의 '무극이태극'에 대한 의미와 같은 것인가를 주제로 벌인 논의 가운데 송나라 때의 대표적 학술논쟁인 주희와 육구연 형제와의 '주륙지변'논쟁이다. 이 논쟁은 육구소가 주희에게 보낸 편지에서 비롯되는데 주희는 육구소가 '무극이태극'에 대해서 인정하지 않는 것을 주희 자신이 『태극도설해』에서의 설명에 내용을 덧붙여서 설명하며 그를 이해시키려고 답하였다.

> 다만 태극편 첫 머리 한구절에 대해 어른께서 매우 배척하시는데 그러나 모르겠으나 무극을 말하지 않는다면 태극은 하나의 물건과 같아져 온갖 변화의 근본이 되는데 부족하고, 태극을 말하지 않는다면 무극은 허공중에 떨어져 온갖 변화의 근본이 될 수가 없습니다.[138]

그러나 육구소와의 논쟁에 이어 더욱 격화된 육구연의 주희에 대한 비판은 첫째 無極과 太極의 연관성에 대하여 무극을 말하지 않아도 태극에 대해서 하나의 물건으로 이르지 않는다며 실리로서의 태극이면 충분하므로 구태여 무극을 덧붙이는 것이 불필요하다는 것이다. 태극의 의미도 역시 사람이 말하고 말하지 않는 것에 의해서 바뀌는 것이 아니기 때문에 무극이라는 말을 덧붙여야 태극이

---

138) 『朱子文集』 卷36, 只如太極扁首一句 最是長老所深排 然殊不知不信無極 則太極同於一物而不足爲萬化之根 不信太極 則無極淪於空寂而不能爲萬化之根 只此一句 便見其下語精密微妙無窮.

라는 의미가 나타난다고 하는 주희의 주장은 단지 견강부회일 뿐 이라고 비판하였다.

그리고 『주역』 「계사전」의 '형이상자위지도……일음일양지위도'에서 나타나는 것과 같이, 한 번 양하고 한 번 음하는 것이 이미 형이상자인데 구태여 태극이 형이상자 임을 강조할 필요가 없다는 것이다. 그렇기 때문에 태극이 형이상자임을 나타내기 위함으로 무극을 구태여 덧붙일 필요가 없고 극이라는 것은 '중'이기 때문에 '지극'으로 설명할 이유가 없다고 육구연이 주장을 하고 있는 것이다.

주희와 육구연의 이 같은 견해 차이는 미발과 이발의 논의와 이기 문제에서도 나타나게 된다. 즉 미발과 이발을 모두 인정하는 주희의 입장과 달리 육구연은 미발을 인정하지 않고 단지 이발만을 인정하여 '무극이태극' 문구의 논의에서 태극만을 인정하고 무극에 대해서는 인정하지 않는 것과 궤를 같이한다. 또 리기에 대한 논의에서 주희는 리와 기를 이원적으로 이해하고 형이상자인 리와 형이하자 인 기를 구분하고 리를 소이연지고와 소당연지측으로 나누어본다. 이에 대하여, 육구연은 이기의 관계를 형이상과 형이하로 구분하여 나누지 않는 견해를 취한다. 그리하여 심즉리의 리가 곧 도라고 주장하여 리를 소당연지측으로만 파악하였다.

이 같은 주희와 육구연의 '무극이태극'의 논쟁에서 '무극' '태극'을 주돈이가 도입한 것인가의 여부에서 비롯된다. 이 논의에서 주희는 주돈이가 이 '무극'이라는 용어 사용에 대해 공자가 '태극'을 말한 것과 견줄만한 것이라며 '무극이태극' 에서의 '무극'의 의미를 주돈이가 쓴 것을 인정한다.

그 반면에, 육구연은 유가적인 성향의 주돈이가 도가적 성격의 의미를 지닌 '무극'을 사용했을리 없다는 것이다. 또한 『통서』에서도 무극이라는 용어를 사용하지 않았으므로 「태극도설」은 주돈이가 지은 것이 아니거나 주돈이의 학문이 성숙되지 못한 때의 것이라고 한다. 이처럼 육구연은 '무극이태극' 표현에서 '무극'이라는 용어를 주돈이가 사용한 것이 아닐 것이라고 무극이라는 용어 사용을 부정하는 것이다. 그러는 가운데에 서도 양쪽 전부 '태극'밖에 무극이 따로 존재하는 것이 아니라는 '태극'의 초월성에 관하여서는 주장의 차이가 없었다.

요컨대 주희는 형이상학적인 본체에서 극은 단지 지극일 뿐이기 때문에 태극에 대해 본체로서 형이상의 원리라고 보았다. 태극이란 천지만물을 총합한 이름으로 리라고 한 것이다. 그리고 형기는 없다고 하여도 천지만물의 리는 존재하므로 이것을 '무극이태극'이라 한 것이고 그 리라는 것은 무기무형하므로 이를 '태극본무극'이라하였다. 그리고 음양오행이 조화되는 깊고 오묘함이 바로 리이며 인의예지와 강유선악이 또한 이 리라는 것이다. 아울러 이 리를 본성으로 생각되어 원래대로 편케 사는 사람을 성인이라 하고 이 리를 원래대로 되돌려 지켜나가는 자는 현인이라하였다

이것은 주희가 태극을 자연의 원인과 결과이자 인간이 존재하도록 하는 법칙으로 이해하고 있음을 알려주는 것이다. 이와 같이 주희의 태극은 성자(誠者)로서의 天의 자연법칙이면서 아울러 인간의 존재법칙이면서 가치법칙으로서 우주만물의 존재원리이다. 주희의 태극은 만물과 기운동의 작용관계로서 만물을 규정하고 근거지우는 신묘한 원리이다. 따라서, 태극이란 만물의 인과에 대한 작용관계이면서 생생불이의 자기규정의 신묘한 원리이다. 여기에서 '역유태극'의 '태극'은 한마디로 본체론에 대한 중심개념으로 태극의 작용관계와 원리성을 어떠한 의미로 해석하는 것에 대한 논의가 두드러진다.

본체론의 인과관계를 논리적 인과관계와 시·공간적 인과관계로 구별될 수 있는데 인과론은 시간상에서의 현상설명이라 하고 음양론은 공간상에서의 현상 설명이라 한다. 그리고 현상설명을 시공간적 인과관계라 하고 현상과 본질의 설명을 논리적 인과관계라 하여 나누어 설명하기도 한다.

> 인과론적 사유논리를 이기론적 사유논리로 이전하여 현상파악으로부터 본질파악으로 들어가도록 길을 연 것이 송학의 철학체계라고한다. 여기에서 인과론적 사유논리의 이전이란 현상설명의 시.공간적 인과관계를 현상과 본질이라는 논리적 인과관계로 전이시켜 소이연과 소당연의 동시구조적 이기론의 사유체계를 형성함으로써 본질적인 리를 창출하게 되는 것을 의미한다. 그런데 인과론에 대해서는 시간상에서의 현상설명 음양론은 공간상에서의 현상설명으로 볼 수 있다.[139]

그리고 본체론에서 인과관계를 논한다는 개념은 본체의 본질적 존재법칙을 파악하는 것으로 볼 수 있다. 본체의 본질적 존재의미에 대한 파악은 선진유학이나 송의 이학이나 동일하다 따라서 선진유학과 송의 이학이 파악한 본체는 천리이고 태극이다. 그러므로 본체인 태극의 원리는 천리로서 만물 일체적 존재법칙인 것이다. 그러므로 본체인 태극의 존재법칙이라는 것은 인관과 대관중 하나로 택일하는 것이 논점이 아니고 인관이면서 대관이라는 존재원리라고 여겨진다. 그러므로 태극과 만물을 인과관계로 이해하여 인과 과를 모두 '기'라고 할 수도 있고 논리적 규정관계라고 보아서 태극은 만물을 규정하는 논리적 근거인 '리'라고 볼 수 도 있다.

주돈이와 장재가 태극을 기로 해석하여 기를 생성의 근원자로 본 것과는 달리 정이는 우주의 본체를 태극으로 보고 그 태극은 도이며 리라는 개념으로 표현하였다. 여기에서 리는 형이상자이고 기는 형이하자라 하여도 리를 떠난 기, 그리고 기를 떠난 리는 존재할 수 없는 것으로 보았다. "이정자가 태극에 대해 언급하지 않은 것에 비해 주희가 태극론을 중시한 것은 이기론에서 형이상자와 형이하자가 양분되어 이원화되는 모순을 극복하기 위한 시도로 보인다."[140] 주희는 태극을 리로 이해하는 정이의 리기설을 계승하여 태극을 리로 해석한 바탕에서 태극도설을 설명하고 리기의 문제에서 정이의 리기이원론을 계승하고 북송오자인 주돈이와 장재, 이정자, 소옹 등의 학문을 집대성하였다.

주희는 태극을 우주만물의 본체로 보았으며 태극과 만물의 관계를 만물통체일태극과 각구일태극의 두 측면으로 파악하여 태극이 만물통체일로서의 리이고 만물은 각구일태극의 현상체임을 설명하였다. 주희에 의하면 태극이란 천지만물의 본원이며 만물은 각각 내면에 이와 같은 태극을 내함 하고 있는 것이다. "태극은 단지 천지 만물의 리이니 천지 입장에서 말하면 천지 가운데에 태극이 있고 만물 입장에서 말한다면 만물 가운데 각각 태극이 있다."[141] 그리고 "사람마다

---

139) 宋恒龍,『東洋哲學의 問題들』, 여강출판사,1987, pp.92.
140) 金吉洛,『朱子哲學의 本體論』, 石堂論叢 第16輯, 1990, p.336.
141)『朱子語類』卷1,「太極天地」上, 太極只是天地萬物之理 在天地言 則天地中有太極 在萬物言 則萬物中各有太極.

하나의 태극을 갖고 있으며 사물마다 하나의 태극을 갖고 있다. 합하여 말한다면 만물이 통체로 하나의 태극이 되고, 나누어 말하게 되면 하나의 사물이 하나의 태극을 갖추고 있다."[142]고 말하였다.

주희에게 天地는 통체일태극이고 아울러 현상의 만물로 본다면 만물은 각각 일태극을 구유하고 있다. 그러므로 태극은 리일이면서 만리이므로 일본지만수(一本之萬殊)이다. 그리고 태극은 본래 보편성을 지닌 통체일태극으로 불리지만 사물은 각각이 태극을 내면에 갖고 있으므로 각구일태극이 되는 것이다.

이와 같이 주희에게는 태극에 대해서 통체일태극과 각구일태극으로 설명되어진다. 주희는 천지만물의 총체적인 리를 태극으로 보고 각각의 개물의 태극인 리와 나누어서 본체론에 대해서는 태극과 리기를 바탕으로 전개하였다. "주희가 태극에 대해 절대적인 리로 볼 때는 본체를 말하는 것이고 리기의 상대적인 리로 볼 때는 작용을 지칭하는 것으로 구분하기도 한다."[143] 주희의 통체태극은 만물의 일체적 기의 작용에 대한 지도 원리이므로 통체태극은 최상위의 원리관념으로서 만사와 만물에 이 통체태극의 리가 구현되고 있다.

통체태극의 리는 무정의, 무계탁, 무조작으로 근본원리로 볼 수 있지만 구체적인 작용의 소장성을 소유하지 않고 스스로 변화하는 가운데 원리를 확보해 간다. 그리고 최고 상위의 절대적인 규범으로서 개별 리의 작용관계에서 지도원리가 되는 것이다. 본체로서의 태극은 천지만물을 통괄하고 화생 양육하는 작용법칙의 근원이면서 만물 속에 내재된 개별 분수리에 현현되고 있는 것이다 "무극이태극이라 하는 것을 만화의 매듭이고 품휘(品彙)의 바탕이라 일컫는 것은 태극 이자의 풀이이다."[144] 주희가 태극지시일개리자(太極只是一箇理字)라고 하면서도 일사일물지리, 극이라 하여 총천지만물지리를 태극으로 구별한 통체태극리는 원리적 측면의 리와 소장적 측면의 기의 관계성에 대한 존재원리인 것이다.

본체는 다만 하나의 태극이다. 그러나 만물이 각자 품수한 것이 있고 또 자연

---

142) 『朱子語類』 卷94, 「太極圖」, 人人有一太極 物物有一太極 合而言之 萬物統體一太極分而言之 一物各具一太極.
143) 金吉洛, 「朱子哲學의 本體論」, 『石堂論叢』 第16輯, 1990, p.337.
144) 『性理大全』 卷1, 所謂萬化之樞紐 品彙之根柢 是解太極二字.

히 각각 모두 하나의 태극을 내포하고 있다. 하늘에 있는 달이 하나뿐이지만, 그것이 강과 호수에 흩어져 있으므로 가는 곳마다 볼 수 있으나 그 달이 나누어졌다고 말할 수가 없다. [145] 그리고 "태극이라는 것은 오직 음양이기와 오행의 리일 뿐이지 별도의 다른 것 이 있기 때문에 태극을 이루는 것은 아니다.[146] 생각해 보건데 주희가 하나 뿐인 달을 일태극에 비유하여 강호에 비치는 수많은 달에 대해 개별적인 리로 드러내어 비유하는 것은 통체태극과 개별리에 의해 끊임없이 화생(化生)하는 만물일체적인과의 존재원리를 밝히고 있는 것이다.

이는 통체태극은 리이며 최상위의 근본원리로서 존재법칙인 국가의 헌법에 비유될 수 있고, 개별리에 대해서는 개별사항을 구체적으로 규율하는 가운데 존재하는 개별법으로 볼 수 있다 최상위법인 헌법이 통체태극으로서 모든 개별법에 그 근본원리를구현하고 있듯이 본체로서 절대리인 태극원리는 생생불이 하는 가운데 만사에구현되고있는 우주헌법이고 천리이다. 이처럼 존재하는 모든 것은 그 각각의 고유존재방식인 최고 원리성을 개별태극으로 지니게 되는 것이다.

본체론 입장에서 무극과 태극에 대한 주희의 해석은 무극과 태극은 개별적으로 존재하는 2개의 존재가 아니라 하나의 실체로서 서로가 꼭 필요한 필수적인 관계이다. 이는 태극 외에 별도로 무극이 존재하는 것이 아니라 태극의 무형상에 대해서 형용하는 개념이며, 무극과 태극은 전부 근원적인 실체존재로서 하나의 실체에 두 개의 이름이다.

태극 외에 별도로 무극이라 말한 것은 우주의 유일무이한 실체로서의 '태극'의 의미가 더 확실하고 분명하게 드러나도록 하려는 의도였다. 주희는 무극을 말하지 않으면 형이상적 존재인 태극이 형이하적인 존재로 사람들이 오해하는 것이 염려된 주돈이의 생각이라고 강조한다. 그리고 태극의 초월적인 존재임을 알리기 위해서 무극이 절대 필요하다고 보았다. 비록 당시의 육구연형제와 후대의 학자들이 주희의 '무극이태극'과 주돈이의 '무극이태극'의 의미가 다르다는 의견이 없지 않지만 그래도 주희는 본인의 입장들을 끝까지 견지하였다.

145) 『朱子語類』 卷94, 本只是一太極 而萬物各有稟受 又自各全具一太極爾 如月在天只一而已及 散在江湖則隨處而見 不可謂月已分也.

146) 『朱子語類』 같은 곳, 所謂太極者 只二氣五行之理 非別有物爲太極也.

2. 태극과 리

이번에는 태극을 리로 보는 관점에서 주희의 본체론을 고찰하고자 한다. 즉 태극의 실체에 대하여 리의 측면에서 통합적인 원리로 보고자 함이다.이 이론은 주희가 확립 하였지만 이론적 근원은 이정의 천리개념과 관계가 있다. 천리로부터 정주학의 핵심개념인 리 개념이 정립된 것이다. 결국 주희는 리 개념으로 주돈이의 태극도와 태극도설을 재해석하므로 정주학의 핵심인 '리기본체론'을 완성한 것이다. "태극은 리고 동정은 기다"[147] "태극은 단지 천지만물의 리이다"[148] 주희는 결국 주돈이의 우주론을 수용하고 있는 것이다.

그렇다면 주희는 리에 대해서 어떻게 이해를 하고 있는가를 알아보고자 한다. 우리는 리에 대해서 자연현상과 사회현상의 이면에 흐르는 원리·질서·법칙·규범 등을 한마디로 리라고 규정 할 수 있다. 즉 이치로 해석하고자 하는 것이다. 주희는 리를 묻는 제자에게 "도는 곧 길이고 리는 그 무늬결 이다"[149] "도는 의미가 넓고 크고 리는 정밀하다."[150] 라고 말한다. 도가 포괄적이라면 리는 도의 이면에 있는 수많은 맥락이다. 어원상 '도'는 사람이 다니는 길이다 그 길은 여러 가지의 도로가 있는데 그 중에 경로를 말하는 것이 '리'다. 천도 리를 말한다. 정호는 천은 리(天者 理也)라고 하여 천과 리를 같은 동급으로 보았다. 인격적이고 주재적인 천의 관념을 리로 해석하여 천의 의미를 리에게 부여 하였다.

주희에 의하면 사물은 리의 산물이다. 기의 응집이 서로 다른 리에 따라서 서로 다른 방법으로 일어나기 때문에 서로 다른 종류의 사물들이 생겨난다는 것이다. "하늘과 땅이 먼저 있기 이전에 앞서 리가 있고, 리가 있은 다음에 하늘과 땅이 있었다. 만일 리가 없었다면 하늘과 땅도 없고 사람이나 사물도 없다."[151]

147) 『朱子語類』 같은 곳, 陽動陰靜 非太極動靜.
148) 『朱子語類』 卷1, 太極只是天地萬物之理.
149) 『朱子語類』 卷6, 道便是路 理是那文理.
150) 『朱子語類』 같은 곳, 理是道字裏面許多理脈.
151) 『朱子語類』 卷1, 未有天地之先 畢竟也只是理 有此理便有此天地 若無此理便亦無天地 無人無物.

사물이 존재하지 않을 때에도 리 즉 사물의 원리는 이미 존재하였다. 그리고 이러한 리는 나중에 사물이 반드시 출현하고 존재하도록 결정한다는 것이다. 리가 사물에 앞서 존재한다는 사실을 명확히 밝히고 있다. 때문에 리가 천지에 앞서 존재한다고 말하는 것이다. 따라서 리는 모든 존재를 생성하는 근원이라 말할 수 있다.

주희는 태극을 우주론적 형상학으로 해석하여 태극을 천리와 연결시켰다. 태극은 단지 천지만물의 리이다. 천지 측면에서 말하면 천지 가운데 태극이 있고 만물 입장에서 말하면 만물 가운데 태극이 있다. 천지가 새로이 존재하기 전에도 틀림없이 이 리가 앞서 있어야 한다. 동하여 양을 새로 있게 함도 리가 있어야 하며, 정하여 음을 생기게 함도 단지 이 리다. 주희는 리와 기로 이 세계의 존재를 설명한다. 그런데 보면 리와 기에 대한 모순된 표현이 있다는 것을 발견하게 된다. 예를 들면 "기가 치우치면 리도 이지러지고 부족하다."[152]라는 표현이 있는데 또 다른 곳에서는 그렇지 않다.

결론부터 말하자면, 리의 성격에 관한 모순된 표현은 리와 기를 바라보는 그들의 관점에 따른 것임을 알 수 있다. 리와 기를 분리해서 보는 경우와 리와 기를 합하여 보는 경우에 따라서 리의 성격이 달라지는 것이다. 성리학적 용어로 표현하면, 리와 기를 분리하여 보는 불상잡의 관점에서 보느냐 리와 기를 합쳐서 보는 불상리의 관점에서 보느냐에 따라 리는 절대성 · 완전성 · 포괄성 등을 갖기도 하고 상대성 · 상이성 · 개별성 등을 갖기도 한다.

주희의 본체론에서의 철학적인 주제는 태극과 이기관계이다.[153] 주돈이의 「태극도설」과 정이의 리기론을 종합한 주희는 태극과 음양을 리기로 이해하고 판단하여 태극을 리로 보고 음양을 기로 인정하였다. 「계사전」에는 '형이상자지위도 형이하자지위기 일음일양지위도(形而上者謂之道 形而下者謂之器 一陰一陽之謂道)'가 언표되어 있는데 정이는 위의 도와 기(器)를 저마다 리와 기(氣)로 바꾸어 드러낸 바 있다. 주희는 정이의 理氣二元的 견해를 이어받아 주돈이의 「태극도설」에서의 음양을 기로. 태극을 리로 바꿔 설명하였다.

---

152) 『朱子語類』 卷4, 氣稟便則理亦矢闕了.
153) 柳承國, 『東洋哲學研究』, 근역서재, 1983, pp.162-163 참조.

전통적 중국철학에서 여기던 천 · 성 · 태극 · 도 등의 본체개념이 주희에 이르러 완성되고, 주희가 또한 음양을 기라고 풀이함으로써 송대 이후 진행되는 리기철학의 개념적 완성이 이루어졌다. 주희는 『주자어류』에서 도와 태극과 리를 같은 이치로 보되 도와 태극이 리의 총체적인 원리임을 밝히고 있다.

태극은 천지만물의 리를 통틀어서 의미하는 것인데, 도리의 다함을 드러내 극이라 한 것이다.[154] 그리고 본래 극이라 이름을 명명한 이유는 대개 추극의 뜻을 취한 까닭이니 성인이 태극이라고 말하는 것은 저 천지만물의 뿌리를 가리키는 까닭이다.[155]] 또한 천지지간은 일기 뿐이다, 이것이 나뉘어져 이가 되면 곧 음양이 된다.[156] 따라서 태극은 천지만물의 리의 어울림이자 천지만물의 가장 중심이 되는 본바탕이며, 음양은 천지간의 모든 모양새의 구체적인 요소로서 기와 동일한 것이라고 한다.

주희에게 태극과 리는 최고의 범주이다. 주희는 태극이 무엇인지를 다음과 같이 설명한다. "극은 도리의 극진함이니, 천지 만물의 이치를 총괄한 것이 바로 태극이다.[157]" 총은 만물을 있도록 하는 근본이 되는 것을 뜻한다. 『주역』에서 말하는 태극의 의미는 우주만물의 본원으로서 음양이 둘로 나누어지기 이전, 즉 만물이 생성되기 이전부터 존재하는 궁극적 실체를 가리킨다. 여기에서 양의-사상-팔괘의 순으로 만물의 생성과정을 설명하고 있다. 이 체계가 『주역』에서 말하고 있는 우주의 발생과정과 세계의 모습을 설명하는 방식이다. 이 모든 과정의 최초 근원이자 출발점이 태극이며, 최고의 정점에 태극이 자리 잡고 있다.

태극은 만물의 존재이치이다. 만물생성의 주관자로서 이 가운데 태극은 리로서 존재한다. 발생과 소멸의 존재가 아니라, 발생과 사라짐을 가능하게 하는 '생생불이의 본바탕존재'로서 그 사물에 리로 있다.[158] 그러므로 태극은 만물이 생

---

154) 『性理大全』 卷1, 極是道理之極至 總天地萬物之理 便是太極.

155) 『朱子語類』 卷94, 聖人謂之太極者 所以指夫天地萬物之根也.

156) 『易學啟蒙』 「本圖書」, 天地之間 一氣而己 分而爲二 則爲陰陽.

157) 『朱子語類』, 「太極圖」, 極是道理之極至 總天地萬物之理 便是太極太極只是天地萬物之理 在天地言 則 天地中有太極 在萬物言 則萬物中各有太極 未有天地之先 畢竟是先有此理 動而生陽 亦只是理 靜而生陰 亦只是理.

158) 방경훈, 「주자의 리에 관한 철학적 탐구」, 성균관대 박사논문, 2015, pp.38-39 참조.

기기 이전부터 '리'로서 유일하게 선재하는 소이연지리인 것이다.

주희는 태극의 의미를 다음과 같이 설명한다. "극이란 지극하다는 뜻이고 표준이 된다는 이름이니 항상 사물의 중앙에 있으므로 사방에서 그것을 보고 올바름을 취하게 되는 것이다. 그러므로 극을 중의 표준이라고 하는 것은 되지만 극을 중이라고 하는 것은 불가하다. 예를 들어 북극성은 하늘의 극이고 집의 극은 대들보이니 그 뜻이 모두 그렇다"[159] 태극이란 집에 비유하면, 집의 균형을 유지하고 있는 서까래의 중심축인 대들보에 해당한다. 그리고 태극은 모든 도리를 지극하게 하고 천지만물의 리를 총괄한다. 그러므로 주희는 절대성과 근원성을 부각시키기 위해 태극이라는 개념을 끌어들였다.

태극은 저마다의 리를 한데 묶는 총체적인 리인 동시에 따로따로 만물을 이루는 개별적인 리가 된다. 다시 말하면 각각의 리를 통틀어서 말하면 태극이 되고, 분리해서 말하면 만물마다 각각 하나의 리를 취하고 있는 것이다.[160] 그러나 개별적인 리와 총체적인 태극 사이에는 질적으로나 양적으로나 아무런 차이가 없다. 그러므로 태극과 리는 내용면에서 언제나 완전하고 절대적이며 조금의 부족함도 없는 동일한 것이다.

> 태극은 단지 리를 말한 것이다. 하늘은 이로써 항상 운행하고, 땅은 이로써 항상 존재하며, 사람과 사물은 이로써 끊임없이 생겨나는 것이다……천지만물의 리를 총괄하여 모두 여기에 모여 들어 다시는 더 나아갈 곳이 없다. 흩어지면 천지와 사람과 사물이 된다. 그렇게 해서 하나 하나 마다 모두 고르게 되어 조금도 부족함이 없으므로 태극이라 한다.[161]

주희는 태극을 리로 보았다. 태극은 세상 모든 것의 리이며, 따라서 천지 안에 태극이 있고 사물 각각이 태극을 갖고 있다고 보아야 한다.

---

159) 『朱熹集』 卷72, 「皇極辨」 極者 至極之義 標準之名 常在物之中央 而四外望之 以取正焉者也 故以極爲在中之準的則可 而便訓極爲中則不可 若北辰之爲天極 育棟之爲屋極 其義皆然.

160) 방경훈, 「주자의 리에 관한 철학적 탐구」, 성균관대, 박사논문, 2015, p.38.

161) 『北溪字義』, 「太極」, 若太極云者 又是就理論 天所以萬古常運 地所以萬古常存 人物所以萬古生生不息 ······· 總天地萬物之理 到此湊合 皆極其至 更無去處 及散而爲 天地爲人物又皆一一停句 無少炳矢 所以謂之太極.

> 태극은 단지 모든 것의 리일 뿐이다. 천지의 일반적 차원에서 말하면 하늘 · 땅 안에 바로 태극이 실재한다. 만물의 개별적 차원에서 말하면 만물의 각 독자적 존재 안에 태극이 실재한다. 천지가 있기 이전에 결국은 이리가 먼저 있었다고 해야 할 것이다. 움직여 양을 낳는다고 한 것도 단지 이 리를 말한 것이며 고요하여 음을 낳는다고 한 것도 단지 이 리를 말한 것이다.[162]

> 모든 사람은 하나의 태극을 가지고 있고, 모든 사물마다 하나의 태극을 가지고 있다. 합해서 말하면 모든 것이 하나의 태극이 되고 나누어서 말하면 개별적 사물은 각기 하나의 태극을 구비하고 있다.[163]

또 주희는 "태극은 형이상의 도, 음양은 형이하의 기이다. 그래서 그 드러난 것으로 보면 동정이 한꺼번에 이루어지지 않고 음양이 위치를 같이 하지는 않지만 그 안에 태극이 있지 않음이 없다."[164]고 하여, 태극과 음양을 저마다 형이상과 형이하로 보았다. 결국 주희는 태극의 고유한 성질을 리로 보았으며, 태극은 천지에도 존재하고 모든 사물과 음양 가운데에도 존재한다고 보았다. 「태극도설」에선 태극과 음양의 관계에서 태극의 동정에 의하여 성립된다고 보았다. 『역』에서는 단순하게 태극이 양의를 생한다고 하였는데 어떠한 방법으로 태극이 어떻게 음양을 생하는가 하는 문제가 뒤따른다.[165] 이러한 문제에 직면하여 주돈이는 태극이 동하여 양을 생하고, 정하므로 음을 생한다고 보았다.

리는 주희 철학에서 가장 근간이 되면서도, 매우 추상적인 개념이다. 그러므로 리에 접근할 때, 주희의 말대로, 경험이 가능한 상황들을 경유하는 것이 적당하다.[166] 이 때 경험 될 수 있는 상황들은 기로 구성된다. 주희철학 가운데,

---

162) 『朱子語類』 卷1, 曰太極只是天地萬物之理 在天地言則天地中有太極 在萬物言 則萬物中各有太極 未有天地之先畢竟是先有此理 動而生陽 亦只是理 靜而生陰 亦只是理.
163) 『朱子語類』 卷94, 人人有一太極 物物有一太極 合而言之萬物統體一太極 分而言之一物.
164) 『性理大全』, 「太極圖說解」, 太極形而上之道也 陰陽形而下之器也 是以自其.
165) 박응열, 주렴계의 태극론에 관한 연구, 성균관대 박사논문, 1996, p.77.
166) 『朱子語類』 卷6, 理難見 氣易見 但就氣上看便見.

기는 끊임없는 동정의 과정 속에서 일정한 모습을 갖춘 대상들을 구성한다. 기는 여러 사물들을 생성하고 이어가는 배경이 된다. 그런데 기의 활동이 뒤섞이지만 일정한 조리를 잃지 않는다[167] 실제의 개념으로 기를 분리하면, 그것은 어떠한 목적도 갖지 않고 그 무엇으로도 규정될 수 없다.

기는 우연한 것이며, 상황에서 과하거나 미치지 못함을 만들기도 하고 때때로는 악으로 흐르기도 한다.[168] 하지만 우리가 경험하는 기가 언제나 이와 같이 혼란스러운 것만은 아니다. 기의 활동 이면에는 어떤 이치가 존재한다. 무엇 때문에 氣의 활동이 條理를 잃지 않는가? 주희는 氣로 이루어진 상황에서, 우리가 어떠한 질서를 경험하고 그 이면의 善과 온전함을 마주할 수 있는 까닭을형이상자로서의 理에서 찾고 있다.

리기론이란 형이상의 리와, 형이하인 기가 어우러지며 생성되고 존재하는 동기와 과정을 철학적으로 탐구하는 학문이다. 주희의 성리학에서는 근원성과 법칙성을 리의 개념에 포함하고, 질료와 에너지는 기 개념으로 포함하여 두 성질의 작용으로 사물이 생성되고 존재하는 것을 철학적인 사고로 다루고 있다. 이러한 이기론에 대해서 현대 신유학자인 대만의 成中英교수는 “기는 변화의 과정으로서, 사물의 실제이며, 존재의 재료이고. 리는 사물의 변화와 법칙, 존재의 형식, 실제의 구조, 사물과 사물과의 관련된 질서이다.”[169]라고 기와 리에 대해 말하고 있다. 이 말은 사물이 세상에 존재하려면 반드시 기가 있어야 하고 또 기의 역할을 하려면 리가 필히 있어야 한다는 말이다.

여기에서 특별한 원칙들을 발견하게 되는데, 그 원칙중 하나가 리는 기속에 들어있으므로 둘을 나눌 수 없다는 측면과, 또 하나는 리는 형이상의 성질이요 기는 형이하의 성질로 두 존재가 본질적으로 구분된다는 측면이 있으며 또 두 존재가 생성되는 순서가 없다는 것이다. 전자는 리와 기는 ‘서로 떨어지지 않는 관계’에 있다고 말할 수 있고, 후자는 리와 기는 ‘서로 섞이지 않는 관계’에 있다고 말할 수 있고 그리고 리와 기의 존재의 순서에서 서로 ‘선후를 알수 없

---

167) 『朱子語類』 卷1, 如陰陽五行錯綜不失條緖 便是理.
168) 『朱子語類』 卷4, 所謂惡者 卻是氣也.
169) 成中英, 『論中西哲學精神』, 東方出版中心, 上海, 1996, p.159.

는 관계'에 있다고 말 할 수 있다. 성리학에서는 서로 떨어지지 않는 관계를 '불상리'라고 부르고, 서로 섞이지 않는 관계를 '불상잡'이라고 부르며 서로 선후가 없는 관계를 '무선후'라고 부른다.

즉 이 세상의 모든 존재물은 리와 기의 개념으로 설명되고 리기관계에 대해서는 리기불상리, 리기불상잡, 리기무선후가 제시되어야 한다. 이 리기론은 정이를 거치고 주희에 이르면서 하나의 체계로 구성되는 유가의 또 다른 본체론이기도 하다. 주희는 "태극은 형이상의 도이고, 음양은 형이하의 器다"[170]고 말하였다. 그는 도를 형이상자로 보았고, 기는 형이하자로 보았듯이 이기론에서도 리를 형이상자로, 기를 형이하자로 보았다. 또 주희는 "천지의 사이에는 리도 있고 기도 있다. 리란 형이상의 道이니 만물을 낳는 근본이고, 기란 형이하의 기器이며 만물을 낳는 도구이다."[171]고 하였다. 여기서의 리는 태극이면서 원리이고, 氣는 질료이다.

이런 면에서 이기론은 본체론인 것이다. 주희는 이기론을 본질과 현상에 대한 사유의 형식으로 이기이원론의 관점에서 밝혀 태극과 리와 기의 관계를 드러내고 형이상과 형이하의 상반된 두 세계를 가려 정함과 아울러 존재원리를 리와 기로써 설명하였다. "성리학에서의 태극론과 이기론은 연관성 없이 서로 다른 주제가 될 수 없으며 태극론이 이기론의 기초가 되는 필수불가결의 관계로 두드러져 나타나고 있다."[172]는 말처럼 주희의 태극과 이기에 대한 논의 또한 존재원리의 본질을 규명하여 하늘과 인간과의 천인관계를 밝히는 본체론인 것이다. 이번 절에서는 본체론의 개념에 입각하여 '리기불상리'와 '리기불상잡' '리기무선후'를 중심으로 리기와 태극과의 관계를 고찰해 보고자 한다.

리기불상리의 의미는 한마디로 서로 떨어질 수 없다는 말이다. 리와 기가 하나가 될 때 비로소 사물의 생성이나 존재가 가능해진다. 그래서 주희는 "이 세상에는 리 없는 기가 없고 기 없는 리가 없다."[173]고 하였고 또 "리는 기를 떠

---

170) 『性理大全』, 「太極圖說解」, 太極形而上之道也 陰陽形而下之器也.
171) 『性理大全』, 같은 곳, 天地之間 有理有氣 理也者 形而上之道也 生物之本也 氣也者 形而下之器也 生物之具也.
172) 柳仁熙, 『朱子哲學과 中國哲學』, 범학사, 1980, p.191.
173) 『朱子語類』 卷1, 天下未有無理之氣 亦未有無氣之理.

난 적이 없다."[174]라고도 했다. 결국 기와 리는 항상 함께 존재한다는 말이다. 즉 이론상으로는 리와 기를 구분할 수는 있겠지만 실제로는 서로 떨어질 수 없는 관계이므로 구분 할 수가 없다. 왜냐하면 리는 홀로 존재할 수 없으므로 반드시 기속에 들어있어야 하는 존재이기 때문이다. 리와 기는 형이상과 형이하, 추상적 이치와 구체적 사물이라는 서로 다른 성격을 갖고 있으며 이론적 또는 논리적으로는 구분이 가능하고 또 서로 필요한 가운데 실제로는 절대 분리되어 떨어질 수 없는 관계이다

> 리와 기는 어떤 경우에도 둘이다. 사물의 입장에서 보면 리와 기가 한곳에 섞여있으므로 둘로 나누어 질 수 없다. 그래서 리와 기가 하나 되는 것을 훼방하지 않는다. 그러나 리 위에서 보면, 사물이 아직 존재하지 않아도 사물의 리는 존재하고 있다. 그러나 리가 있을 뿐이지 정말로 사물이 존재한 적은 없다.[175]

리와 기는 이론상으로는 구분이 가능하지만 실제로는 서로 나누어 질 수 없는 관계이다. 왜냐하면 리는 홀로 존재할 수 없고 반드시 기 속에 들어있기 때문이다. 그러나 리와 기는 형이상과 형이하, 추상적 이치와 구체적 사물이라는 서로 다른 성격을 갖기 때문에 이론적 또는 논리적인 구분만이 가능 한 것이다. 리와 기라는 말은 이론상으로는 구분이 가능할지 모르지만 실제로는 서로 떨어질 수 없는 하나의 관계에 있는 것이다. 그렇지만 리와 기는 형이상과 형이하, 추상적 이치와 구체적 사물이라는 서로 다른 성격을 갖기 때문에 이론적 또는 논리적인 구분은 가능하다.

그러나 둘은 서로 떨어질 수 없음을 주희는 이렇게 말한다. "리는 별도로 하나의 물건이 되지 않고 기속에 존재하니 기가 없으면 리도 실려 있을 곳이 없다." [176] 개념상 리는 리이며 기는 기일 뿐이다. 리와 기는 완전히 구분되는

---

174) 『朱子語類』 같은 곳, 理未嘗離乎氣.
175) 『朱子大全』 46卷, 「答劉文叔1」, 所謂理與氣 此決是二物 但在物上看 則二物渾論不可分開 各在一處 然不害二物之各爲一物也 若在理上看 則雖未有物 而已有物之理 然亦但有其理而已 未嘗實有是物也.
176) 『朱子大全』 같은 곳, 理又非別爲一物 卽存乎是氣之中 無是氣 亦無掛塔處.

두 개체 이면서 사물로 보면 하나로 섞여 있어 나눌 수 없는 것이다. 그러나 리와 기는 떨어진 적이 없고 만물에는 반드시 리가 부여된다. 그리고 리기무선후는 리가 기의 존재근거로서 기의 생성의 근원이다. 리와 기는 불상리이기 때문에 리는 틀림없이 개별적인 사물에도 부여되는 것이다.

다음은 리기불상잡에 대한 언급이다. 한마디로 둘은 서로 섞일 수 없다는 의미이다. 주희는 리와 기의 관계를 다음과 같이 말하였다. "그러므로 사람과 사물을 낳을 때는 반드시 리를 부여받은 뒤에 본성이 있고 반드시 기를 부여 받은 뒤에 형체가 있다. 그 본성과 형체가 한 몸에서 벗어나지 않는다고 하더라도 리와 기 사이에는 구별이 분명하므로 서로 섞일 수 없다."[177] 이 세상에는 각각 다른 차원으로서 리와 기가 존재한다. 리는 형상을 뛰어넘는 도이며 근본으로서 사람과 사물이 생겨날 때 품부되어 성으로 존재하고, 기는 형상을 지닌 器로서 만물을 낳는 과정에 기구로 작용하여 사람과 사물이 생겨날 때에 형체가 된다.

그러므로 주희는 "아직 리가 있지 않아도 성은 이미 존재하고 있다. 기가 존재하지 않고 있어도 오히려 성은 언제나 존재한다. 비록 그것이 기 가운데 있어도 기는 스스로 기이고, 성은 스스로 성이 된다. 그리고 스스로 서로 뒤섞이지 않는다."[178]라고 말하였다. 이러한 상황속의 존재에 대해서 리기불상잡이라고 한다. 리기불상잡에서 이 말은 리와 기가 완전히 다른 존재방식의 성격을 갖는다. 불상리가 사실적 또는 현실적 관점에서 말한 것이라면, 불상잡은 이론적 또는 논리적 관점에서 말한 것이라고 할 수 있다. 그러므로 리는 불변적이고 기는 가변적이다. 리가 운동의 근거가 되고 기는 동정운동을 한다.

운동을 지속적으로 하기 위해서 운동의 근거가 되는 리는 반드시 변하지 않는 불변성을 가져야 한다. 만일에 운동의 근거가 변화하면 운동의 지속성이 보장되지 못하기 때문이다. 따라서 리는 규범성을 가져야 한다. 주희는 리가 기 가운데서 드러나는 것은 리가 음양오행과 섞이면서도 질서를 잃지 않기 때문이라고 한다. 만약에 기가 맺어지는 것이나 모이는 것이 되지 않는다면 리는 드러

177) 『朱子語類』 卷58, 「答黃道夫」, 是以人物之生 必稟此理然後有性 必稟此氣然後有形其性其形 雖不外乎一身 然其道器之間 分際甚明 不可亂也.

178) 『朱子文集』 46卷, 「答劉叔文」 二書, 未有此理 已有此性 氣有不存 性峪常在 雖其方在其中 然氣自氣 性自性 亦自不相夾雜.

날 곳이 없게 된다.[179] 음양오행의 운동에도 질서가 존재한다는 것은 리가 발현하기 때문이다. 즉, 리는 운동의 규범성을 갖게 함과 아울러 기의 운동을 가능하게 하는 것이다.

이런 불상리와 불상잡은 두 가지 관점에서 리와 기의 관계를 규정한 대표적 명제이다. 불상리가 현실적 또는 사실적 관점에서 말한 것이라면, 불상잡은 논리적 또는 이론적 관점에서 말한 것이다.[180] 사실 리와 기는 서로 떨어질 수 없는 하나로서의 관계이지만, 논리적인 관점으로 본다면 리와 기는 서로 섞여있지 않고 분명히 구별되어야 하는 둘이다. 즉 보는 관점에 따라서 리와 기는 하나 또는 둘의 관계로 볼 수 있는데, 주희는 이 내용에 대해서 다음과 같이 설명한다.

> 리와 기는 결단코 둘이다. 사물의 관점에서 본다면 리와 기가 섞여 있어도 분리할 수 없다. 그러므로 리와 기가 하나 되는 것을 방해하지 않는다. 그러나 이론적인 관점에서 본다면 사물이 비록 아직 있지 않아도 사물의 리는 이미 있는 것이다. 그러나 그 리가 있을 뿐이지 사실은 사물이 있었던 적은 없다.[181]

여기에서 사물의 관점은 사실적 관점 또는 존재론적 관점을 말한다. 실제로 존재하는 사물의 관점에서 보면 리와 기는 서로 섞여있기 때문에 하나라고 할 수 있다. 리가 아니면 기가 근거할 바가 없고 기가 아니면 리는 의존할 곳이 없는 공존관계이며 동시관계이다. 그러나 이론적 또는 논리적 관점에서 보면 어디까지나 리는 리이고 기는 기이니 둘 사이에 본질적인 구분이 없을 수는 없다. 때문에 리와 기는 결코 둘이라고 말한다.

그런데 이렇게 논리적이지만 리와 기를 나누는 이유는 사람과 사물의 존재근

179) 『朱子語類』 卷1, 又問 理在氣中發見處如何? 曰 如陰陽五行錯綜不失條緒 便是理若氣不結聚時 理亦無所附著.

180) 안유경, 『성리학이란 무엇인가』, 새문사, 2018, p.100.

181) 『朱子文集』 46卷, 「答劉叔文」, 所謂理與氣 此決是二物 但在物上看 則二物渾淪不可分開 各在一處 然不害二物之各爲一物也 若在理上看 則雖未有物 而已有物之理 然亦但有 其理而已 未嘗實有是物也.

거, 존재가치, 존재이유를 명확히 하여 리의 절대성과 순수성 및 동일성을 갖추게 됨에 따라, 범주에 대한 착오의 혼란함을 범하지 않도록 하기 위함이다. 우리는 통상 이것을 리와 기의 불상잡이라고 말한다. 그렇지만 이렇게 리와 기의 불상잡만을 강조하다보면 자칫 리와 기는 별개의 것이 되고 만다.

이런 상황에서 주희가 굳이 리와 기를 合하기도 하고 分하기도 하며 불상리와 불상잡이라는 두 관점을 택한 이유는 결국 이 과정으로 리의 세계와 실물의 세계를 모두 설명 할 수 있기 때문이다. 같은 한 개념에서 현실세계와 본질세계를 구분해보려는 인간의 의지 때문으로 볼 수 있다. 다시 말하면 본질적으로 속성이 서로 다른 리와 기를 상호 연관시켜서 변화하는 현상과 불변의 원리를 보다 종합적으로 설명하기 위한 것으로 보아야 한다.

다음은 리와 기의 선후에 관하여 살펴보고자 한다. 앞에서 리와 기는 현실적으로는 결코 독립적인 존재라고 할 수 없다. 어떠한 경우나 입장에서도 리와 기가 독자적으로 존재할 수 없으므로 리와 기의 관계에서는 원칙적으로 선후 의 문제가 생길 수가 없다. 왜냐하면 리는 언제나 기안에 내재하여 있기 때문이다.

> 물었다: 기가 앞서 있는 것입니까? 답하였다: 리는 기와 떨어진 적이 없다. 그렇지만 리는 형이상자이고 기는 형이하자이다. 형이상하의 입장에서 말한다면 어떻게 선후가 없겠는가?182)

그런데 어떤 이유일 때 리가 먼저인가 기가 먼저인가를 가리는 선후문제를 논하게 되는가? 그것은 앞의 설명과 같이 리와 기의 관계는 불상리와 불상잡이라는 두 원칙중 하나로 규정되고 있다. 불상리의 상황에서는 리와 기가 떨어져 존재할 수 없기 때문에 리기의 선후문제가 있을 수 없다. 하지만 불상잡의 상황에서는 리와 기를 분리시켜 볼 수 있으므로 선후의 상황이 발생 할 수 있는 조 건이 성립될 수 있다.

우리가 생활하는 현실세계에서 기안에 리가 이미 존재하고 있으므로 리와

---

182) 『朱子語類』 卷1, 問 先有理 柳先有氣? 曰 理未嘗離乎氣 然理形而上者 氣形而下者 自形而上下言 豆無先後.

기는 서로 나누어지는 다른 사물로 볼 수 없다. 그런데 리가 기보다 앞선다고 보는 이론이 있는데 그 이론을 성리학 용어로 리선기후라고 말한다. 주희의 대화이다. “물었다: ‘리가 먼저입니까 기가 먼저 입니까? 답했다 : 리와 기는 본래 선후를 말할 수 없다. 그러나 그 소종래를 추론하면 모름지기 먼저 리가 있다고 말해야 한다.”[183] “리와 기는 선후를 말할 수 없다. 단지 형이상을 추론할 때에만 예를 들면 리가 먼저 이고 기가 나중이라고 할 수 있으리라.”[184] 이에 주희가 여기에서 ‘선후를 말할 수 없다’라고 한 것은 하나의 사실적 관점으로 리와 기가 서로 떨어질 수 없는 불상리의 관계에 선후를 말한 것 뿐 이다.

위 주희가 말하는 인용문에서는 기가 먼저라는 근거로 그는 소종래를 추론한다와 형이상에 대해서 추론할 때'를 말하고 있다. 여기서 ‘소종래를 추론한다’는 의미는 유행에서 근원을 미루어 생각하며 추론한다는 의미로 볼 수 있고 ‘형이상을 추론할 때’란 형이하〔用〕에서 형이상〔體〕을 추론해 나간다는 것으로 볼 수 있다. 따라서 현실에 존재하는 사물에서 먼저〔先〕라고 말할 수 있는 것과, 소종래로 추론하여 구하게 되는 리에 대한 근거와는 결코 다른 것이다. “요약하면 먼저 리가 있다. 그러나 오늘은 리가 있고 내일은 기가 있다고 말해서는 안되지만 모름지기 선후가 있다.”[185]는 내용으로 주희의 주장을 이해하여야 한다.

위에서 본 바대로 주희는 물리적인 시간적 개념과는 구별되는 논리적인 선후에 대한 규정의 필요성에 대해서 역설하고 있다. 주희는 선후에 대해 예를 들면 형이상의 원리나 법칙의 존재가 인정되는 리와 기가 서로 간에 다른 차 등적 지위를 갖게 되므로 일반적인 시간인 오늘과 내일의 개념인 선후가 아니라 일반적 개념이나 원리를 뛰어넘는 초월성의 선후를 인정하고자 한 것이다. 그러

183) 『朱子語類』 卷1, 或問理在先氣在後 曰 理與氣本無先後之可言 然必欲推其所從來 則須說先有是理.
184) 『朱子語類』 같은 곳, 理與氣本無先後之可言 但推上去時 却如理在先 氣在後相似.
185) 『朱子語類』 같은 곳, 要之也 先有氣 只不可說是今日有是理 明日却有氣 也須有.

나 이 말은 기의 가치를 폄하하는 말이 아니다. 리와 기는 우주만 물의 기본 구조로서 언제나 동등한 의미를 가지며 또한 동등하게 인정하는 것이다.

그러나 리와 기의 관계에서 인륜도덕의 가치문제로 확대되어 리=선, 기=유선악이라는 구조로 본다면 상대적 선인 기보다는 절대적 선인 리에 대해서 보다 많은 의미를 둘 수밖에 없을 것이다. 결국 리는 절대선이고 기는 상대선 이므로 절대선이 상대선 보다는 더 중요하다는 말이다. 이때의 리와 기의 비교 관계를 단순 평가할 때 리는 선하고 기는 악하다(理善氣惡)'로 말하거나 또는 '리는 귀하고 기는 천하다(理貴氣賤)' 등으로 표현되기도 한다. 이렇게 볼 때 리는 기보다 우선하거나 중요하다고 말하지 않을 수 없다. 이러한 것들이 '이선기후'의 이론을 낳는 인식의 기초가 되었다.

논리적 측면에서는 근원적으로 추론해 올라가면 리가 기보다 앞서 있다고 말할 수 있으며, 또한 인간의 도덕문제와 연결되는 가치적인 측면에서는 리가 기보다 중요하다고 말하지 않을 수 없다. 주희가 말한 이선기후란 바로 이러한 의미에서의 이선기후 이다.

주희는 리와 기의 관계에서 시간적으로 리가 기보다 앞선다고 말할 수는 없다고 하지만 분명한 것은 리가 기보다 선재하며, 천지가 생성되기 이전에도 천지의 원리는 이미 존재하고 천지가 전부 소멸되어 세상에 없더라도 천지의 원리는 여전히 존재한다고 말한다. 이와 같은 리와 기의 관계에서 선후관계는 본체론적 선후관계를 뜻한다. 이 우주가 현상적으로 생성 되는 과정 에서 리와 기는 동시적으로 존재하며, 리는 운동의 이치로서 기에 내재하여 조화와 화육의 과정을 주재한다. '동하여 양을 생하고 정하여 음을 생한다'는 '동이생양 정이생음(動而生陽 靜而生陰)' 과정가운데에서, 리와 기는 함께 존재하므로 시간적으로 무엇이 먼저 생겼다고는 말할 수 없다.

리선기후는 두 가지 측면에서 고찰해 볼 수 있다. 첫 째는 현상적으로 리와 기가 서로 떨어질 수 없는 특별한 관계 속에 있으면서 그럼에도 불구하고 리가 기를 주재하기 때문에 리가 기보다 앞선다고 말할 수 있다. 두 번째는 그 어떤 존재하고도 대대(待對)하지않는 절대적인 원리이자 본체인 리는 기에 선재한다고 말할 수 있다. 여기에서 전자가 현상 적인 측면의 리선기후를 의미한 것이라면 후자는 형이상학적이면서 근본적인 영역에서의 리선기후를 말한다.

그리고 현상적인 입장에서 리선기후를 살피면 리와 기가 서로 분리하여 존재할 수는 없지만, 리와 기는 형이상자와 형이하자로서 구분하지 않을 수 없으며, 동시에 두 관계는 선후로 나눌 수도 있다. 따라서 리와 기는 논리적인 입장에서 '이선기후'의 관계가 성립된다고 볼 수 있다. 논리적 입장에서 근원적으로 추론하여 올라가면 리가 기보다 앞설 수 있다고 말할 수 있다. 또한 인간의 윤리 도덕문제와도 직결되는 가치관적인 입장에서 리가 기보다 중요하다고 말할 수밖에 없다. 주희가 주장하는 이선기후란 바로 이러한 맥락에 서 말하는 것이다

지금까지 본체론의 측면에서 태극과 리에 대해서 살펴보았다. 주희는『주자어류』에서 태극을 천지만물의 리를 총합하여 모든 리 중에서 가장 으뜸가는 리로 말하였다.

> 태극은 다만 천지만물의 理일 뿐이다. 천시에서 말하고 있으면 태극이 천지 가운데 있고, 만물에서 말하고 있으면 만물 가운데 각각 태극이 있다. 아직 천지가 앞서 있기 전에 필히 이 리가 앞서 있다. 움직여 양을 낳게 함이 이 리이고 고요하여 음을 낳게 함도 이 리이다. 186)

즉 주희는 태극이 천지 가운데 있고, 태극이 각각 만물 가운데 있는 것이며, 천지가 존재하기 이전에 필히 리가 있으며, 음양을 낳게 하는 것도 바로 이 리라고 하였다. 주희가 말하는 이 리는 리를 총괄하는 모든 리 중에서 리로 천지와 만물을 낳게 하고 변화 운행하는 법칙을 말한다. 태극은 각각의 리를 총괄하는 총체적인 리인 동시에 개별적인 만물을 이루는 개별적인 리가 된다. 다시 말하면 각각의 리를 총괄해서 말하면 태극이 되고, 나누어서 말하면 만물마다 각각 하나의 리를 갖추고 있는 것이다. 그러나 개별적인 리와 총체적인 태극사이에는 질적으로나 양적으로나 아무런 차이가 없다. 그러므로 태극과 리는 내용면

---

186)『朱子語類』같은 곳, 太極只是天地萬物之理 在天地言 則天地中有太極 在萬物言 則萬物中各有太極 未有天地之先 畢竟是先有此理動而生陽 亦只是理靜而生陰 亦只是理.

에서 언제나 완전하고 절대적이며 조금의 부족함도 없는 본체가 된다.

3. 오행과 기

주희는 고대로부터 발전해온 음양·오행 개념을 본인의 우주론으로 수용했다. 그의 오행은 음양과 더불어 만물을 탄생하게 하는 기질의 의미를 가진다. 주희는 기질의 구조를 정립함으로써 그의 리기론은 드디어 완성을 볼 수 있었다. 그는 오행에 대해서 우주 만물의 질로 보았다. 질도 기와 동일하게 물질적인 성질을 가진다. 그렇지만 질은 기가 짙어지면서 보게 되는 유형의 물질요소 다.[187] 주희는 "기가 뭉치게 되면 질이 된다."[188]라고 했다. 오행의 질은 만물보다 앞서 존재하며 만물 생성이 가능하게 되는 단계의 기이다. 다시 말해 오행은 만물로 낳는 마지막 단계로서의 기의 형태이다.

그래서 주희는 "천지가 만물을 생함에 오행이 먼저 있었다. 땅은 토로서 많은 금과 목이 함유되어있다. 천지간에 어느 것인들 오행이 아닌 것이 없다. 양의인 음양·오행의 일곱 가지 성질이 서로 뭉쳐서 만물을 낳는 재료가 된다."[189]라고 했다. 이 말을 살펴보면, 주희는 오행에 대해서 만물을 형성하는 단계의 에너지와 재질로 볼 뿐만 아니라, 만물과 만사의 현실적 근원으로도 보고 있었음을 느끼게 된다.

다음은 음양과 오행의 관계에 대해 알아보고자 한다. 오행은 음양에서 진화한 물질단계이다. 그래서 주희는 "음양은 기로서 오행의 질을 낳는다"[190]고 하였다. 즉, 음양과 오행은 분명 서로 생성의 관계를 가진다. 음양에서 오행을 낳는다는 도식은 『관자』·『여씨춘추』·『회남자』·『춘추번로』를 거쳐 하나의 논리로 정립되었다. 이러한 도식을 주돈이와 장재가 송학에 도입하였으며 주희가 그것을 본인의 철학체계 속에 수용하였다. 하지만 음양과 오행은 간단히 생성의 관

---

187) 야마다 게이지, 김석근 역, 『朱子의 自然學』, 통나무, 1996, p.123 참조.
188) 『朱子語類』 卷1, 氣積爲質.
189) 『朱子語類』 卷94, 天地生物 五行獨先 地卽是土 土便包含許多金木之類 天地之間 何事而非五行 陰陽五行七者衮合 便是生物之材料.
190) 『朱子語類』 같은 곳, 陰陽 氣也 生此五行之質.

계만 갖는 것이 아니라, 상호 동질성의 관계도 갖는다.191) 더 나아가서 음양과 오행은 서로간에 포함하는 관계도 형성한다. 그래서 "음양의 두 기가 나누어지면 오행이 생성되므로 음양 밖에 별도로 오행이 있는 것이 아니다."192)라고 하였다. 즉 오행의 질은 음양의 기에서 나오게 됨으로 오행은 음양을 벗어날 수 없다는 말이 성립된다.

이는 큰 범위의 세계에서 작은 범위의 세계를 수용하는 것을 포용함을 의미하는 말로 오행이 음양가운데 포함되는 것을 의미한다. 그리고 주희는 오행 가운데 음양이 포함 된다고도 말한다. 주희는 "오행가운데 각각 음양이 있다."193)고 하였는데 이 말은 음양 또한 오행 속에 내재되어 있음을 의미하는 말이다. 이 말의 의미는 五行의 측면에서 음양을 보았을 때 성립 되는 말이다. 즉 오행의 질은 음양의 기로 이루어졌다. 오행 가운데는 음양이 내재될 수밖에 없는 뜻이다.

다음은 오행의 생성순서에 대해 살펴보고자 한다. 주희는 오행의 생성순서를 두개의 차원으로 말했다. 그것은 오행을 天地(하늘과 땅)를 근거로 두 차원으로 나누기 때문이다. 주희는 "하늘에서는 기를 운행하고, 땅에서는 오행의 질을 이룬다."194)고 하였다. 즉 오행을 각각 무형적 기의 차원과 물질적 차원으로 구별하여 기는 하늘에서 운행하고 물질적 차원은 땅에서 이루는 것으로 보았다. 그는 이것에 근거하여 오행은 두 가지 차원으로 생성관계를 갖는다고 보았다. 첫째는 물질이 이루어지는 과정으로 보는 오행생성 차례이다. 주희는 "生의 순서를 질로써 말하면 수·화·목·금·토인데 화와 금은 陰이고 수와 목은 陽이다." 195)고 하였다. 그리고 물질의 차원으로서의 五行의 생성 순서는 '수→화→목→금→토'로 보았다.

이는 「홍범」에서 제시한 순서인데, 공영달(孔穎達)은 "五行의 體를 나누면 水는 가장 작아 1번이 되고 火는 점진적으로 나타나 2번이 되고, 木은 형체가 실

---

191) 야마다 게이지, 김석근 역, 『朱子의 自然學』, 통나무, 1996, p.101 참조.
192) 『朱子語類』 卷1, 然却是陰陽二氣截做這五箇 不是陰陽外別有五行.
193) 『朱子語類』 같은 곳, 五行中各有陰陽.
194) 『周元公集』, 「太極圖說」, 朱子說解 五行者 質具於地而氣行於天者也.
195) 『周元公集』, 같은 곳, 以質而語其生之序 則曰水火木金土 而水木陽也 火金陰也.

재로 있어 3번이 되고, 金은 형체가 딱딱하여 4번이 되고, 土는 형체가 커서 5번이 된다."[196]라고 하였다. 이는 형상의 크기와 특징으로 오행의 순번을 정하였다. 공영달은 "만물의 근본은 '있음'은 '없음'에서 생하고 '나타남'은 '미세함'에서 생한다. 형상을 이룸에서도 미세함, 나타남에 순서를 두었다."[197]는 근거를 제시하였다.

주희는 오행의 생성순서를 놓고 "천지가 만물을 생성할 때 가볍고 맑은 것은 먼저하고 무겁고 흐린 것은 다음에 하였다. 天一은 수를 생하고, 地二는 화를 생하는데 이 둘은 오행 중에 가장 가볍고 맑은 글자이다. 금과 목은 수화보다 무겁고 흐리다. 토는 금과 목보다 더 무겁고 흐리다."[198]라고 하였다. 주희는 오행의 순서를 결정하는 근거로 가벼움과 맑음〔輕淸〕과 무거움과 흐림〔重濁〕의 차이로 들었는데 이것은 '미세함과 나타남은 차례가 있다'는 공영달의 뜻을 계승한 것이다. 조셉 니덤은 탈레스의 만물기원설로 인하여 수를 최초의 단계로 삼았다고 하여 그 의미를 부각시켰다.[199] 중국 문헌으로는 초묘에서 발굴된 『태일생수』가 수를 만물의 기원으로 삼았고 수를 만물생성에 중요하게 본 자료는 『관자』「수지」편이 있다.

다음은 오행의 기가 생성하는 순서를 보겠다. 氣는 가볍고 맑음으로〔輕淸〕하늘에 속하여 운행한다.[200] 주희는 "기 측면에서 운행의 순서는 목·화·토·금·수인데, 양은 목·화이고, 음은 금·수다."[201])라고 하였다. 주희는 오행순서를 사시의 순환 순서라고 했다.[202] 주희는 기의 五行의 순서를 '목→화→토→금→수'의 순으로 생성이 된다고 하였다. 이 순서는 『춘추번로』에 처음으로 등장하는데, 이 순서형식이 오행설에서의 순서로 주류를 이루고 있다.

---

196) 『尙書正義』, 「洪範」, 五行之體 水最微爲一 火漸著爲三 木形實爲三 金體固爲四 土質大爲五.
197) 『尙書正義』, 같은 곳, 萬物之本 有生於無 著生於微 及其成形 亦以微著爲漸.
198) 『朱子大全』 卷49, 大抵天地生物 先其輕淸 以及重濁 天一生水 地二生火 二物在五行之中最輕淸 金木又重於水火 土又重於金木.
199) 조셉 니덤, 이석호 역, 『중국의 과학과 문명Ⅱ』, 을유문화사 1994, p.357 참조.
200) 『周元公集』, 「太極圖說」, 朱子說解 五行者 質具於地而氣行於天者也.
201) 『周元公集』, 같은 곳, 以氣而語其行之序 則曰木火土金水 而木火陽也 金水陰也.
202) 『朱子大全』 卷49, 此以四時而言 春夏爲陽 秋冬爲陰.

「태극도설」에서 주돈이는 이 순서를 '오기순포'라고 했다. 오행의 기운이 순조롭게 세상에 펴지면 그에 따라 사시가 형성된다. 춘은 사시의 시작으로, 목과 상응한다. 그러므로 목이 제일 앞서게 되었다. 다음에는 하로서 열기가 강하여 화와 상응한다. 장하에는 화기가 거두어지므로 토, 추는 숙살의 기운을 발산하므로 금과 상응한다. 동은 한랭해지므로 수와 상응한다.

주희는 오행을 질로 해석한 뒤에 만물을 생산하는 현실적인 에너지로 보았다. 또한 오행은 음양의 기에서 생성된 것으로 음양의 성질을 내포하고 있는 것으로 보았다. 즉 음양과 오행은 포함관계와 생성관계를 동시에 갖고 있다. 주희는 오행의 생성작용을 기의 차원과 질의 차원 두 가지로 구분하여 말한다. 질의 차원에서의 순서로 볼 때는 '수→화→목→금→토'이고 기 차원에서의 순서는 '목→화→토→금→수'가된다.[203] 질의 생성은 땅에서의 운동으로 양변음합의 이치에 의거하여 對待를 이루고 기의 생성은 일기가 하늘에서 동하므로 순생의 구도를 갖기 때문이다.

다음은 기의 순서다. 기를 논하려면 먼저 기와 음양·오행의 관계를 분명히 하지 않으면 안된다. 왜냐하면 그것들은 기, 하나의 기, 음양, 두개의 기, 음양이기, 오행의 기, 음양오행 등으로 다양하게 쓰일 뿐만 아니라 또한 이러한 것들을 다르게 말하는 경우도 많기 때문이다. 음양은 하나의 기임에 틀림이 없지만, 음과 양 또는 음의 기와 양의 기라고 하여 두개의 기로도 말해진다. 주희는 이러한 기와 음양의 관계를 다음과 같이 말한다.

> 음양은 단지 하나의 기이다. 양이 물러나는 동시에 음이 나오는 것이지, 양이 물러나고 또 다른 하나의 음이 나오는 것이 아니다. 음양은 하나로 보아도 좋고 둘로 보아도 좋다. 둘로 보면 음으로 나뉘고 양으로 나뉘어 양의가 되고, 하나로 보면 하나의 소멸되고 자라나는 것 소장(消長)일뿐이다 음 양은 선후를 나누어 말할 수 없다[204]

203) 김기, 「음양오행설의 주자학적 적용양상에 관한 연구」, 2012, 성균관대 박사논문 p.83-85 참조.

204) 『朱子語類』 卷65, 陰陽只是一氣 陽之退 便是陰之生 不是陽退了 又別有箇陰生 陰陽徹一箇看亦得 徹兩箇看亦得 微兩箇看 是分陰分陽 兩儀立焉 微一箇看 只是

성리학에서의 기는 생명을 지향하는 기본적인 요소이다. 형이하의 세계는 모두 기에 의해 이루어지는 기는 만물의 기본적 자료이다.[205] 주희는 형체를 이루기 전에는 기는 천지간에 가득하다고 생각하였다. “대개 하늘이 사방으로 있으며 땅은 그 가운데 있다. 한 자의 땅을 덜거나 얻으면 거기에 한 자의 기가 있지만, 단지 사람이 보지 못한다. 이것이 아직까지 형체를 이루지 못한 것이다.”[206]라고 하였다. 기는 천지간에 가득 차 있는데, 이것은 물질의 재료가 된다. “천지에서 처음에 어떻게 사람의 종류가 나왔는가. 기가 쪄지며 응결되자 남녀의 인간으로 태어났다. 그 다음에야 만물이 탄생했다.”[207]라는 말에서 알 수 있듯이 주희는 기의 응집에 의해 사람과 만물이 탄생된 것으로 생각하였다. 그러면 이 기를 주희는 어떻게 보았는가를 살피고자 한다.

주희는 기를 만물을 조직하는 물질의 재료로 보았다. 기의 구체적 성질에 대해서 주희는 “음양은 기이다”[208]라고 하는 가운데 기의 실질적 본질을 음양으로 보았다. 음양의 근원적인 의미는 기의 진퇴·소장하는 모습에서 찾을 수 있다 주희는 “음과 양은 두 개의 글자이지만 그러나 그것은 一氣의 사라지고 커짐에서 나온다 한번 나아가면 한 번 물러나며, 한 번 사라지면 한 번 자라난다. 나아가는 것이 양이고 물러나는 것이 음이며, 자라나는 것이 양이고 사라지는 것이 음이다.”[209]라고 하였다. 음과 양이 나누어지는 바탕은 일기의 운동 양태에서 나온다. 일기가 응결되고 나서, 팽창하면 양이 되고 이어서 수축하면 음이 된다.

또 일기가 자라면 양이 되고 수축하면 음이 되는데, 이것은 일기가 응결되는 과정을 두고 하는 말이다. 일기가 응결되고 응결되었던 기가 다시 활동을 시작하는 가운데 음양의 개념이 나타난다. 이러한 양태는 음양은 하나이면서도 둘이

一箇消長.

205) 馮友蘭, 박성규 역 『중국철학사하』, 까치, 2007, p.540 參照.

206) 『朱子語類』 卷98, 蓋天在四畔 地居其中 減得一尺地 遂有一尺氣 但人不見耳 此是未成形者.

207) 『朱子語類』 卷94, 天地之初 如何討箇人種 自是氣蒸結 成兩箇人 後方生許多萬物

208) 『朱子語類』 卷74, 陰陽 氣也.

209) 『朱子語類』 같은곳, 陰陽是兩箇字 然却只是一氣之消息 一進一退 一消一長 進處便是陽 退處便是陰 長處便是陽 消處便是陰.

고 다시 변화하여 둘이면서도 하나라 할 수 있다.[210] 하나일 때는 일기 그 자체를 의미하고 둘 일 때는 두 종류의 운동 양상 즉, 음과 양을 말하는 것이다. 여기서 보면, 일기의 운동 양태에서 음양이 탄생되는 것을 이해하게 된다. 그 다음 주희는 음양의 내부적인 속성에 관하여도 다양하면서 깊이 있게 논의하였다. 그에 의하면, 음양은 복합적인 구조를 보인다. 그것은 음 안에 작은 단위의 음양이 함유되어 있고 양 안에도 작은 단위의 음양이 내함되어 있다고 보았다

주희는 “음에서 음양이 나누어지고 양에서도 음양이 나누어진다. 「태극도설」에서 건도는 남성을 성취하고 곤도는 여성을 성취하는데 거기에서 남성이 비록 양에 속하나 음의 기운이 없다고 못하고 여성이 비록 음에 속하나 양이 기운이 없다고는 못할 것이다.”[211]라고했다. 이 말은 음과 양은 어디서나 그리고 언제라도 복합적인 성질을 가진다는 의미가 된다. 주희는 이런 의도의 말을 여러 번 했다. 이 말은 역리를 근거한다. 즉 태극에서 음·양이 나오고 음양 가운데서 또 음양이 나오게 되므로 사상이 되고 그 사상에서 또 음양이 나와 팔괘가 되는 원리[212]에 근거를 둔 것이다. 여기에서, 음양은 단일 성분과 단일 체계로 구성된 것이 아니며, 또한 단순하게 태극의 피조물에 그치는 것이 아닌 것이다.

음과 양 안에는 앞 단계의 음양성분이 내재 되어 있으므로 음과 양 각각 하나의 태극 존재가 되기도 한다. 이것은 음양이 무한한 창조의 가능성을 함장하고 있음을 의미한다. 이와 같이 주희의 음양이론은 『역』 철학의 영향아래 구성된 것이며 『역』 철학이 갖는 생생의 생명법칙이 반영되어 있는 것이다. 또한 주희의 음은 만물을 이룰 수 있는 실질적인 질로 이해된다. “모두가 음양이니 만물 가운데 음양 아닌 것이 없다”[213]라고 했다. 만물의 물질적 측면은 음양의 기를 기반으로 하여 이루어진다. 일기가 아직 조짐이 없는 기일 경우 만물을 만들 수 없다. 유행에 의해 활성화된 일기가 음양의 단계에 이르렀을 때 비로소 만물의 질료로서의 역할로 만물은 음양의 기에 의해 탄생되는 것이다

---

210) 『朱子語類』 같은곳, 所以陰陽做得一箇說亦得 做兩箇說亦得.

211) 『朱子語類』 卷94, 陰中自分陰陽 陽中自分陰陽 乾道成男 坤道成女 男雖屬陽 而不可 謂其無陰 女雖屬陰 亦不可謂其無陽.

212) 『周易』, 「繫辭傳」 第11章, 易有太極 是生兩儀 兩儀生四象 四象生八卦

213) 『朱子語類』 卷65, 都是陰陽 無物不是陰陽.

기의 음양은 사물의 기질적 부분을 일으키는 요소이다. “하나의 물도 음양과 건곤이 있지 않음이 없다. 지극히 작은 초목과 금수도 암수의 음양이 있다.”[214] 라고 했는데, 이와 같이 주희는 모든 만물이 음양의 두 가지 성질을 가진 것으로 보았다. 두 종류의 기질을 만물이 갖게 되는 근원적인 까닭은 기의 성질 안에 음과 양의 두 가지 속성이 동시에 내재되어 있기 때문이다. 이처럼 주희의 음양은 만물의 물질적 재료이면서 물질의 특성을 가르는 기본적 요소이기도 한 것이다.

주희는 기의 순환현상으로 음양 운동을 설명하였다. 이 사유는 「계사전」의 ‘일음일양지위도’를 해석하는 데서 볼 수 있다. 주희는 이 구절을 ‘한번 음이 되고 한번 양이 되도록 하는 까닭이 도라고 한다.’라는 뜻으로 해석하였다. 즉 순환운동의 본체는 음양이지만 일음일양으로 순환 운동을 하도록 하는 근거가 도라는 뜻이다[215] 주희 철학에서의 음양의 기는 도의 주재로 끝없이 순환 운동하는 주체로 해석된다. 주희는 “만약 「계사전」에서 ‘음양지위도’라고만 했다면 음양이 바로 도라고 해석하였을 것이다. 그러나 ‘일음일양’이라고 할 시에는 ‘순환하도록 하는 까닭’이 바로 도인 것이다.”[216]라고 한 것이다.

주희의 일음일양지위도 에서의 음양은 도의 주재 아래에서 한번은 음이 되고 한번은 양이 되며 끝없는 순환운동을 하는 속성을 가진다. 주희의 주장의 근거는 「태극도설」에서도 볼 수 있다. 주돈이는 ‘태극이 동하여 양을 낳고 동함이 극에 이르면 고요해져 음을 낳고, 그 고요함이 극에 이르면 다시 동하여 양을 낳는다’라고 되어있다. 즉 동정의 운동에 따라 음과 양이 순환하며 생겨난다는 말이다. 주희는 이것을 “한번 움직이고 한번 고요함이 서로 뿌리가 되는 것은 천명이 유행하여 그치지 않는 것이다.”[217]라고 하였다. 즉 음양의 움직임은 천명 실현의 과정으로 본다는 뜻이다.

여기서 볼 때 음양의 그침 없는 순환운동은 단순히 물질적인 차원에 그칠 뿐

214) 『朱子語類』 卷65, 無一物不有陰陽乾坤 至於至微至細草木禽獸 亦有牝牡陰陽.
215) 최영진, 『儒敎思想의 本質과 現在性』, 성균관대학교출판부, 2003, p.91 참조.
216) 『周易』, 「繫辭傳」, 一陰一陽之謂道 若只言陰陽之謂道 則陰陽是道 今曰一陰一陽 則是所以循環者 乃道也.
217) 『周元公集』, 「太極圖說」, 朱子說解 一動一靜互爲其根 命之所以流行而不已也.

아니라, 또한 '태극지리'의 자기실현 과정이기도 하다. 주희의 음양의 순환운동은 음양의 상반적 내용이 변함없이 고착화되는 것을 부정하는 뜻을 갖는다. 호흡·합벽·굴신등의 제반 상반된 현상들은 결코 끝없이 대립적인 형세를 유지하지 않는다. 따라서 상반성은 교감과 조화의 동기부여가 되어 변화의 원동력이 된다. 상반자의 그치지 않는 순환은 인사와 우주의 운동과 변화를 영속시키는 기본 법칙이다. 그러므로 주희의 음양 순환론은 결국은 理의 주재성을 강조하려는데 의도가 있음을 알 수 있다.

주희는 "음양은 단지 하나의 기이다"218) 라고 하였다. 그는 "태극은 특별한 하나의 사물이 아니다. 음양에 나가면 음양에 있고, 오행에 나가면 오행에 있고, 만물에 나가면 만물에 있으니, 단지 하나의 理일 뿐이다. 그 극점에 이르러 태극이라 한다."219)고 하였다. 이는 만물 속에 음양과 오행뿐만 아니라, 태극도 내재해 있다는 말이다. 내재해 있는 태극을 우리는 理라고 한다. 그 태극은 理의 중심점이라고 지칭한다. 태극을 우주의 중앙이라고 할 때, 理를 통해 만물에 내재하게 되므로 만물을 운영하게 된다. 그러므로 우주만물은 하나의 거대한 유기체 가운데에서 각각존재가치가 되고 동시에 전체와 하나 되는 一和의 세계를 이루게 되는 것이다.

4부. 주희의 생성론

중국은 선진시대부터 유가의 『주역』과, 도가의 『노자』 등의 문헌을 중심으로 우주와 만물생성의 근원과 원리, 그리고 우주의 근원으로부터 현상세계로의 구체적인 전화(轉化)과정 등에 대한 탐구를 꾸준히 진행해 왔다. 선진시대의 유가에서는 『주역』의 원리에 근거하여 태극개념을 중심으로 우주의 존재와 변화, 천인합일의 관계와 인간의 길흉화복 등을 찾아 나왔고, 도가에서는 『노자』의 도를 중심으로 우주만물의 근거와 생성과정을 모색하여 나왔다.

218) 『朱子語類』 卷65, 陰陽只是一氣.
219) 『朱子語類』 卷75, 太極 非是別為一物 即陰陽而在陰陽 即五行而在五行 即萬物而在萬物 只是一箇理而已 因其極至 故名曰太極.

선진시기를 지나 진한시기에 이르면서 학문에 대한 담론은 보다 다양한 측면으로 논의가 확장되는 가운데 한대에 들어서는 우주론에 대한 관심이 더욱 확대되어 우주의 구조를 논하는 우주론과 우주의 기원을 사변적으로 가깝게 접근하는 우주생성론이 핵심을 이루기도 하였다.

당시에는 「계사전」의 "역에 태극이 있다. 여기서 양의가 생겨나고 양의에서 사상이 생겨나고 사상에서 팔괘가 생겨나고 팔괘에 길흉이 있다."220)가 보여주는 1—2—4—8—∞의 생성 도식인 유가계통 생성론과, 『노자』의 도생일, 도생이, 도생삼, 삼생만물이 말하는 0—1—2—3—∞의 도가계통 생성론이 주창되고 있었는데 이러한 생성론은 양한 · 위진 · 송명시기를 거치면서 때로는 분리되고, 때로는 융합하며 다양한 이론으로 변화하고 발전하였다.221) 그런 가운데 송대 유학의 발흥에 커다란 계기를 마련해 준 주돈이의 「태극도」와 「태극도설」에서 그 이전의 儒家書 내용에 들어 있는 만물생성론과, 음양오행설의 정수로 우주의 본체와 생성에 대해 새로운 도식을 제창하고 해석하기에 이르렀다.

> 태극이 움직여 양을 생하고 움직임이 극에 이르면 고요함이 되며, 고요하여 음을 생하고 고요함이 극으로 돌아오면 다시 움직임이 된다. 한 번 동하고 한 번 정하면 서로 그 뿌리가 되며, 음으로 나뉘고 양으로 나뉘어서 양의를 세운다.222)

주돈이가 「태극도」와 이 그림을 해설하는 「태극도설」을 세상에 내놓으면서 새로운 본체론과 우주생성론, 인간론과 수양론 등이 제시되었고 태극에 대해서 우주의 궁극적 존재이며 본바탕으로 言明하게 되었다.

이 「태극도」와 「태극도설」을 근거로 남송의 주희가 우주 본체론과 생성론, 수양론을 보완, 정립하게 되었으며 더 나아가 유가 철학의 중요한 철학 범주까지 자리매김 하게 되었다. 그가 제시한 우주생성의 기본 도식은 '무극이태극' 으로

---

220) 『性理大全』, 「繫辭傳」 11章, 易有太極 是生兩儀 兩儀生四象 四象生八卦.
221) 윤석민, 「역위의 태역허무에 관하여」, 『동양철학』 제27집, 동양철학회, 2007, p.143.
222) 『周敦頤集』, 「太極圖說」, 太極動而生陽 動極而靜 靜而生陰 靜極復動 一動一靜 互爲其根 分陰分陽 兩儀立焉.

부터 천지→음양→오행→만물로 이어지는 우주와 만물의 전개과정이다. 그러므로 이번 절에서는 유가의 생성론에 근거하여, 만물의 근원인 태극의 운동을 다룬 동정에 대한 문제, 양의인 음양과 오기와 사시로 표현되는 오행생성과 사계절의 관계를 통하여 주희의 우주생성론에 관한 내용을 고찰하고자 한다.

1. 태극의 동정

주돈이는 「태극도설」에서 "태극이 움직여 양을 낳고 움직임이 극에 이르면 고요해지고, 고요해짐에 음을 낳고, 고요함이 극에 이르면 다시 움직인다.……무극의 참됨과 이오(陰陽五行)의 알맹이가 묘하게 합하고 응결되어, 건도는 남이 되고, 곤도는 여가 된다. 두 기는 교감하여 만물을 화생하여 만물을 낳고 또 나음으로 변화는 다함이 없다."[223]며 만물의 생성과정을 제시하고 있다. 이는 태극으로부터 만물 생성시의 동정과 시작의 과정을 설명하는 내용으로 태극 자체가 운동하는 실체임을 설명하고 있다. 이는 주돈이가 태극을 혼연일기로 생각했기 때문이다.

그런데 주희는 주돈이와는 달리 변화하는 것은 어디까지나 태극(리)이 아니라 기라고 주장을 하였다. "태극은 리이다. 리는 동정을 한다고 말 할 수 없다. 오직 동하여 양을 생하고, 정하여 음을 생한다. 리가 기에게 의탁해 있으므로, 리에게 동정이 없을 수 없다."[224]며 태극(理)이 스스로는 동정을 못하지만 단지 기에 의존하면 동정이 가능하다는 태도를 취하고 있다. 이런 그의 주장을 분석해 보면, 리는 '동정의 원리'이며 '불상리'라는 원칙하에, 리와 기가 함께한다는 의미로서의 '동정이 없을 수 는 없다'고 말하고 있는 것이다.

그렇지만 이것은 '움직여서 양을 낳고, 고요하여 음을 낳는다.'는 진정한 의미는 단지 리가 기에 의탁하고 있으며 기에 의존하여 동정한다는 의미이다. 즉 태

---

223) 『周敦頤集』, 같은 곳, 太極動而生陽 動極而靜, 靜而生陰 靜極復動 …… 無極之眞 二五之精 妙合而凝 乾道成男 坤道成女 二氣交感 化生萬物 萬物生生 而變化無窮焉.

224) 『性理大全』, 「太極圖解」 卷1, 太極只是理 理不可以動靜言 惟動而生陽 靜而生陰 理寓於氣 不能無動靜.

극이 동정 한다는 것은 태극이 직접 동정하는 것이 아니라 동정하는 所以가 태극이라는 의미가 되는 것이다.

이와 같이 불변의 존재인 태극은 동정의 운동성을 직접 갖지는 못하지만 사물의 이치인 리로서 기에게 동정을 하도록 하는 원인자로서의 성격을 갖는다는 것이다. 그래서 주희는 "태극은 천지 만물의 리이며 천지가 존재하기 이전에도 앞서 리가 있었다. 동하여 양을 생하는 것도 역시 이 리요, 정하여 음을 생하는 것도 역시 이 리이다."[225]라고 확언하며 태극이 천지 만물의 리로서 천지가 존재하기 이전부터 존재하였다고 서술하면서 태극의 초월성을 부여하고 있는 것이다. 그리고 '움직여서 양을 생하고, 고요하여 음을 생하는 것도 리'라 하여 태극의 생성원리로서의 성격도 표현해주고 있는 것이다.

주희는 '리에 동정이 있으므로, 기에 동정이 있는 것'이라고 하며 리에 동정이 없다면, 기에도 동정이 없다고 하였다. "리에는 동정이 있다. 그래서 기에 동정이 있다. 혹여 리에 동정이 없다면 기는 어떤 것에 근거하여 동정이 있을 수 있겠는가?"[226] 라며 태극과 기의 동정하는 관계성에 대해서 설명하고 있다.

> 태극에는 동정이 있다. 희로애락이 밖으로 보이지 않을 때도 이 태극은 있고, 희로애락이 밖으로 보였을 때에도 이 태극은 있다. 단지 하나의 태극이지만 벌써 드러났을 때에는 유행하고, 아직 보이지 않았을 때에는 거두어 감춘다.[227]

여기에서 주희가 하는 말의 의미는 태극에도 동정이 있고, 희로애락에 대해 미발의 형편에서도 태극이 있다. 이발의 형편에서 태극은 유행하고, 미발의 상태에서의 태극은 거두어 감추어진다며 운동성과, 운행 원리적 성격이 설명되고 있다. 주희는 「태극도설해」에서 "태극이란 본래 그러한 기묘함이고, 동정이란

---

225) 『朱子語類』 卷1, 「陳淳錄」, 太極只是天地萬物之理 未有天地之善 畢竟先有此理 動而生陽 亦只是理 靜而生陰 亦只是理.

226) 『朱子文集』 卷56, 「答鄭子上」, 理有動靜 故氣有動靜 若理無動靜 則奇何自而有動靜乎.

227) 『朱子語類』 卷94, 「太極圖廖德明錄」, 太極有動靜 喜怒哀樂未發也 有箇太極 喜怒哀樂已發也 有箇太極 只是一箇太極 流行於已發之際 斂藏於未發之時.

태극이 타는 기틀〔機〕이다. 무형의 태극은 형이상적인 도이고, 유형의 음양은 형이하적인 器이다."[228] 라면서 태극을 '理'로, 음양은 '氣'로 보았다. 이렇게 '태극은 형이상의 리이고, 음양은 형이하의 기'로서 이해하고 확신함으로써 형이상과 형이하의 사유를 심화하고 확대시켰다.

그리하여 주희의 "태극은 리이고, 동정은 기이다."[229]라는 이 말로 직접적인 동정은 기만이 할 수 있는 것임을 강하게 확인해주고 있다. 따라서 주희는 음양 양측의 기의 동정을 말하는 것이지 리의 동정에 대한 의미에 대해서, 태극 스스로 운동하여 나타나는 리의 직접적인 동정을 가리키는 것이 아님을 강조하였다. 단지 본체로서의 태극이야말로 음양의 동정 안에 존재하는 리이며, 리 스스로는 동정하지 않는다고 보고, 동정이란 태극이 타는 기(機)라는 기틀로서의 동정으로 보는 것이다. 그는 그것을 비유로 설명하였다.

그런데 「태극도설」에서 주돈이가 주장하는 것처럼 태극의 동정이 조건화되어 있으므로 태극은 스스로 동할 수 없다. 그러므로 그 동정은 유위인 기에게 의존할 수밖에 없다. 그러므로 리인 태극이 기인 음양을 생성하는 동정에서 기가 직접 운동하는 동정과는 다르지 않을까라는 생각을 하게 된다. 구체적으로 말하면 양동음정에서 말하는 음양이기의 동정과는 달라야 한다는 이야기다.

이 문제에 대하여 모종삼은 태극의 동정은 운동(motion)으로 보기보다는, 활동(activity)이며, 「태극도설」에서 "움직이지만 움직임이 없고, 고요하지만 고요함이 없다. 그것은 움직이지 않는 것도 아니고 고요하지 않은 것도 아니다 즉 동이무동(動而無動), 정이무정(靜而無靜), 비부동부정야(非不動不靜也)라고 하였을 당시의 동정이라고 설명하고 있는 것이다.[230] 그는 주돈이의 철학에서 우주본체론적 실체이며 도덕창생의 실체인 태극으로서 이치는 誠과 神 자체로서 사물에 순응하면서 동시에 그 동정(動靜)을 드러내 보이는 것으로 보았다. 그에 비하여 주희는, 理로서의 태극은 그저 존재할 뿐 활동하지는 않는다고 하였다.

이러한 문제를 놓고 주희와 정자상(鄭子上)이 주고받은 문답형의 서신을 보면

228) 『性理大全』, 「太極圖說解」, 蓋太極者 本然之妙也 動靜者 所乘之機也 太極 形而上之道也 陰陽 形而下之器也.
229) 『朱子語類』 卷94, 太極理也 動靜氣也.
230) 牟宗三, 『心體與性體』, 臺北: 正中書局, 1987, pp.386-387 참조.

다음과 같다.

> (정자상이 물었다) 「태극도」에서 또 말하기를, '태극이 동하여 양을 낳고, 동이 지극하면 정이 되고 정은 음을 낳는다.'라고 하는데, 태극은 리인데 리가 어떻게 동정할 수 있는지 모르겠습니다. 유형한 것에 동정이 있는 것인데 태극은 무형이라 동정으로 말할 수는 없을 것 같습니다. 남헌의 '태극은 동정이 없을 수 없다'라는 말이 무슨 말인지 이해가 안 됩니다.
> (주희가 답하였다) 리에 동정이 있으므로 기에 동정이 있다. 만약 리에 동정의 이치가 있지 않다면 기가 어떻게 동정할 수 있겠는가?[231]

정자상은 무형의 태극을 동정이라는 용어로 기술하는 것 자체가 옳지 못하다고 본 것에 반해, 주희는 '리에 동정의 이치가 있으므로 기에 동정이 있는 것'이라며, '리에 동정이 있다'는 말의 의미와 '리에 동정의 이치가 있다'는 내용과는 동일한 뜻이므로 '기가 그것을 근거로 하여 동정하지 않는가?' 라며 정자상에게 도리어 반문을 하고 있다.

주돈이는 『통서』에서 "동하면 정함이 없고, 정하면 동함이 없는 것이 사물이다. 동하되 동함이 없고 정하되 정함이 없는 것은 신묘함이다."[232] 라고 하였는데 이 말은 형이하의 사물은 동정의 작용이 이치에 맞게 움직이는데 반해, 형이상의 원리는 이치와 상관없이 신묘하게 동정을 한다고 보았다. 이에 대해서 모종삼은 주돈이 주장의 경우, 태극의 동정은 끝없이 이어지는 우주 본체론적 실체이며 도덕창생의 실체의 활동이지, 운동이 아니라고 보았다.[233]라고 하였다. 그리고 주희는 '리가 존재할 뿐 활동하지는 않는다'고 보았다. 주희가 '태극은 리이고 동정은 기이다〔太極 理也 動靜 氣也〕'라고 하였듯이 경험적 운동은 기의 속성이라는 의미로 보아야 할 것이다.

이 문제를 놓고 진래는 "태극이 동정을 함유하고 있다는 것은 마땅히 태극이 동정의 이치를 함유하고 있다고 해야 옳다."[234]라고 하였다. 이 말은 아무리 태

---

231) 『朱熹集』 卷56, 「答鄭子上」, (問)圖又曰, 太極動而生陽 動極而靜 靜而生陰 不知太極理也 理如何動靜 有形則有動靜 太極無形 恐不可以動靜言 南軒云 太極不能無動靜 未達其意 (答) 理有動靜 故氣有動靜 若理無動靜 則氣何 自而有動靜乎?
232) 『通書』, 「動靜」, 動而無靜 靜而無動 物也 動而無動 靜而無靜 神也.
233) 牟宗三, 『心體與性體』, 臺北: 正中書局, 1987, pp.347-349, pp.383-387 참조.

극이 동정의 이치를 함유하고 있다고 할 경우라도 여전히 태극은 동정함으로써 자기전개가 이루어지게 되기 때문에 내용상으로는 문제가 없다는 것이다. 그러므로 주희철학에서 절대유일의 형이상적 이치인 태극이 천지만물의 궁극근원이므로 자체는 구체적이고 실제적인 운동을 하지는 않는다 하여도 자기전개의 작용이나 활동은 한다고 볼 수 있다는 것이다.

> 태극이 동정을 포함하고 있다고 해도 옳으며 태극에 동정이 있다고 해도 옳다. 만약 태극이 바로 동정이라고 한다면, 형이상자와 형이하자가 나뉠 수 없을 것이니, '역에 태극이 있다'는 것도 군더더기의 말이 된다.[235]

위의 내용을 보면 주희는 '태극에 동정이 있다고 해도 문제가 되지 않는다'고 말하고 있다. 태극이 자기전개를 통하여 유행의 작용을 드러내게 되면, 태극에 동정이 있다고 말할 수가 있다는 것이다. 이것은 바로 『태극도설해』에서 "태극에 동정이 있는 것은, 천명이 유행하는 것이다."[236]라고 한 것과 그 논지를 같이 하고 있다. 주희는 이 태극과 동정의 관계에 대해서 태극은 본연의 妙이고, 동정은 드러나게 되는 機라 하고, 또 태극과 동정은 각각 형이상과 형이하의 것으로 분간하고 있다.

따라서 형이상의 본체의 입장에서 보면 태극은 동정을 통해 현실화될 수 있는 가능성을 지닌 것이므로 그 때에는 '태극이 움직임과 고요함을 함유하고 있다할 수 있고 현실의 구체적인 유행처 입장에서 본다면 동정 그 자체는 태극의 드러난 모습인 까닭에 태극이 움직임과 고요함을 가지고 있다고 생각할 수 있다. 그러나 주희는 음·양을 하나의 기라고 생각하였으므로 우주론의 과정에서 보면 움직임과 고요함이라고 말할 수 있는 것은 기일 뿐 이므로 태극의 움직임과 고요함이라고 말할 수는 없는 것이다.

태극의 작용에 대해 주희는 다음과 같이 말하였다.

---

234) 진래, 이종란 외 역, 『주희의 철학』, 예문서원, 2008, p.67.

235) 『朱子大全』, 「答楊子直」 : 謂太極含動靜則可以本體而言也 謂太極有動 靜則可以流行而言也 若謂太極便是動靜 則是形而上下者不可分 而易有太極 之言亦贅矣.

236) 『性理大全』, 「太極圖說解」, 太極之有動靜 是天命之流行也.

> 태극으로 부터 만물이 변화하여 생하는데 다만 하나의 도리가 포괄하니, 우선 이것이 있고 그 다음에 저것이 있는 것이 아니다. 단지 관통하는 것은 하나의 큰 근원이다. 본체를 까닭으로 하여 작용에 이르니, 은미한 것에서 지극함이 드러날 뿐이다.237)

라고 하는 이 말은 태극은 음양의 작용을 가능하게 하고, 음양의 작용은 화하고 생하여 만물을 그 결과로 내놓는다. 인간과 만물이 겉으로 보이는 결과라면 음양의 작용은 그 결과를 만드는 주재함이고, 리면서 태극은 그 주재함에 대한 원리일 뿐이라는 의미이다. 이때, 태극은 이러한 결과-주재-이치의 구조에 속하면서, 그 구조 자체의 현상과 실현될 수 있는 가능성을 자체적으로 간직하고 있는 것이기도 하다. 이 생성 구조 자체를 오직 그것만의 원리라고 할 때, 태극은 단지 리이기 때문이다. 이처럼 태극은 자기범위나 한계 안에 포함시키는 포괄적인 원리이다.

이러한 태극은 스스로를 실현함으로 우주만물 본체의 근원이 된다. 태극은 음양에 대한 본바탕이 아니고, 자기 스스로를 실현하지 못한다면, 우주 만물은 맨 처음부터 존재할 가치를 갖지 못하기 때문이다.

주희는 태극의 동정에 대해서 명확한 의견을 제시한다.

> 태극은 방향이 없으며, 모습도 없고, 있을만한 위치도 없다. 만약 아직 미발일 때로 말한다면, 미발이라는 것은 다만 정할 뿐이다. 동과 정함, 음과 양 전부는 형이하자이다. 그러나 동은 역시 태극의 움직임이고 정 또한 역시 태극의 고요함이니, 단지 동정은 태극이 아닐 뿐이다.238)

태극은 음양과는 다른 형이상자이다. 비록 태극이 언제나 기 차원에 내재되어

---

237) 『朱子語類』 卷94, 自太極至萬物化生 只是一箇道理包括 非是先有此而後有彼 但統是一箇大源 由體而達用 從微而至著耳端蒙.

238) 『朱子語類』 같은 곳, 太極無方所 無形體 無地位可頓放 若以未發時言之 未發卻只是靜 動靜陰陽 皆只是形而下者 然動亦太極之動 靜亦太極之靜 但動靜非太極耳.

있지만, 관념적으로는 분명히 구분되는 것이다. 그렇기 때문에 태극이 스스로의 입장에서는 동정과 음양이라고 할 수가 없다. 분명 기 차원으로 본다면 동정·음양은 기의 현상이다. 그러한데도 주희는 분명히, '움직임을 태극의 움직임이라하고 또한 고요함을 태극의 고요함' 이라고 하면서, 태극의 동정을 긍정한다.

그런데 리에 대한 해석에서 본체론적 해석을 보면 분명히 태극이 직접적으로 동정한다는 것이 이해될 수 없는 설명이다. 태극의 동정이란 음양인 기의 동정의 원리를 가리키고 일컫기 위하여 태극의 동정이라는 것을 구체적으로 드러내어 사용하고 있는 것에 지나지 않기 때문이다.

주희는 태극의 동정을, 리에 대한 동정으로 표현을 다음과 같이 전환하고 있다.

> 리에는 동정이 있다. 그러므로 기에 동정이 있다. 만약 동정이 리에 없다고 한다면 기는 어디에 동정이 있겠는가? 또 당장 논한다고 하면 인이 즉 동이라하고, 의를 즉 정이라 한다. 이것이 또 어찌하여 기와 관련이 있겠는가? 239)

여기에서 주희는 리에 동정이 있음을 내세우며, 성에 해당되는 인과 의를 동정과 연결하고 있다. 주희는 리에 동정이 있으므로 기에 동정이 있다고 말하면서, 리에 있다고 하는 동정은 기의 동정과는 상황이 다른 현상임을 설명하고 있다. 심지어 주희는 인의를 동정으로 표현하는 것이 '어떻게 기와 관련이 있다고 하겠는가?'라고 반문하며, 양자의 차이를 분명히 하였다. 다시 말하면, 仁은 움직임을 시작하게 하고, 義는 내재된 천명을 완전히 이루도록 하여 고요함에 머물도록 하는 것이다.240) 이러할 때 인의는 기 차원의 심처럼 동작하거나 멈추지는 않지만, 리의 동정으로 인하여 리가 현황 속에서 영향력을 발휘하는 상황을 설명하는 개념인 것이다.

리의 동정 혹은 태극의 동정이라는 것은, 최소한 때때로, 기의 동정에 따라

---

239) 『朱子大全』, 「答鄭子上」, 理有動靜 故氣有動靜 若理無動靜 則氣何自而有動靜乎? 且以目前論之 仁便是動 義便是靜 此又何關於氣乎?

240) 『性理大全』, 「太極圖說解」, 是以 其行之也中 其處之也正 其發之也仁 其裁之也義.

리가 그 원인으로 내재되어 있음을 형편에 따라 설명하는 것이 아니라, 도리어 리 혹은 태극이 현실적으로 영향력을 발휘하는 것을, 기 차원의 동정 개념을 차용하여 서술하는 것이다. 주희는 태극의 동정이라는 표현을 통해 태극의 영향력을 비교적 직접적으로 언급하고 있다. 특히 태극의 동정을, 근원으로서의 리를 언급할 때, 그것이야말로 태극이 음양을 생성하는 원인자로서 스스로를 실현하고 있음을 표현하는 것으로 볼 수 있다.

주희의 태극동정의 언급을 정리하여 보면 리는 태극이고 기는 음양이므로 리는 형체가 없고 기는 형태가 있다. 기가 이미 동정이 있다고 한다면 싣고 있는 리 또한 동정이 있다고 말 할 수 있는 것이다. 그런데 태극은 언제나 리이니, 리를 실제의 동정으로는 말할 수가 없다. 그렇지만 리가 기를 타고 있는 현실이므로 동정이 없다고 말 할 수도 없다는 것이 주희의 일관된 논리이다. 이러한 논리로 볼 때 주희는 동정하는 것에 대해서 기 차원의 음양이고 리 차원의 태극에는 분명하게 동정이 없음을 언급 하고 있다. 그렇지만 태극과 음양은 서로 떨어져 있는 경우가 절대로 없으므로, 음양의 동정을 살피고 태극의 동정 또한 있다는 것으로 알게 된다는 것이다.

우리는 어쩌면 이렇게 설명하는 주희의 주장이 앞뒤가 맞지 않는 소리로 들릴지 모른다. 따라서 이 구절만 보면, 주희가 주장하는 내용을 태극의 동정이 기 차원의 음양의 동정에 의해 생겨난다고 설명하는 것처럼 이해하기 쉽다. 그러나 이 내용을 근거해보면, 태극의 동정을 말하는 것은 태극의 영향력을 표현하는 것이 아니라 단지 태극의 존재 근거로서 의미하는 것일 뿐이다. 그리고 직접 동정하는 존재는 기, 즉 음양이고, 리는 기와 늘 함께하는 존재로서 동정의 원리이고 근거일 뿐이다. 이러한 동정의 원리와 근거에 의해 생성을 하게 되고 생성을 하게 되는 만물은 유행을 받아 생성을 하게 된다. 만물은 천명의 유행을 받아 생성된다. 그 생성은 천명의 유행인 것이다.

> 태극이란 본연의 오묘함이고, 동정은 타는 기틀(機)이다. 태극은 형이상의 도이고, 음양은 형이하의 기이다. 그러므로 드러남의 입장에서 본다면, 동정은 때를 함께 하지 않고 음양은 위치를 함께 하지 않지만, 태극은

있는 것이다. 그 은미함의 입장에서 본다면, 텅 비고 아무 조짐이 없지만 동정과 음양의 이치는 벌써 그 안에 전부 구비되어 있다.[241]

위의 인용문에 의하면 주희는 태극을 '本然之妙'로 동정을 '所乘之機'이라고 풀이 하고 있다. "질문, '동정은 타는 기틀이다(動靜者 所乘之機)'라는 것은 어떤 의미인지요? 답, 리가 기에 타고 유행하는 것이다."[242] 이 질문은 타는 기틀인 '所乘之機'에 대한 질문이다. 그러자 주희는 '리가 기에 타고 동정을 한다'라고 대답한다. 위 내용을 보면 주희는 태극자체가 동정할 수 있는 것이 아님을 분명하게 밝힌다. 만약에 주돈이의 주장과 같이 태극이 동정한다면, 태극을 리 로 해석하는 주희에게는 리가 스스로 동정하는 주장이 된다. 이것은 리를 無爲의 개념으로 보는 주희의 주장과는 맞지 않는 것이 되는 것이다.

무위란 기와 똑같은 작용이라 하여도 스스로의 운동성이 없는 태극의 형이상적 성질을 의미 한다. 주희는 태극의 동정을 태극 자체의 동정이 아니라 태극이 타고 있는 기틀의 동정으로 설명한다. 기틀(機)이란 태극을 태우기나 실을 수 있는 물건에 해당하므로 리가 아니라 기의 영역에 속한다. 그러므로 동정이란 기의 동정을 의미하는 것이지 리 자체의 동정을 가리키는 말이 아니다. 태극이 기에 내재한 후 부터는 기가 운동하게 되면 태극은 더불어 운동을 하게 되고 태극 자신이 운동하게 되는 것을 의미한다. 즉 태극은 기가 운동하게 하는 원리이고 기는 리의 주관에 의해서 운동하므로 사물을 생성하는 재료가 된다. 이것이 태극의 동정이 되는 것이다.

2. 태극과 음양의 관계

중국 선진시대의 사상과 문헌을 논구하여 보면, 자연계의 순환적 현상을 이해하고자 할 때 필히 음양론이 대두된다. 주역에서는 음양이 강유 · 남녀 · 존비

241) 『性理大全』, 「太極圖說解」, 蓋太極者 本然之妙也 動靜者 所乘之機也 太極 形而上之道也 陰陽形而下之器也 是以自其著者而觀之 則動靜不同時 陰陽不同位 而太極無不在焉 自其微者而觀 之則沖漠無朕 而動靜陰陽之理 已悉具於其中矣.
242) 『朱子語類』 卷94, 問 動靜者 所乘之機 曰 理搭於氣而行.

등의 의미를 대표하는 동양철학적 개념으로 사용되다가, 전국시대와 한 대 이후 점차적으로 음양의 범주가 철학적인 논제로 사용하였을 뿐만 아니라, 다양한 분야인 정교·의학·악율·명록 등의 전통적인 계통에서 끊임없이 응용되며 이론적으로 발전하였다.[243] 즉 음양의 개념은 자연현상을 모체로 인류생활사를 터전으로 하여 발전한 개념이지만, 이는 사회현상의 해석에 쓰일 뿐만 아니라 오행사상을 받아들여 새로운 중국 철학체계를 형성하는데 기초가 되었다.

북송의 주돈이는 '한 번 음이 되고나면, 한 번은 양이 된다.'는 「계사전」의 논리를 원용하여 「태극도설」에서 '한번 움직이고 한번 고요해 지는 것이 서로 서로 뿌리가 되어, 분음 분양하여 양의가 세워지는 것으로 여겼다'고 하였다. 여기서 양의는 바깥 모양새로 드러나 보이는 양인 하늘과, 음인 땅을 말한다. 「태극도설」에는 음양에서 어떻게 오행이 나오는지에 대해선 자세한 언급은 없지만, 「태극도설」에서 음양이 나오는 과정을 비교적 자세히 설명하고 있다.

> 태극이 동하여 양을 낳고, 동이 극에 달하면 고요해진다. 고요해지면 동을 낳는데, 고요해짐이 극에 달하면 다시 움직이게 된다. 한번 움직이고 한번 고요해지는 것이 서로 뿌리가 되어, 음으로 나뉘고 양으로 나뉘어져서 양의가 서게 된다.[244]

주돈이는 「태극도설」에 태극에서 음양이 나오는 과정에 대해 '양이 변하고 음이 합하여져서 수·화·목·금·토를 낳게 되는 것을 '양변음합 而生水·火·木·金·土'라고 하였는데 주희는 주돈이의 음양운동에 대한 논리를 받아들여 우주론의 이론을 세웠다. 다음은 주희의 음양운동에 대한 논리의 특징과 주장을 살피며 그의 우주생성론의 이해에 대해 접근하고자 한다.

주희는 "음과 양은 기다.[245]"라고 하며, 실질적으로 기를 음양으로 보았다. 근원적으로 기의 진퇴·소장하는 모습에서 음양의 내용에 관한 특징을 찾아 볼

---

243) 鄺芷人, 『陰陽五行及其體系』, 文津出版社, 中華民國 81年, pp. 7-8.
244) 周敦頤, 「太極圖說」, 太極動而生陽 動極而靜 靜而生陰 靜極復動 一動一靜 互爲其根 分陽分陽 兩儀立焉.
245) 『朱子語類』 74卷, 陰陽 氣也.

수 있다. 주희는 "음양은 단지 두 개의 글자이다. 그렇지만 음양은 일기가 불어나거나 사라지는 상항에서 나타난다. 한 번 나아감과 한 번 물러남, 한 번 사라짐과 한 번 자라남, 나아감이 바로 양이고, 물러남이 바로 음이며, 자라남이 바로 양이고, 사라짐이 바로 음이다.[246] 라고 하였다. 음과 양이 나누어지는 근거는 일기, 즉 음양의 운동하는 양태에서 나오게 된다.

일기가 응결되었을 때, 일기가 발전하면 양이 되고, 줄어들면 음이 된다. 또 일기가 성장하면 양이 되고, 퇴보하면 음이 되는데, 이는 일기가 취산되는 과정을 두고 하는 말이다. 하나일 때는 일기 그 자체를 말하고, 둘일 때는 음양이 함께 운동하고 있는 것을 말하는 것이다. 이렇게 본다면, 음양은 일기의 운동하는 과정에서 탄생되는 것을 알게 된다. 일기의 응취로 기가 활동하는 현상 속에서 음양의 개념이 나타난다. 이렇게 본다면 음양은 하나이며 둘이고, 둘이며 하나라 할 수 있다.

주희는 내부적인 음양의 속성에 대하여 깊이 있고 다양하게 논구를 하였다. 또 그는 음양에 대해서 복합적인 구조를 가졌다고 말한다. 즉 음의 특성 속에 소단위인 음양이 내포되어 있으며, 양의 특성 속에서도 소단위의 음양이 내포되어 있다고 본 것이다. 주희는 "음 안에서 음양이 스스로 나뉘고, 양 안에서도 스스로 음양이 나뉜다. 건도는 남성이 되도록 하고, 곤도는 여성이 되도록 하는데, 비록 남성이 양에 속하더라도 음이 없다고는 못할 것이고, 비록 여성이 음에 속하더라도 양이 없다고는 못할 것이다."[247]고 하였다. 그러므로 음과 양은 복합적으로 두 가지의 성질을 모두 가진다는 말이다.

주희는 이런 내용의 말을 자주 하고는 했다. 이러한 말을 하게 되는 근거는 바로 역리에 있다. 즉 태극이 음양을 생하고, 각각의 음양 속에서 또 음양을 낳아 사상을 이루게 되고, 각각의 사상에서 음양이 또 나와 팔괘가 되는 원리[248]에 근거를 둔 것이다. 여기서 본다면, 음양은 절대로 단일의 성분요소로 구성되

246) 『朱子語類』 74卷, 陰陽是兩節字 然却只是一氣之消息 一進一退 一消一長 進處便是陽 退處便是陰 長處便是陽 消處便是陰.

247) 『朱子語類』 94卷, 陰中自分陰陽 陽中自分陰陽 乾道成男 坤道成女 男雖屬陽而 不可謂其無陰 女雖屬陰亦不可謂其無陽.

248) 『周易』, 「繫辭傳」, 易有太極 是生兩儀 兩儀生四象 四象生八卦.

어 있는 것이 아니고, 태극의 피조물로 간단하게 그치는 것 또한 아니다.

그리고 음과 양 내부의 특성에는 앞 단계의 성분이 오롯이 내재되어 있으므로 음과 양 각각이 별도로서의 개별적인 태극이 되기도 한다. 이는 음양이 창조의 가능성을 무제한으로 함장하고 있음을 의미한다. 이와 같이 주희의 음양이론은 역철학의 영향권 아래 체계화된 것과 아울러, 역철학이 갖고 있는 생생의 생명법칙이 반영되어 있다고 볼 수 있다.

그리고 주희에서의 음양은 만물을 구성하는 실질적인 질료로 볼 수 있다. "모두가 음양이니 음양 아닌 만물이 없는 것이다."[249]고 말했다. 만물의 물질적 측면은 기로서 음양을 기반으로 하여 이루어진다. 일기는 아직 미발상태의 기이기 때문에 만물을 생성 할 수 없고, 기의 작용에 의해 순차적으로 생긴 음양의 단계에 도달하였을 때야 비로소 만물의 질료로서 역할을 하게 되는 것이다.

그렇기 때문에 만물은 기이면서 음양인 운동에 의해서 생성되는 것이다. 이렇게 기의 음양은 생성되는 사물의 기질적 구분을 확정짓는 요소이기도 한 것이다. 그래서 주희는 "한 가지 물건이라도 음양과 건곤이 있지 않은 것이 없다. 지극히 미세한 초목과 금수라도 역시 암수로서의 음양이 있다."[250]고 하였다. 이와 같이 주희는 모든 만물이 음과 양이라는 두 가지의 기질을 가지는 것으로 보았다. 만물이 두 가지의 성질을 갖게 되는 근원적인 까닭은 역시 기의 특징과 음과 양의 두 속성 자체가 동시에 내포되어 있기 때문인 것이다. 주희는 이처럼 음양이 만물의 물질적 재료이면서 물질의 특성을 확정하는 기본적 요소이기도 한 것이다.

그리고 주희는 음양운동에 대해서 기의 순환현상으로 설명하였다. 이러한 이유에 대해서는 한 마디로 「계사전」의 일음일양지위도를 해석하는 가운데 그 연유를 찾을 수 있다. 주희는 이 내용을 '한 번 음이 되고, 한 번 양이 되는 까닭을 도라고 한다.'라는 의미로 해석하였다. 즉 순환운동 하는 사물의 본체는 음양이지만 일음일양으로 순환운동을 할 수 있도록 해주는 운동의 근거는 도라는 뜻이다.[251] 주희철학에서 기로서의 음양은, 도의 주재 하에서 순환 운동을 끝없이

249) 『朱子語類』 65卷, 都是陰陽 無物不是陰陽.
250) 『朱子語類』 같은 곳, 無一物不有陰陽乾坤 至於至微至細草木禽獸 亦有牝牡陰陽.

하는 주체로 해석되었던 것이다.

주희는 "만약에 '음양지위도'라고만 했다면, 음양이 바로 도가 된다. 하지만 일음일양이라고 하였을 때는 순환하도록 하는 까닭이 바로 도다."[252] 고 한 것이다. 여기에서 주희의 음양은 도의 주재 하에, 한 번은 음이 되고 한 번은 양이 되면서 끝이 없는 순환 운동을 하는 속성을 갖고 있다. 주희의 이러한 주장의 근거는 주돈이의 「태극도설」에서도 찾을 수 있다.

「태극도설」에서는 태극의 동정에 대해여 다음과 같이 말한다. '태극이 동하여 양을 생하고, 동이 극에 이르면 고요해져 음을 생하고, 고요함이 극에 이르면 다시 동하여 양을 생한다'고 되어있다. 즉 동과 정의 순환에 따라 만물이 생성된다는 말이다. 주희는 이에 대해 "한 번 동하고 한 번 정하여 서로 뿌리가 되는 것이 천명이 유행하는 소이에 의해서 그치지 않는 것이다."[253]고 하였다. 즉 그는 음과 양의 움직임으로 인해서 천명이 실제로 나타나는 과정으로 본 것이다. 여기에서 음양의 끝없는 순환운동이야 말로 단순히 물질적인 차원으로 그칠 뿐 아니라, 또한 '태극지리'의 자기실현 과정이기도 하다.

주희의 음양 순환운동은 음과 양이 서로 상반되는 요소로서 변화 하지 않고 그대로 고착화되는 것에 대해서 부정적인 의미를 던진다. 호흡·합벽·굴신등의 모든 상반된 현상들은 절대로 대립적인 형세를 영원히 유지하지 않는다. 그렇기 때문에 이 상반성이 오히려 조화와 교감의 모티브가 되어 변화와 발전의 원동력이 될 수 있는 것이다. 이러한 상반자의 끝없는 순환은 인간 삶과, 우주의 변화를 영속시키는 기본 법칙이 된다.

주희의 음양 순환론은 리의 주재성을 강조하는데 궁극적인 의도가 있다고 볼 수 있다. 그러므로 주희는 도를 「계사전」의 음양의 순환의 주체로 보았고, 「태극도설」에서는 천명 또는 태극의 리를 음양 순환의 주체로 보았다. 주희에게 있어 음양의 순환은 대체적으로 일반적인 운동 양태로 표현하거나 또는 리에 대한 위상을 부각시키려고 하는 의미도 포함되어 있다고 보아야 할 것이다.

---

251) 최영진, 『유교사상의 본질과 현재성』, 성균관대출판부, 2003, p.91.
252) 『周易』, 「繫辭傳」, 若只言陰陽之謂道 則陰陽是道 今曰一陰一陽 則是所以循環者乃道也.
253) 『周元公集』, 「太極圖說」, 朱子說解 一動一靜互爲其根 命之所以流行而不已也.

주희의 음양관에서 또 유의해야 할 것은 주희의 사유 방식에서의 음양관이다. 그는 음양의 운동에서는 절대성을 가질 수 없다는 사실이다. 주희는 음양의 성질이 사물과 상응되었을 때 상황에 따라 그 음양의 성질이 수시로 바뀐다는 것이다. 그러므로 음양은 비교에 의해 새로운 모습으로 탄생하는 것으로 볼 수 있다.[254]는 것이다. 음양의 상응관계를 파악하고자 할 때에는 반드시 인간의 인식 작용이 개입된다. 이러할 때 인식의 기준을 어디에 두느냐는 상관관계에 따라 음양은 변하는 것이다.

예를 들면, 건순과 인의예지를 분류 할 때 인과 예는 양으로 분류하고, 의와 지는 음으로 분류하였다.[255] 이러한 분류는 『예기』, 「악기」에서 喜를 음으로 분류하고, 樂을 양으로 분류한 것과는 다르다면서 禮가 음양으로 바뀐 이유를 묻는 제자에게 주희는 다음과 같이 대답하였다.

> 그러하다. 만약 樂과 대비하여 예를 말한다면 본래 그러하다. 대체적으로 예는 한정되고 절제하여 눈부시고 밝은 문채를 내는 것이요, 락이란 서로 화합하여 뜻이 잘 맞는 것이다. 그래서 마땅히 이와 같이 분류해야 한다. 이것은 '禮란 덜어내는 것을 주로하고, 樂은 활성화를 주로 하는 것으로 분류하는 말을 유추해 보면 그 의미를 볼 수 있다.'[256]라고 하였다.

여기서 보면 음양은 절대적 속성을 가진 개념이 아님을 알게 된다. 인·의·예·지의 덕에 서만 볼 때는 예가 의나 지보다는 밝고 활달하여 양적인 성질을 가진다. 그렇지만 예를 락과 견주어 보면 락이 예보다 더욱 왕성하고 생기가 있다. 그래서 예가 우리의 생각이나 기준과는 다르게 음이 되어버리는 것이다.

이와 같이 수준의 기준에 의해 음양의 의미는 현상에 따라 수시로 바뀌는 것을 볼 수 있다. 이러한 상황을 볼 때, 주희의 음양이론은 유연성과 다양성을 가진다. 이런 상황은 주희로 하여금 음양의 개념으로 우주와 인간사의 변화를 설명 가능토록 하는 주요 요소 중 하나로 볼 수 있다. 만약 음양의 상관논리를 정

---

254) 산전경아, 김석근 역, 『주자의 자연학』, 통나무, 1996, p103.
255) 『朱子語類』 17卷, 仁禮屬陽 義智屬陰.
256) 『朱子語類』 같은 곳, 固是 若對樂說 則自是如此 蓋禮是箇限定節制 粲然有文底物事樂是和動底物事 自當如此分 如云禮主其減 樂主其盛之類 推之可見.

식화 시켜버리면 정교한 차이와 동화의 능력이 상실되게 된다.[257] 이렇게 되면 음양 상관은 세계의 구조와 변화를 설명하는 역량의 감소를 초래하게 된다.

다음은 음양운동의 선후에 대한 논리의 특징을 살피고자 한다.

> 음양이 있어 한 번은 변하고, 한 번은 합하여 오행을 이룬다. 그러나 오행은 질이 땅에 갖춰진 것이고, 기는 하늘로 운행하는 것이다. 질을 기준으로 그 생성의 차례를 말 한다면 수·화·목·금·토로써 수와 목은 양이고, 화와 금은 음이다. 기로 말을 하여 그 운행의 순서를 보면, 목·화·금·토·수로, 목과 화는 양이고, 금과 수는 음이다. 또 통합하여 말하면 기는 양이고, 질은 음이다. 또 교착하여 말하면, 동은 양이고, 정은 음이다. 대개 오행의 변화가 이룰 수 없는 곳까지 이르나, 도달하는 곳마다 음양의 도가 아님이 없도다.[258]

태극의 동정이 음과 양으로 나누어지는 상황에서, 주돈이는 특별히 생이라는 표현을 쓰면서, 형이상자와 형이하자의 관계를 말하지 않았던 것에 비해, 주희는 '소이'라는 개념을 사용하여 태극을 음과 양이 되는 근거라고 생각하였다. 이것은 도가 바로 태극이므로, 일음일양의 근거에 의한 것이다. 즉 주희는 태극과 음양을 분류할 때 형이상자와 형이하자로 갈라놓았다. 동시에, 형이하자인 음양이 동정할 때 선후가 있는 것으로 보았다. 이는 음양과 오행의 관계에서 자연계의 순서나 각자의 운행과정과 아울러 통합과 교착의 측면을 선후로 자세히 설명하고자 한 것이다. 그래서 주희는 음양을 말하는 경우에, 시간적-단계적의 관계에서 선후가 있는 것으로 이해하였다.

> 동정과 음양은 모두 형이하자이다. 그러나 움직임 역시 태극의 움직임이고, 고요함 역시 태극의 고요함이다. 다만 동과 정이 태극 자체가 아니므로, 주희가 무극이라고 말했다."[259]

---

257) 앤거스 그레이엄, 이창일 역, 『陰陽과 상관적 사유』, 청계, 2001, p.69.
258) 『性理大全』, 「太極圖說解」, 有陰陽 則一變一合 而五行具 然五行者 質具於地 而氣行於天者也 以質而語其生之序 則曰 水火木金土 而水木陽也 火金陰也 以氣而語其行之序 則曰 木火土金水 而木火陽也 金水陰也 又統而言之 則氣陽而質陰也 又錯而言之 則動陽而靜陰也 蓋五行之變 至於不可窮 然無適而非陰陽之道.

이러한 경우에 태극의 움직임이 음과 양으로 나누어지는 것에서 그치는 것이 아니라, 형이상자인 리에서 형이하자인 기로 그리고 기인 음양이 시간적 - 단계적인 변화가 지속적으로 있다고 보는 것이다. 그러므로 음과 양의 동정에 선후가 있는 것으로 주희가 말하는 근거가 되는 것이다.

다음은 선후문제로 나누는 주희와 제자와의 대화 내용들이다.

> 순필이 태극에 대해 물었다. "음양이 곧 태극입니까?"라고 물으니 선생께서는 이렇게 답하셨다. "나는 '음양을 떠나지 않는다. 음양의 본체를 가리켜 그것이 음양과 섞일 수 없음을 말한 것이다'라고 했으니, 이 구절을 잘 음미해야 한다. 나의 이 해설을 이해하지 못하고서 어떻게 태극을 논할 수 있겠느냐?" …… 어떤 이가 이렇게 물었다. "양이 움직이는 단계로부터 사람과 만물이 생겨나는 과정은 한꺼번에 생기는 것입니까? 또 이렇게 말하자면 그 속의 순서는 어떻게 되는 것입니까?" 답하셨다. "선후로 말할 수 없는 것이다. 그러나 그 속에 순서는 역시 있다고 해야 한다.[260]

동정의 선후에 대해 주희는 또 다음과 같이 설명하였다.

> 어떤 사람이 물었다. '리가 먼저 존재하고, 기는 뒤에 존재 합니까?' 답하였다. 리와 더불어 기는 본래 선후를 말할 수 없다 그러나 추리해 나간다면 리가 기에 앞서고 기는 다음에 있는 듯하다'고 답변 하였다 .[261]

이 주희의 답변을 보면 실제로는 리기의 선후가 없는 상황에서, 단지 논리적으로 선후관계를 설명하고 있다. 다음은 주희의 답변 내용이다. "요약하면 먼저

---

259) 『性理大全』, 「太極圖解」, 動靜陰陽 皆只是形而上者 然動亦太極之動 靜亦太極之靜 但動靜非太極耳 故朱子而無極言之.

260) 『朱子語類』 卷94, 舜弼論太極云 陰陽便是太極 曰 某解云 非有離乎 陰陽也 卽陰陽而指其本體 不雜乎陰陽而言耳 此句當看 今於某解說句尙未通 如何論太極?…… 某問 自陽動以至於人物之生 是一時俱生? 且如此說 爲是節次如此? 曰 道先後不可 然亦須有節次.

261) 『朱子語類』 卷1, 或問 理在先氣在後 曰 理與氣本無先後之可言 但推上去時 卻與理在先氣 在後相以.

리가 있다. 다만 리가 오늘 있고, 기가 내일 있다고 말할 수 없을 것이다."[262] 리는 형이상자로서 만물이 생멸하여도 만물 안에 있는 것이다. 물론 존재하는 것은 리와 기가 선후관계 없이 공존한다. "리없는 기는 없고, 기없는 리도 없다."[263] 이 현상 자체는 리와 기의 선후 구분이 실제로는 없지만 다만 추리로 리기의 선후가 있다고 말하는 것이다.

여기에서 주희의 양이 움직이는 단계로부터, 만물이 생겨나는 전체 과정을 선후로 말할 수 없다는 관점은 '사실은 모두 한꺼번에 그 속에 있다'는 말에서 해답을 얻을 수 있다. 즉 구체적인 우주 만물의 생성 변화는 시간적 계기 속에서 진행되지만 그것의 이치는 언제나 그 속에 '한꺼번에' 존재한다는 것이다.[264] 이것이 바로 우주의 이치로서의 태극이다. 여기서 태극은 현상계에서 모든 사물의 존재 근거이면서 변화와 운동의 법칙이다. 그러므로 현상계에 존재하는 모든 사물은 음양이라는 속성들의 운동과정에 있는 것이다.

태극은 음양과 분리되어서 존재하는 것이 아니고 음양 안에서 존재하는 것이다. 그러므로 태극과 음양이 동일한 시간대에서 본다면, '단서가 없다'는 무단과 '시작이 없다'는 무시는 한마디로 끊임없이 순환하고 연속하는 것을 말하는 것이다. 그래서 '무단'과 '무시'는 '서로가 뿌리로 존재 한다'는 '互根'이 되어야 가능하다. 태극은 바로 이 음양의 내재적 법칙인 리다. 리로서 태극이 자발적으로 운동하지는 않지만 현상계의 변화와 운동은 내재적 법칙에서 발생한다고 보고 이것은 '태극에 동정이 있다'를 말한다. 즉 처음 출발하는 始源性을 주희는 주장한 것이다.

주희로 부터의 음양은 일기에서 분화된 기로, 우주론을 펼침에 있어 중심 적 개념으로 사용되었다. 여기에서 그는 음양을 여러 차원에서 이해하였는데, '음양은 일기의 두 종류로서의 운동의 양태', '음양은 서로를 함께 포함하고 있는 이중적 구조', '음양은 기본적인 만물의 질료' '음양은 순환함', 그리고 '음양은 관

262) 『朱子語類』 卷1, 要之也先有理 只不可說是今日有是理.
263) 『朱子語類』 卷1, 天下未有無理之氣 亦未有無氣之理.
264) 『朱子語類』 卷1, 問 太極不是未有 天地之先有箇渾成之物 是天地萬物之理總名否? 曰 太極只是天地萬物之理 在天地言 則天地中有太極 在萬物言 則萬物中各有太極 未有天地之先 畢竟是先有此理 動而生陽 亦只是理 靜而生陰 亦只是理.

찰조건에 의해 변화하게 되므로 절대성을 가지지 않음' '음양의 선후문제' 등의 음양에 대한 이론을 제시했다. 이처럼 주희는 자신의 철학세계를 건립하기 위해 음양을 다양한 측면에서 검토 · 활용함으로써 리의 세계를 완벽히 부각시킬 조건을 마련하였다. 결국은 태극의 동정과, 음양이 변하고 합하는 양변음합의 작용으로 생성론의 초석을 쌓은 것으로 볼 수 있다.

태극과 음양의 관계를 살피면 다음과 같다. 우주만물을 하나의 유기체 속으로 들일 수 있는 토대는 태극의 내재성이다. 「태극도설」이지만 주희의 관점에서 태극의 내재성을 본다면 "오행은 하나의 음양이고, 음양은 하나의 태극이며, 태극은 본래 무극이다. 오행이 생겨날 때 각각 하나의 성을 갖는다."[265]는 의미는 오행 속에 음양이 있고, 음양 속에 무극과 태극이 있음으로서 오행 속에 무극과 태극이 내재되어 있다. 이에 대해 주희는 "태극 전체가 一物 가운데 각각 갖추지 않음이 없으므로, 性이 존재하지 않은 것을 볼 수 있으리라."[266]고 하였다. 이 말은 태극은 형식상으로 음양·오행과 만물을 초월하여 있다 하여도, 존재 세계에서는 내재적인 성질을 가진다는 의미인 것이다.

3. 오행생성과 사시운행

오행이란 다섯 가지의 유행을 의미한다. 그 다섯 가지에 대한 시원적 부분을 살펴보면 木 · 火 · 水 · 土는 고대 중국인들이 자연숭배의 대상으로 우러러 공경하였고 金은 쇠붙이를 인공적으로 제련하게 되면서 생산된 물건으로 국가의 큰 행사인 제사나 전쟁의 제단 위에 모시므로 신성시 되었다.[267] 그리고 오행이란 단어를 가장 앞서서 사용한 문헌은 서경의 「감서」와 「홍범」이다. 그러나 「감서」는 아쉽게도 오행이란 어휘만 말하였을 뿐, 그 다섯 요소의 의미에 대해서는 언급함이 없는 반면 「홍범」은 오행과 그 의미에 대해서 언급하였는데[268], 그 나열

---

265) 『性理大全』, 「太極圖說」, 五行一陰陽也 陰陽一太極也 太極本無極也 五行之生也 各一其性.

266) 『周元公集』,「太極圖說」 朱子說解, 渾然太極之全體 無不各具於一物之中 而性之無所不在 又可見矣.

267) 유소홍, 송인창·안유경 역, 『오행이란 무엇인가』, 심산, 2013, pp.28-33 참조

순서는 수·화·목·금·토 로서 오행의 성질과 효용적 가치를 설명해 주고 있다.

이러한 오행이 독립적으로 활용되다 추후 음양사상과 결합하여, 오행은 관념적 개념으로 점차 우주와 인간 그리고 자연에 이르기 까지 철학적 체계를 이해하는 범주로 발전하게 되었다.[269] 특히 오행의 상대적 관계로 언급되는 상생과 상극을 통해 사물의 유전변화를 설명하는 원소로 활용하게 되었다. 이 음양오행이 철학적이고 생활적인 범주로 융합된 이후로는 음양이기가 오행을 화생하고 오행이 세계 만물을 구성하여 일반화 하는데 까지 이르게 되었다. 음양 오행론은 추후 송나라 성리학에 이르러 더욱 구체적으로 발전하였고 그 중심인물이 바로 북송의 주돈이다.

> 한번 동하고 한번 정하는 것이 상호 뿌리가 되어, 음과 양으로 나뉘어져서 양의가 서게 된다. 양이 변하고 음이 합하여 수·화·목·금·토를 낳게 되는데, 오기가 순조롭게 펼쳐지게 되면 사시가 운행하게 된다.[270]

위의 인용문은 주돈이의「태극도설」내용 중 일부분으로서 내용은 음양에 의한 오행생성과, 오기의 기운에 의한 사시의 유행을 설명하는 내용이다. 오행은 다섯 가지의 유행을 의미한다. 주돈이는 '양이 변화하고 음이 합쳐져 수·화·목·금·토를 낳는다. 오기가 순조롭게 펼쳐져 사시가 유행한다.'고 하였는데 이는 음양에 의한 오행생성, 오기의 운행에 따른 사계절의 유행을 말한 것이다. 주희도 기와 질의 다름을 맑은 것은 기로, 흐린 것은 질로 간주하고,[271] 음양을 기로, 오행을 질로 말하였다.[272] 그러면서 그는 고대로부터 계승되어온 음양·오행의 개념을 자신의 우주론으로 흡수하여 음양과 함께 오행을 만물의 탄생을

268) 『書經』卷6, 「洪範」, 一五行 一曰水 二曰火 三曰木 四曰金 五曰土 水曰潤下 火曰炎上 木曰曲直 金曰從革 上爰稼穡 潤下作鹹 炎上作苦 曲直作酸 從革作辛 稼穡作甘.

269) 井上聰, 『古代中國陰陽五行の硏究』, 翰林書房, 1996, p.21.

270) 『性理大全』, 「太極圖說」, 一動一靜 互爲其根 分陰分陽 兩儀立焉 陽變陰合 而生水火木金土 五氣順布 四時行焉.

271) 『朱子語類』卷3, 「鬼神」, 閎祖錄 氣之淸者爲氣 濁者爲質.

272) 『朱子語類』卷1, 「理氣上, 太極天地上」, 陰陽是氣 五行是質.

가능하게 하는 기와 질로서의 의미를 갖추게 되었다.

> 양이 변하고 음이 합하여 져서 수·화·목·금·토를 낳게 되는데, 五氣가 순조롭게 펼쳐지게 되면 사시가 운행하게 된다. 오행은 하나의 음양이고, 음양은 하나의 태극이며, 태극은 본래 무극이다. 오행이 생기면 각각 하나의 성을 갖는다. 무극의 진과 이오의 정이 묘하게 합하여 굳어지면 건도는 남성이 되고 곤도는 여성이 된다. 이 이기가 교감하면 만물이 생겨나고, 만물이 계속 생겨나기 때문에, 변화는 끝이 없다.[273]

여기에서 오기순포는 오행의 운행을 말한다. 태극의 동정으로 음양이기가 형성되고, 음양의 변합으로 오행인 木·火·土·金·水 가 生成된다. 그리고 木·火·土·金·水 이 다섯 가지의 氣的 요소가 순서대로 흘러 퍼지고 전개되어 봄·여름·가을·겨울의 사계절이 구분되어 운행하게 된다.[274] 주돈이에 있어 태극은 시간과 공간 하고는 직접적인 연관성이 없다. 시간 및 공간과 직접 관련이 있는 것은 만물로 볼 수 있다. 태극과 만물의 관계에서 공간과 시간이 단절되면 양자의 관계는 성사될 수 없게 된다.[275] 이런 점에서 木·火·土·金·水의 오행이 태극과 만물에 공간적으로 매개가 되고, 봄·여름·가을·겨울의 사계절이 태극과 만물의 시간적 측면을 이어주고 있다고 할 수 있다.

오기순포와 사시운행은 만물생성에게 도움을 주는 우주의 작용이라고 말할 수 있다. 따라서 오기순포는 공간작용을 말하는 것으로서 우주공간에 오행의 기가 순조롭게 유행하여 만물생성을 도와주는 작용이고 사시운행은 시간의 작용을 말하는 것으로 사시의 운행으로 만물이 자라고, 성장하고 또 결실을 맺으며 휴식하면서 새로운 생명을 준비하는 시간을 갖게 해주는 작용이다. "하늘은 단지 하나의 氣가 유행할 뿐인데, 만물은 스스로 성장하고 스스로 형체와 색깔을 갖

---

273) 『性理大全』 卷3, 「태극도설, 陽變陰合 而生水火木金土 五氣順布 四時行焉 五行一陰陽也 陰陽一太極也 太極本無極也 五行之生也 各一其性 無極之眞 二五之精 妙合而凝 乾道成男坤道成女 二氣巧感 化生萬物 萬物生生 而變化無窮焉.

274) 김 기, 「음양오행설의 주자학적 적용양상에 관한 연구」, 성균관대 박사논문, 2012, p.91.

275) 박응렬, 「주렴계의 태극사사에 관한 연구」, 성균관대 박사논문, 1996. p.96 참조.

게 되니 어찌 하늘은 하나하나를 좇아 이처럼 단장할 수 있단 말인가!"[276] 라고 하면서 천지간에 있는 모든 만물들을 생성, 변화하도록 작용하는 이치인 일음일양이 이러한 운동변화로 만물의 생성을 도와주는 작용이 바로 오기순포이다

그리고 만물의 생성을 위해 기의 유행은 끊이지 않는다고 하였다. 끝에 이르면 기의 유행이 만물생성에 필요한 음양오기의 공간운동 변화라고 한다면, 사시운행은 시간적인 음양오기의 운동변화라고 할 수 있다. 즉 "천지의 기가 운행·유전하여 그침이 없는 것은 오로지 사람과 사물을 거듭하여 생성해 내는 것일 뿐이다."[277]라고 하여 이와 같은 사계절의 변화가 기의 유행으로 이루어진다는 인식은 송대까지 이어졌다. 주돈이도 이러한 생각을 갖고 있었을 것이다. 만물의 생성에서 천도의 변화에 따라서 음과 양의 작용은 아주 중요한 하늘의 활동이지만, 함께 만물 생성을 위해 순조롭게 도움을 주는 오기순포와 사시운행도 역시 하늘의 작용이다

아울러 기와 질의 구조를 정립함으로서 주희의 리기론은 비로소 완성을 볼 수 있었다. 주희는 오행을 질로 보게 됨에 따라, 질도 기와 마찬가지로 물질적인 성질을 가진 존재가 되었다. 그렇지만, 질은 기가 짙어짐으로써 나타나는 유형의 물질 형태이다.[278] 그리고 주희는 "기가 모여져 질이 된다."[279]고 하였는데 오행의 질은 만물보다 선재하면서 만물생성 가능한 단계의 기로 보았다. 다시 말해 오행은 만물로 생하는 최종적 단계로서 기의 형태인 것이다.

그래서 주희는 "천지가 만물을 낳을 때 오행이 선재 하였다. 땅은 토인데, 토에는 금과 목의 많은 종류가 포함되어 있다. 천지간에 무엇이든지 오행 아닌 것이 없다. 음양과 오행의 일곱 가지가 함께 하나로 혼합 되어 만물을 생하는 재료가 된다."[280]고 했다. 이 말에서 보면, 주희는 오행에 대해서 만물을 이루는 단계의 힘으로 볼 뿐 아니라, 만물과 만사의 근원으로 인정함을 짐작하게 된다.

---

276) 『朱子語類』 45卷, 天只是一氣流行 萬物自生自長 自形自色 豈是逐一粧點得如此.
277) 『朱子語類』 98卷, 正如天地之氣 運轉無已 只管層層生出人物.
278) 산전경아, 김석근 역, 『주자의 자연학』, 통나무, 1996, p.123.
279) 『朱子語類』 卷1, 氣積爲質.
280) 『朱子語類』 卷94, 天地生物 五行獨先 地卽是土 土便包含許多金木之類 天地之間 何事而非五行 陰陽五行七者 袞合便是生物之材料.

다음은 음양과 오행의 관계에 대해 알아보고자 한다. 오행은 음양에서 진화한 물질 단계이다. 그래서 주희는 "음양은 기로서, 오행의 질을 생하였다."[281]고 하였다. 여기에서 보면, 음양과 오행은 뚜렷하게 생성의 관계를 가진다는 결론에 도달하게 된다.

그러므로 음양에서 오행이 나온다는 도식이 『관자』·『여씨춘추』·『회남자』·『춘추번로』로 이어지면서 모두가 인정 할 수밖에 없는 논리로 정립되었다. 이러한 도식을 북송의 주돈이와 장재가 송학에서 도입하게 되었고, 주희가 그것을 다시 자신의 철학체계로 계승한 것이다.

> 하늘의 운행이란 막 초겨울이 오면 음양은 각각 한 방향으로부터 찾아와 뒤로 이동한다. 음은 동쪽에서 서쪽으로 이동하고 양은 서쪽에서 동쪽으로 이동한다. 한 겨울이 되면 서로 북쪽에서 만나 교차하면 동지다. 이별하고 서로 가는데 음은 오른쪽으로 가고, 양은 왼쪽으로 간다 …… 중춘의 달에 이르러 양이 정동에 있고 음이 정서에 있으면 이때가 춘분이다……음은 날마다 줄어서 쇠하고 양은 날마다 늘어서 성하기 때문에 따뜻하고 더워진다. 이제 한여름의 달이 되어서 서로 남쪽에서 만나 하나로 합하면 이때가 하지이다. 다시 떨어져 떠나가 양은 오른쪽으로 가고 음은 왼쪽으로 간다……중추의 달에 이르러 양이 正西에 있고 음이 正東에 있으면 이때가 추분이다.[282]

> 양기는 북동쪽에서 일어나서 남쪽으로 진행하여 자기 위치로 나아가고, 서쪽을 돌아 자기 휴식처로 숨는다. 음기는 남동쪽에서 일어나서 북쪽으로 진행하여 자기 위치로 나아가고, 서쪽을 돌아 자기 잠복처로 숨는다.[283]

여기에서의 인용문은 그러나 음양과 오행은 간단하게 생성의 관계로서만 존

---

281) 『朱子語類』 卷94, 陰陽氣也 生此五行之質.
282) 『春秋繁露』, 陰陽出入 天之道 初薄大冬 陰陽各從一方來 而移於後 陰由東方來西 陽由西方來東 至於中冬之月 相遇北方 合而爲一 謂之曰至 別而相去 陰適右 陽適左……至於中春之月 陽在正東 陰在正西 謂之春分……陰日損而隨陽 陽日益而鴻 故爲暖熱 初得大夏之月 相遇南方 合而爲一 爲之曰至 別而相去 陽適右 陰適左……至於中秋之月 陽在正西 陰在正東 謂之秋分.
283) 『春秋繁露』, 陰陽位 陽氣始出東北而南行 就其位也 西轉而北入 藏其休也 陰氣始出東南而北行 亦就其位也 西轉而南入 屛其伏也.

재하는 것이 아니라, 서로의 동질성의 관계를 가지기도 한다.[284] 이 말은 더 나아가서 음양과 오행은 서로 상호간에 포함관계도 가지는 것이다. 그래서 "음양의 두 기가 나뉘어 오행이 되었기 때문에 음양 밖에 별도로 오행이 존재하는 것은 아니다."[285]라고 했다. 즉 음양의 기에서 오행의 질이 나왔으므로 오행은 음양을 벗어나서 별도로 존재 할 수 없다는 말이다. 이 말의 의미는 범위가 더 큰 세계가 더 작은 범위의 세계를 포용한다는 의미로 오행이 음양 속에 포함된다는 의미인 것이다.

아울러 주희는 오행 속에도 역시 음양이 포함되어 있다고 말한다. 즉 그는 "오행 중에 각 각의 음양이 있다."[286]고 말하였는데 이는 음양이 오행 속에 내재되어 있음과 아울러 오행의 입장에서 음양을 바라보았을 때를 설명하는 말이다. 즉 오행은 음양의 기로 이루어졌으므로 오행의 안에는 음양이 내재될 수밖에 없는 음양과 오행간의 본체론적 관계를 설명하는 말이다.

다음은 오행의 생성 순서에 관하여 살펴보고자 한다. 주희는 오행의 생성순서를 두 가지 차원으로 분류하여 말하였다. 그 이유는 현존하는 하늘과 땅을 근거해서 두 차원으로 나누었기 때문이다. 주희는 "오행의 질은 땅에서 구성되고 기는 하늘에서 운행한다."[287]고 하였다. 그 이유는 유형인 물질적 차원과, 무형으로서의 기 차원으로 구분하여, 물질은 땅에서 작용하고, 기는 하늘에서 운행한다고 보았기 때문이다.

주희는 "질은 땅에 속하며 도구가 되고, 기는 가볍고 깨끗하므로 하늘에 속하여 운행을 한다.[288]면서 "질의 생성순서를, 수→화→목→금→토로써, 수와 목은 양이고, 화와 금은 음이다."[289]라고 하였다. 이는 「홍범」에서도 제시한 순서인데, 공영달은 "오행의 체로는 수가 분간하기 어려울 만큼 매우 작아서 1번, 화는 점진적으로 나타나서 2번, 목은 모습이 실존하여 3번, 금은 체가 단단하여

284) 산전경아, 김석근 역, 『주자의 자연학』, 통나무, 1996, p.101.
285) 『朱子語類』 卷1, 然却是陰陽二氣截做敬這五箇 不是陰陽外別有五行.
286) 『朱子語類』 卷1, 五行中各有陰賜.
287) 『周元公集』, 「太極圖說」, 朱子說解 五行者 質具於地而氣行於天者也.
288) 『周元公集』, 같은 곳, 五行者 質具於地而氣行於天者也.
289) 『周元公集』, 같은 곳, 以質而語其生之序 則曰水火木金土 而水木陽也 火金陰也.

4, 토는 질이 커서 5가 되었다."[290]라고 하였다. 공영달은 그 근거를 "만물은 본래 '있음'은 '없음'에서 나오고, '나타남'은 '미세함'에서 나온다. 그 형상을 이룸에 있어서도 또한 '미세함'과 '나타남'은 차례가 있다."[291]고 근거를 「홍범」의 내용에서 찾았다.

또 주희는 "기안에서의 오행의 운행순서를 언급한다면 목→화→토→금→수이다. 즉 기인 목과 화는 양에 속하고, 금과 수는 음에 속한다."[292]라고 했다. 특히 주희는 여기에서의 오행 순서는 사시 즉, 춘하추동의 순환 순서에 의거한 것이라 설명하였다.[293] 질과 기차원의 생성순서의 이러한 순서를 정하게 된 이유로는 질의 생성에서는 「태극도설」의 양변음합 원리에 근거를 두고 지상에서는 對待의 형태를 이루며, 기의 생성에서는 하나의 기가 순생의 구도로 하늘에서 유행하기 때문이다.

양변음합이 있고 나면 오기순포가 이루어지고 그 다음에는 사시행언이 발동하게 된다. 이 말의 의미는 오행의 기운이 세상에 퍼진 후 사계절이 운행하게 된다는 뜻이다. 봄은 사시의 시작으로서 목과 서로 상응하므로 목이 제일 먼저가 되었다. 그 다음인 여름에는 열기가 강한 화이다. 뜨거움이 절정을 이루는 삼복더위가 지나고 늦여름이 오면 화기가 서서히 물러가고 토가 된다. 長夏가 지나면 숙살 기운이 발산되는 가을이 온 자리에 토가 물러나고 금이 된다. 한랭하고 추운 겨울이 오면 금의 자리가 수가 된다.[294] 이렇게 자연에서 경험하는 것처럼 주희는 오행을 질로 해석하였는데 그 오행의 기운에 대해서 만물을 직접 생산하는 실현될 수 있는 현실차원의 에너지로 보았다.

또한 오행은 음양의 기에서 상생되는 것으로 음양의 성질을 체의 내부에서 포함하고 있는 것으로 여겼다. 즉 음양과 오행은 서로의 관계성에서 생성과 포

---

290) 『尚書正義』, 「洪範」, 五行之體 水最微爲一 火漸著爲三 木形實爲三 金體固爲四 土質大爲五.
291) 『尚書正義』, 같은 곳, 萬物之本 有生於無 著生於微 及其成形 亦以微著爲潮.
292) 『固元公集』, 「太極圖說」, '朱子說解', 以氣而語其行之序 則曰木火土金水 而木火陽也 金水陰也.
293) 『朱子大全』 卷49, 此以四時而言 春夏爲陽 秋冬爲陰.
294) 김 기, 「음양오행설의 주자학적 적용양상에 관한 연구」, 성균관대 박사논문, 2012, p.86 참조.

함관계를 동시에 가지고 있다.

주희는 음양오행설이 속성으로 갖고 있는 상관적 사유를 활용하여, 사물을 분류한 것이고, 아울러 음양오행설의 관계를 분석하여 존재의 원리를 설명하였다. 상관적 사유는 공명의 원리에 의해 이루어지는데, 고대에서는 이것이 사물을 가르는 하나의 방법론으로 적용이 되었다. 하지만, 복잡하고 어수선하여 경험할 수 없는 사안들을 상관논리에 적용하는 경우, 상관적 사유는 미신을 조장하게 된다. 이점에 대해서 주희는, 최대한 신중하게 상관논리를 적용시켰다. 주희는 음양오행의 기질적 속성에 근거로 활용하여 인간사와 자연사물을 상응시킨다. 이러한 것들은 만사만물을 음양론의 측면에서 바라 볼 때 자연스럽게 나타날 수 있는 현상이다.

다음은 오기순포와 사시운행인 오행과 시간과의 관계를 살펴보고자 한다. 주희는 모든 시간 단위에는 오행의 기가 존재한다고 보았다. 그는 "년 · 월 · 일 · 시에는 오행의 기가 있지 않음이 없다."[295]고 하면서 오행의 기로 인하여 시간별로 모든 기의 특성이 잘 드러나고 있다고 보았다. 또한 주희는 오행을 통하여 천 · 지 · 인이 서로 간에 관통하는 본질이 있음을 말했다. "하늘에는 四時인 춘 · 하 · 추 · 동이 있고, 땅에는 네 가지의 기와 질이 되는 금 · 목 · 수 · 화가 있으며, 사람에게는 4덕으로서의 인 · 의 · 예 · 지가 있다. 이렇게 모두 4가지로써 서로의 용을 삼는다."[296]고 하였는데, 마지막으로의 토가 나머지 四行에 분배된다는 전제 하에 별도로의 토를 거론하지 않았다.

주희는 오행을 사시뿐 아니라 인간의 심성과도 대응을 시킨 후, 천과 인을 결합하는 매개로 삼았던 것이다. 이것은 천 · 지 · 인이 모두 오행의 속성을 갖추었다고 보는 생각의 표현이다. 이러한 구상은 주희의 철학이 인간과 천지자연을 통합적으로 인식하는 포괄적 사유구조를 취한 것에서 기인된 것으로 볼 수 있다.

주희의 철학은 음양오행의 체계를 기초구조로 삼아 건립된 것이다. 이 점은 시간관에 있어서도 마찬가지이다. 주희는 해가 뜨고 지며 운행하는 모습에서 시

---

295) 『朱子語類』 卷1, 年月日時 無有非五行之氣.
296) 『朱子語類』 卷1, 天有春夏秋冬 地有金木水火 人有仁義禮智 皆以四者相爲用也.

간의 개념이 확정되는 것으로 보았다. 그는 음양과 오행 개념을 바탕으로 수용하여 시간을 다양한 차원으로 설명하였다. 아울러 주희는 원기에서 음양으로 나누어지는 지극히 짧은 처음 순간의 시간을 최초의 순간을 태초로 보았다. 이러한 주희의 음양 속에는 태초의 의미가 내포되어 있는 것이다. 음양에 태초의 의미가 내재되어 있으므로 그에게의 모든 시간 단위에는 모두 음양의 속성이 존재하고 있는 것이다.

그리고 주희는 음양오행에 사시(四季)를 배치하는 전통적인 논리를 수용하여 땅의 오행과 하늘의 사시를 중심하여, 땅의 기와 질을 인간의 본성인 사덕과 연결하므로, 천·지·인을 하나의 계통으로 관통시켰다. "음양오행의 일곱 가지는 서로 혼합되어 사물을 생성하는 재료가 되었고 오행이 순조롭게 분포되어 사시가 운행되므로 금·목·수·화가 봄·여름·가을·겨울에 분배됨에 따라 토는 사계절에 걸쳐 있다."[297]는 주희의 이러한 언사에서 자연과 인간을 묶어 통합적으로 인식하고자 하는 주희 철학의 시각을 살필 수 있다. 따라서 그는 음양오행과 사시의 기반 위에 우주와 자연, 그리고 인간에 대한 생성론을 정립하고 체계화 한 것이다.

태극동정과 양변음합을 우주와 만물을 생성시키고 변화토록 하는 우주의 직접적인 활동으로 본다면, 오기순포와 사시운행은 만물생성에 도움을 주는 우주의 작용이다. 오기순포는 공간적 작용으로 우주공간에 오행의 기가 순조롭게 분포되어 만물의 생성을 돕는 작용을 말하고, 사시운행은 만물이 자라서, 성장한 다음, 결실을 맺고, 휴식하며 반복되는 생명 준비의 시간을 갖는 작용을 말한다. 즉 사계절을 통해서 만물의 생성을 돕는 사시의 작용은 시간적인 작용을 말하고 기의 유행이 만물생성에 필요한 七氣(음양오기)의 공간적인 운동변화라면, 사시운행은 칠기(陰陽五氣)의 시간적인 운동변화다. 결국은 만물생성이란 태극동정과 양변음합, 오기순포와 사시운행이 우주에서 벌이는 직간접인 작용인 것이다.

5부. 수양론

297) 『朱子語類』 卷6, 五行陰陽七者滾合 便是生物的材料 五行順布 四時行焉 金木水火分屬春夏秋冬 土則寄旺四季.

성리학을 聖學이라고도 하는데 그 이유는 성리학이 성인의 학문이기 때문이다. 성인이라 함은 도덕적으로 흠결이 없는 사람을 일컫는 것이 아니라, 우주만물의 이치와 도리를 배우고 깨달아 확실히 알고 순리적으로 따르면서 만물과 감응하는 능력을 갖춘 사람을 의미한다. 결국 성리학이란 이러한 공부를 통하여 성인으로 이르는 것을 목표로 하는 학문이다. 주희는 성리학을 공부할 때 "가장 필요한 것은 성인은 어떠한 사람이고 평범한 사람은 어떤 사람인지, 자신은 어찌하여 성인처럼 되지 못한 평범한 사람인가를 살피라."[298]고 하였다. 이것은 집을 건축할 때 우선 터를 단단하게 다져야 좋은 집을 지을 수 있는 것처럼, 성인이 되기 위함도 충분한 인격도야 공부를 먼저 하도록 권고하고 있다.

이와 같이 수양론에서 공부를 통하여 성인이 될 수 있다는 방법을 제시한 것은 인간에 대한 낙관론을 갖고 있기 때문이다. 그러므로 인간이라면 누구라도 성현의 가르침으로 덕을 닦아 나간다면 성인의 경지에 도달할 수 있다는 맹자로 시작되는 인간에 대한 낙관론에서 출발한다. 그러나 주희는 인간이 배움을 통해서 자신의 기질과 품성을 변화시킨다는 것은 대단히 어렵다[299]고 솔직히 고백하고 있다. 그렇지만 기질의 변화를 통해서 어려움을 극복하고 왜곡된 자신의 본성을 회복하므로 성인의 자리로 나아가는 실천적 과제야말로 인간이 살아가는데 가장 중요하고 의미 있는 삶이라 아니할 수 없는 것이다.

성리학에 의하면 모든 사람은 하늘로부터 품부 받은 태극 즉 리를 마음에 갖고 있어 선천적으로 선한 본성을 지니고 있다고 본다. 하지만 인간의 몸을 구성하고 있는 기의 영향을 받은 본성이 실제로는 자유롭게 발현을 하지 못하고 있는 실정이다. 그러므로 사람들은 마음속에 존재해 있는 착한 본성을 자각하지 못한 가운데 잘못된 언행을 하게 된다. 주희는 악한 품성도 선천적인 근거를 갖고 있다고 생각하였는데 이것이 바로 기질이다. 그러나 선천적인 악은 도덕 수양을 통해 변화될 수 있다.[300]고 보았다. 이로써 기질에서 오는 많은 나쁜 요소

298) 『朱子語類』 卷8, 今緊要且看聖人是如何 常人是如何 自家因甚便不似聖人 因甚便只是常人.
299) 『朱子語類』 4卷, 人之爲學 却是要變化氣稟 然極難變化.
300) 진래, 안재호 역, 『송명성리학』, 예문서원, 2011, p.256 참조.

들을 제거하여 선한 본성을 발현시킬 수 있도록 지원해주는 노력이 필요한데, 이것이 바로 수양공부이다.

그러므로 수양론의 우선의 목표는 기질을 변화시키는 것이다. 그렇다면 수양방법에는 어떤 방법이 있는 것일까? 다음은 자사가 집필한 『대학』에 있는 수양공부에 대한 내용이다.

> 대학의 도는 명덕을 밝히고……국가를 잘 다스리려고(治國) 하는 사람은 먼저 자기 가정을 가지런히 하고(齊家), 자기 가정을 가지런히 하려는 사람은 먼저 자기 자신을 수양하고(修身), 자기 자신을 수양하려는 사람은 먼저 자기 마음을 바로잡고(正心), 자기 마음을 바로 잡으려는 사람은 먼저 지식을 넓히며(致知) 지식을 넓히려는 사람은 사물을 연구(格物)하여야 한다.[301]

위의 인용문인 『대학』의 머리글에서 강조하는 내용은 천하와 국가를 다스리려는 사람이 있다면 먼저 자기 자신을 수양해야 하고 그 수양 전에 미리 격물치지에 이르러야 한다고 강조하고 있다. 격물과 치지는 원래 『대학』에서 나오는 말로 북송 정이의 격물치지설에 영향을 받은 남송의 주희가 본인의 격물치지설로 수정보완을 하였다. 『대학』에서 말하는 수양방법은 사물에 대한 연구(格物)와 지식을 넓힘(致知)으로 부터 시작된다. 주희는 격물에 대해 "격이란 이른다는 것이고 물이란 사물을 말한다. 사물의 리를 끝까지 궁구하여 그 지극한 곳까지 이르지 않음이 없고자 하는 것이다."[302]라고 하였다. 격물이란 사물에 나아가서 그 리를 궁구한다는 말로 사물에 대해 자세히 탐구한다는 의미인 것이다.

그런데 주희는 "『대학』에서 격물은 말하면서 궁리는 말하지 않는 까닭은 대개 궁리를 말하면 붙잡을 것이 아무것도 없는 덩그런 허공을 움켜지는 것과 같기 때문이다. 단지 격물만을 말하면 그것은 곧 형이하의 구체적 사물에서 형이상의 원리를 찾는 것이 된다."[303]라고 말하고 있다. 이 말은 이치가 추상적이고

---

301) 『大學』, 大學之道 在明明德……欲治其國者 先齊其家 欲齊其家者 先修其身 欲修其身者 先正其心 欲正其心者 先治其知 致知在格物.

302) 『大學章句』 第1章, 格之也 物猶事也 窮之事物之理 欲其極處無不到也.

사물은 구체적이므로 구체적인 것을 통하여 추상적인 것을 탐구해야 한다는 의미이다. 격물이란 사물로 나아가서 그 이치를 궁구하는 것이니 궁리의 의미를 갖는다. 그러므로 사물에 나아가 리를 궁리하는 것인 즉물궁을 격물이라 말하는 것이다. 그러므로 아무리 사물에 나아가 리를 궁리하더라도 지극함 까지 이르지 못한다면 결국은 사물의 리를 궁구하지 못한 것이 되고 만다.

주희는 리 즉 태극은 모든 인간과 사물 속에 이치로 존재한다고 보았다. 그러나 이러한 이치는 겉으로 보이는 형체로 인하여 이치가 잘 나타나지 않는다. 이치는 흐린 물속에 있는 보석과 같다. 흐릿하게 보이는 보석을 잘 보이게 하는 일이 바로 『대학』에서 말하는 격물과 치지이고, 주희가 말하는 수양론이다. 위 인용문에서 '격물은 말하면서 궁리는 말하지 않았다'고 주희가 지적하는 것은 '이치의 탐구인 궁리'부터 하지 않고 왜 '사물의 연구인 격물'부터 시작하느냐는 지적이다. 이치는 추상적이고 사물은 구체적이므로 구체적인 것을 통하여 추상적인 것을 탐구하라는 권면인 것이다.

성인이 되기 위해서는 필요한 공부를 충분히 하여야 하는데 그 구체적인 공부 방법이 수양론에 갖추어져 있다. 수양론이란 이러한 성인이 되기 위한 학문방법을 총칭하는 표현이다. 이기론과 심성론에 대한 복잡한 논의도 결국은 수양을 통해 성인이 되는 실천적 달성에서 완성된다. "주돈이와 장재가 우주론을 전개한 본래의 목적은 수양의 과정이었고, 정이가 우주론에서 인성론으로 공부 방향을 회귀한 것도 결국은 수양을 위한 것이었다."304) 하지만 우리 인간은 몸을 구성하는 음양오행 즉 기질의 영향을 받아 마음속에 갖추어진 선한 본성이 실제 행동에서 완전하게 발현되지 못하는 실정이다. 그래서 사람들의 마음속에 있는 선한 본성을 자각하지 못하고 나쁜 행동을 일삼게 되는 것이다.

따라서 주희는 수양공부로 거경과 궁리라는 두 가지 방법을 제시 하고 있다. "배우는 사람들이 해야 할 공부는 오직 거경과 궁리 두 가지 일이 있는 것이다. 이 두 가지 일을 상호 사용하는 것으로 충분히 궁리하면 거경공부는 날로 진보

303) 『朱子語類』 62卷, 大學所以說格物 却不說窮理 蓋說窮理 則似懸空無捉摸處 只說格物 則只就那 形而下之器上 便尋那形而上之道.

304) 이기동, 정용선 역, 『東洋三國의 朱子學』, 성균관대출판부, 1995, p.132.

할 수 있는 것이고 또 충분히 거경한다면 궁리공부는 날로 세밀해지는 것이다. 이것을 비유하면 사람의 두 다리와 같아서 좌측 발이 나아가면 우측 발이 멈추는 것과 같다. …… 그 실제는 하나의 일인 것이다."305) 주희의 수양공부에 대한 요점을 정리한다면 거경 - 함양 - 존덕성 -존심양성→ 내적방면과 궁리 - 궁색 - 도문학 - 격물치지 → 외적방면으로 볼 수 있는 것이다. 그러므로 이일분수와 격물치지를 살피고, 태극지성과 주경함양, 이어서 천일합일의 순서로 수양론을 고찰하고자 한다.

1. 이일분수와 격물치지

성리학의 핵심주제인 수양론중에 핵심논리인 '이일분수와 격물치지'에 대해 고찰하고자 한다. 우선 이일분수에 대해서 먼저 논구하겠다. 양시(1053-1135)가 스승 정이(程頤1033-1107)에게 장재의 『서명』 내용이 묵가의 겸애와 비슷하다는 의문을 제기하자 정이가 『서명』의 기본 입장은 묵가의 겸애와 같지 않다고 말하는 과정에서 나타나는 말이 '이일분수'이다 이후 주희는 정이의 입장을 계승, 발전시킴으로써 이일분수를 하나의 철학적 용어로 확립 시키게 된다.

주희는 도덕수양의 두 구조를 격물치지와 주경함양으로 제시하였다. 격물치지는 원래 「대학」에 나오는 말이다. 송대 유학자들이 『예기』 가운데 「대학」편 1편을 별도로 뽑아 서적으로 편찬하여, 『논어』·『맹자』·『중용』 등과 동등한 사서의 지위에 올려놓았는데 이 「대학」편에 들어있는 내용 중 일부가 격물과 치지다. 유학자들은 이 두 기본 개념에서 신유가의 인식론과 수양론을 이끌어 낼 수 있으리라고 생각하였다. 이러한 문제에서 주희는 정이와 동일한 견해를 갖고 격물에 관한 정이의 사상을 강조하고 발전시킴으로써, 마침내 격물론을 주자학 체계에서 중요한 이론으로 정리하였고 수양론 이론에 핵심이 되는 이일분수와 격물치지를 발굴하였다.

이일분수는 리가 하나라는 측면과 리가 다양하다는 측면을 동시에 갖고 있는

305) 『朱子語類』 9卷, 學者工夫 唯在居敬窮埋 此二事互相發 能窮埋工夫 則居敬工夫日益進 能居敬工夫 則窮理工夫日益密 譬如人之兩足 左足行右足止……其實一事.

특별한 이론이다. 리가 하나라는 측면에서 말한 것이 '理一' 이고, 하나인 리가 나누어져 다양한 모습으로 나타나는 측면에서 보는 것이 '分殊'이다. 그렇다면 어떻게 리가 하나이면서 다양할 수 있다는 것일까? 주희의 이일분수론은 기본적으로 장재의 「서명」에 대한 정이의 해석을 계승하고 있다. 정이는 「서명」이 묵가의 겸애의 논리가 아니라 기본적으로 이일분수의 논리라고 하였다. 이일분수라는 명제를 최초로 제기한 사람은 정이다.

『서명』의 내용을 요약하면 다음과 같다.

> 건을 아버지라 칭하고 곤을 어머니라 칭한다. 나는 여기서 아득하게 작지만 하늘과 땅과 함께 그 가운데 있다 …… 백성은 나의 동포이고 만물은 나와 같이하는 짝이다 …… 임금은 내 부모의 맏아들이고 신하는 맏아들이고, 고아나 어린이를 사랑함은 어린이로 사랑함이다. 성인은 덕을 합하고 현자는 사람들 가운데에서 빼어나다 무릇 천하의 병자나 장애인 형제 없고 자식 없는 이, 홀아비 과부는 전부 나의 형제로구나. 어려움을 당하면서도 호소할 데가 없는 이들이다. 하늘을 외경하여 이에 그것을 보존하는 것은 자식의 부모에 대한 공경함이고 효에 순수한 것이다. 어기는 것은 패덕이고 仁을 해치는 것을 도둑이라하며, 악을 행하는 자는 재능이 없는 자이고 형색을 실천하는 것은 오직 부모를 닮으려는 것이다 ……부귀하고 복받고 윤택한 것은 장차 나의 삶이고, 빈천하고, 근심하며 서러워하는 것은 곧 이루어짐에 너를 사랑하는 것이다. 살아있는 기간 동안 나는 따르고 섬기며 죽어서 나는 편안하리라.[306]

여기에서 우주 가족의 구성원과의 관계가 보인다. 하늘과 땅은 나에게 몸과 성품을 준 어버이이고, 내가 아닌 다른 사람들과 모든 생물들도 어버이 되는 하늘과 땅으로부터 몸과 마음을 받고 태어났다. 서로 아무런 상관이 없을 것 같은 이들도 사실상 같은 어버이인 하늘과 땅으로부터 태어난 나의 형제자매이다. 생

306) 「西銘」, 乾稱父, 坤稱母 予玆藐焉 乃混然中處……民吾同胞 物吾與也……尊高年所以長其長 玆孤弱 所以幼其幼 聖其合德 賢其秀也 凡天下疲癃殘疾 惸獨鰥寡 皆吾兄弟之顚連而無告者 也于時保之 子之翼也 樂且不憂 純乎孝者也 違曰悖德 害仁曰賊 濟惡者不才 其踐形 唯肖者也……富貴福澤 將厚吾之生也 貧賤憂戚庸玉女於成也 存吾順事 沒吾寧也.

물들 또한 모두 나와 짝하는, 뜻을 함께 하는 동료이다. 즉 우주 만물은 모두가 우주를 부모로 둔 가족 공동체인 것이다.

현실적인 삶의 조건을 살펴보면 여러 다른 사람들이 등장하고 아울러 그들 과의 사이에서 차별성이 드러난다. 어떤 사람은 임금이 되고, 어떤 사람은 그의 신하가 되기도 한다. 어떤 사람은 이미 늙었고 어떤 아이는 아직 어리다. 나의 어른과 아이가 있고 다른 사람의 어른과 아이가 있기도 하다. 병자이거나 장애가 된 사람들 모두 본인의 자리에서 본인의 의무와 책임을 다하고 있으며 각자의 환경과 여건에 따라서 자신들의 삶을 영위한다. 그렇지만 여러 차별적인 삶의 조건과 환경이 존재하여도 변함없는 것은 이들이 모두 부모가 되는 우주로부터 몸과 마음을 부여받은 나의 형제들이라는 사실이다. 우리 모두는 우주 가족의 구성원임을 스스로 깨달아서 서로 돕고 사랑해야 한다.

『서명』에는 나와 만물이 같은 근원을 가진 형제이며 동료이므로 그들의 삶이 나와 무관할 수 없고 함께 사랑하고 아껴주어야 하는 우주 공동체의 보편적 사랑의 실천이 담겨있다. 우주 가족주의와 보편적 사랑은 천지라는 거대한 우주 어버이와 그 윤리에 따르는 우리들의 도덕적인 의무와 孝를 실천하는 것으로부터 이끌어 졌음을 알게 해준다. 정이는 이처럼 『서명』에 나타나는 우주 공동체를 향한 보편적 사랑이 결국은 겸애가 아니겠는가 라는 양시의 질문에 장재 저작에서 문제되는 것은 『정몽』이지 「서명」이 아니라고 하였다.

정이는 「서명」은 '理를 미루되 義를 보존하여 그 공로가 맹자의 성선설이나 호연지기의 설과 비견 할 만 하므로 묵가와는 비교할 수 없다[307]면서 「서명」 내용이 겸애와 다르다는 입장을 분명히 하였다. 즉 정이의 기본적인 입장은 장재의 설과 겸애가 다르다는 것으로 이러한 입장은 이일분수라는 명제를 통해서 설명된다.

> 「서명」은 理는 하나이나 구분은 다르다는 것을 밝힌 것이다. 묵씨는 근본을 둘로 해서 구분함이 없다. 분수의 폐단은 사사로운 것이 이기고 仁을 잃는

---

307) 『二程集』 卷9, 「河南程氏文集」 答楊時論西銘書 西銘之爲書 推理以存義 擴先聖所未發 與孟子性善養氣之論同功 二者亦前聖所未發 豈墨氏之比哉!

> 것이고 죄의 구별이 없는 것은 겸애하지만 의가없다 구분이 세워지되 이일을 견주어 사적으로 승리하는 흐름을 바르게 하는 것이 仁의 방법이다. 분별없이 겸애를 따라 아버지가 없는 극에 이르는 것은 의의 도둑이다. 그대가 비교하여서 그것과 같다고 한 것은 지나치다.308)

정이는 앞서 『서명』의 내용에 대해서 리는 하나인데 구별은 다르다〔理一而分殊〕는 것을 말하고, 묵가의 겸애에 대해서는 근본을 둘로 하면서 그 둘을 서로 구분하지 않는다고 규정하며 서로 대칭 시키고 있다. 이때에 근본을 둘로 하는 것을 사랑에 차등이 없다는 의미는 근본이 둘이라고 밝힌 부분에서 그 뜻을 예측할 수 있다. 정이가 묵가를 향해 근본을 둘로 정하며 구분함이 없다고 공격하는 것은, 자기를 낳아준 부모를 근본으로 삼으면서 그와 동시에 남의 부모도 나의 부모와 조금도 다름없이 섬김으로써 결국에는 또 하나의 근본을 마련하는 것에 대해서 지적하고 있다.

그런데 정이는 '나의 어른을 모시고 아울러 나의 어린이를 사랑하므로 인해서 남의 어른과 어린이에게 까지 사랑이 확장되는' 것을 理一의 의미로 규정하였다. 다시 말하여 나의 어른과 아이를 모시고 사랑하는 마음을 타인에게까지 펼칠 수 있는 것을 理一이라는 것이다. 본인의 친족에 대한 사랑을 타인에게 까지 넓게 적용시키는 사랑의 행위가 가능하도록 하는 근원적인 원리가 존재한다고 본 것이다.

묵자의 겸애설이란 자기 자신을 사랑하는 것처럼 남을 사랑하고, 자신의 가족이나 나라를 사랑하는 것과 같이 남의 가족이나 나라를 사랑 할 수 있다면 세상이 평화로운 세상을 만들 수 있다는 것이 그들의 논리이다. 이것은 가까운 나의 부모, 자식에서부터 사랑을 시작하여 타인의 부모나 자식으로까지 확장하며 사랑을 하는 유가의 차등적 사랑의 논리와는 달리, 남의 자식을 내 자식처럼 동일하게 사랑할 것을 주장하는 이론이다.

---

308) 『二程集』 같은 곳, 西銘明理一而分殊 墨氏則二本而無分 老幼及人 理一也 愛無差等 本二也 分殊之蔽 私勝而失仁 無分之罪 兼愛而無義 分立而推理一 以正私勝之流 仁之方也 無別而迷兼愛至於無父之極 義之賊也 子比而同之 過矣.

그러나 정이는 "「서명」의 내용은 이일이면서 분수임을 밝힌 것"[309] 으로 묵자의 수평적인 사랑과는 다른 유가의 차등적 사랑에 대해서 이일 분수로서 설명하였다. 사람이라면 당연히 사랑해야 하는 것을 이일이라 하고 사랑하는 대상에 따라 사랑을 차등적으로 하는 것을 분수라고 하는 것이다. 즉 유가의 관점은 묵자의 겸애와 양자의 爲我 어디로도 치우치지 않는 인체의용의 논리라고 설명하고 있다.[310] 이는 유가의 사회 규범에 대한 기본적인 관점에 대해서 설명하는 내용이라 할 수 있다. 주희 또한 이를 수용하였다.

> 이일을 말하면서 분수를 말하지 않는 다면 묵가의 겸애가 되고, 분수를 말하면서 리일을 말하지 않는 다면 양가의 위아가 된다. 그러므로 분수를 말하면 이일이 그 안에 산재함을 보게 되고, 이일을 말하면 분수가 역시 있어서 서로 뒤섞이지 않게 된다.[311]

즉 이일분수는 하나의 태극으로 미발의 理一이 상황에 의해 자연스럽게 개별적인 이발의 분수리로 분화 전개되는 것을 뜻한다. 바로 이 지점에서 나뉘어 달라진 理 즉 분수리는 理의 분화로 이해된다. 그 분화는 상황과 대상 즉 氣에 매개되어 있지만 理一이 개별적인 理로 분화되는 것은 理 자체에 초점이 있는 것으로 보인다. 주희는 정이의 이론을 받아들여 유가의 차등적 윤리관을 이일분수라는 말로써 설을 한다.

> 乾을 아버지로 삼고 坤을 어머니로 삼는 것은 생명을 지닌 것들 가운데 그렇지 않은 것이 없으니 이른바 '이일'이라는 것이다. 그러나 사람과 사물은 태어나면서 혈맥이 통하는 무리끼리 각자 자기 부모를 부모로 섬기고

309) 『二程全書』 卷46, 「答楊時論西銘書」, 西銘 明理一而分殊.
310) 『二程集』, 分殊之蔽私勝而失仁 無分之罪 兼愛而無義 分立而推理一以止私勝之流 仁之方也 無別而迷兼愛 至於無父之極 義之賊也.
311) 『朱子語類』 卷94, 問, 理性命章注云 自其本而之末 則一理之實 而萬物分之以 爲體故萬物各有一太極 如此 則是太極有分裂乎? 曰 本只是一太極 而萬物各 有稟受 又自各全具一太極爾 如月在天 只一而已 及散在江湖 則隨處而見 不可謂 月已分也.

자기자식을 자식으로 보살피니 또한 분수가 어찌 다르지 않을 수 있겠는가?[312]

사람이든 사물이든 생명이 있는 존재들은 모두 부모를 섬기고 자식을 보살피지 않음이 없는데 이것이 '이일'이다. 그러나 내 부모와 남의 부모를 섬기는 일이나 내 자식과 남의 자식을 보살피는 일에는 차등이 없을 수 없다. 사람이라면 먼저 내 부모를 섬긴 다음에 남의 부모에게까지 미루어가며, 내 자식을 먼저 보살핀 다음에 남의 자식에게까지 미루어간다. 즉 내 부모를 남의 부모보다 먼저 섬기고 내 자식을 남의 자식보다 먼저 보살핀다는 말이다. 그러므로 내 부모와 내 자식을 대할 때와 남의 부모와 남의 자식을 대할 때에는 분명한 선후와 친소의 차등이 생기는데 이것이 '분수'라는 말이다.

위 인용문은 맹자의 가르침과도 맥을 같이하고 있다. "내 노인을 노인으로 섬기고 남의 노인에게 까지 미치며 내 아이를 아이로 보살피고 남의 아이에게까지 미친나."[313] 노인을 섬기고 아이를 보살피는 것은 도덕의 기본원칙에 해당하는 것으로 '이일'이요, 내 노인을 먼저 섬긴 다음에 남의 노인을 섬기고 내 아이를 먼저 보살핀 다음에 남의 아이를 보살피는 것은 도덕의 구체적 실천내용에 해당하는 것으로 '분수'이다. 이처럼 보편적 사랑을 이야기하면서도, 그것이 특정의 인간관계에 구체적으로 적용될 때에는 사랑의 차등이 생기는데, 이러한 관계를 주희는 이일분수로써 설명한 것이다. 보편적 사랑의 이치는 하나이지만 사랑의 구체적인 실천은 다르다는 것이다.

주희는 이일분수를 가지고 유가의 윤리적인 특색뿐만 아니라, 더 나아가서 이 세계의 다양성과 각각의 보편성을 설명하는 형이상학적 이론으로 발전시킨다. 주희는 이 세계를 인식하는 방법으로써 이일과 분수의 두 측면으로 나누어 설명한다. 이일의 측면은 우주의 보편법칙이면서 만물이 존재하는 근거가 되는 근원적인 원리를 말하고, 분수의 측면은 사물마다 각각의 서로 다른 모습을 보이는

---

312) 『朱子大全』 卷2, 「西銘解後」, 以乾爲父 以坤爲母 有生之類無物不然 所謂理一也 血脈之屬 各親其親 各子其子 則其分 亦安得而不殊哉.
313) 『孟子』, 「梁惠王上」, 老吾老 以及人之老 幼吾幼 以及人之幼.

개별적인 원리를 말한다. 그래서 분수의 입장에서 보게 되면 이 세계는 천차만별로 다양하지만, 이일의 입장에서 본다면 반드시 하나의 공통된 원리가 있다. 예를 들면 존재하는 물건들이 서로의 모습이 되게 하는 것이 분수이고 그 안에 공통된 모습을 갖게 하는 원리가 분수이다.

만물 전체가 하나의 태극이라는 것은 이일로써 말한 것이요, 사물마다 각각 하나의 태극을 가지고 있다는 것은 분수로써 말한 것이다. 이일로써 말하면 '통체일태극'이고 분수로써 말하면 '각구일태극'이다. 통체일태극은 만물이 모두 하나의 근원에서 나왔음을 뜻하고, 각구일태극은 만물마다 각각 하나의 태극을 가지고 있음을 뜻한다. "합해서 말하면 만물 전체가 하나의 태극이고, 나누어 말하면 사물마다 각각 하나의 태극을 가지고 있다."[314]고 주희는 말한다. '통체일태극'은 강 · 호수 · 바다에 비친 달들이고, 하늘에 떠있는 하나의 달은 근원으로 있는 '각구일태극'을 말한다.

하늘에 떠있는 달이든 물위에 비친 달이든 그 성질이 동일하듯이 통체일태극의 태극이든 각구일태극의 태극이든 그 성질은 다름이 없이 같다는 것이다. "만과 하나가 각각 반듯하게 되며 작은 것과 큰 것이 확정된다는 것은 만 개가 한 개이며 한 개가 만 개임을 말한다. 대체적으로 통체가 하나의 태극이지만 또 하나의 물건이 각각 하나의 태극을 구비한다. 그리고 만일각정이란 각각 성명을 반듯하게 한다는 것과 같다."[315] 이 또한 인간의 본성이 상황에 따라 합당하게 발현한다는 것을 의미한다. 그러므로 하나의 명덕이 사단의 감정으로 발현된다는 의미는 하나의 理가 다양한 理로 분화되는 이일분수의 구도를 보여주는 것이라 해석될 수 있다.

이처럼 이 세계를 개개의 구체적 사물에서 보면 '각구일태극'이 되고, 그 근원에서 보면 '통체일태극'이 된다. 예를 들어 강 · 호수 · 시냇물 · 바다 등에 비친 달의 경우, 모습이 서로 다를 수 있지만 그 속에 비치는 달이라는 측면에서 보면 모두 동일하다. 동일한 측면에서는 '통체일태극'이 되고, 모습이 서로 다른 측면

---

314) 「太極圖說解」, 蓋合而言之 萬物統體一太極也 分而言之 一物各具一太極也.

315) 『朱子語類』 卷94, 萬一各正 小大有定 言萬箇是一箇 一箇是萬箇 蓋體統是一太極 然又一物各具一太極 所謂 萬一各正 猶言 各正性命也.

에서는 '각구일태극'이 된다. 그렇지만 '각구일태극'은 '통체일태극'에 근원하므로 이들의 내용에는 아무런 차이가 없다. 왜냐하면 근원적인 하나의 태극이 개개의 구체적 사물 속에 온전히 갖추어져 있다고 보기 때문이다. 주희에게 있어서 태극은 리의 다른 표현에 불과하다.

그러므로 통체일태극과 각구일태극을 이일지리와 분수지리로도 표현한다. 이것은 리를 이일과 분수라는 두 가지 측면에서 설명한 것이다. 다시 말하면 리가 하나라는 측면과 리가 다양하다는 측면을 동시에 설명한 것이다. 리가 하나라는 측면이 '이일지리'이고, 리가 사물마다 서로 다르다는 측면이 분수지리이다. 하늘에 달이 하나이듯이 우주본체의 근원적인 하나의 리를 '理一之理'라고 하고, 개개의 사물 속에 내재되어 있는 다양한 수많은 리를 '分殊之理'라고 한다. 달에 비유할 경우 '이일지리'는 하늘에 있는 하나의 달에 해당하고, '분수지리'는 강·호수· 시냇물·바다 등에 비치는 수많은 달에 해당한다. 그리고 각각의 사물 속에는 하나의 리가 통체로 들어있다.

그러므로 근원적인 하나의 리든 개별 사물 속에 들어 있는 수많은 리든 그 내용면에서는 동일하다. 결국 '分殊之理'란 '理一之理'가 사물속에 내재해 있는 것에 지나지 않는다. 따라서 천리가 인간 안에 들어와 있으므로 수양론이 천인합일의 길을 열어 주는 것이다. 유학사상은 그 중심문제를 언제나 인간과 현실문제에 두고 주체적인 각성으로 자신 가운데 내재해 있는 도덕적 본질에 대해서 인식할 것을 요구하였다. 그리고 우주 만물의 본질이 되는 태극을 인식하고, 분별된 태극을 인간 내면으로 구현함과 아울러 인간의 본래적인 모습이 되는 性을 규명해 내는 것을 학문의 주요한 목표로 삼고 있다.

구체적인 현실 가운데서 인간의 도덕본질인 性을 회복하고 천인합일의 경지를 이루어내는 것이야 말로 유학 최고의 관심사이다 유학에 대해서 일반적으로 내성외왕지도(內聖外王之道), 혹은 내외합일지도(內外合一之道)라고 말한다. 이와 같은 내성외왕, 내외합일을 이루는 것이 유학 학문의 궁극적인 목표인데, 이것은 모두 실천을 동반하는 것으로 실천과 관련된 학문의 전반적인 과정을 유학에서는 공부론 혹은 수양론 이라고 한다.

다음은 격물치지에 대해서 논하고자 한다. 격물치지는 격물궁리의 다른 표현이기도 하다. 격물치지란 외부대상을 탐구함으로써 이 세계에 대한 지식을 넓혀 나가는 것을 의미한다. 격물치지와 주경함양이라는 말은 『중용』의 용어로 표현하면 도문학과 존덕성의 관계라고 할 수 있다. 도문학은 말 그대로 묻고 배우는 공부를 말하고 존덕성은 마음속의 덕성을 보존하는 것을 말한다.

> 사람이 배우는데 있어서 먼저 『대학』을 읽어야 한다 ……… 먼저 『대학』을 읽으면 옛 사람들이 학문하는 처음과 끝의 순서를 알 수 있다……… 이 책에서 가장 중요한 것은 격물 두 글자인데 이 의미를 인식해서 볼 수 있으면 많은 말이 필요 없을 것이다.316)

사서 가운데 가장 먼저 읽어야 할 책이 『대학』이며, 이 책에서 가장 핵심적인 내용이 격물 이라는 말이다. 『대학』의 내용은 크게 삼강령과 팔조목으로 나눌 수 있다. 삼강령은 밝은 덕을 밝히고, 백성을 친애하며, 최고의 선한 경지에 도달하는 것을 말하며, 팔조목은 격물 · 치지 · 성의 · 정심 · 수신 · 제가 · 치국 · 평천하를 말한다.317) 격물은 이 팔조목 가운데 첫 번째 조목이다. 이처럼 『대학』은 격물과 치지를 말하여 유가사상의 수신·제가·치국·평천하하는 기초를 제시하고 있다.

> 격이란 이른다(至)는 의미를 갖고 있고, 물이란 일(事)과 같은 것을 말한다. 사물의 이치를 끝까지 궁구하여, 사물에 대한 지극한 곳까지 이르지 못함이 없도록 하고자 하는 것이다.318)

라고 주희는 격물에 대한 해석을 하였다. 그리고 치지의 방법으로는 일에 나아가 이치를 살펴봄으로 물을 격하는데 있다. 여기에서의 격이란 지극함에 다다른다는 의미로서 시조의 종묘에 나아갔다는 '나아감(格)'과 같은 의미로서, 궁구

---

316) 『朱子語類』 卷14, 人之爲學 先讀大學….先讀大學 可見古人爲學首末次第….此一書之間 要緊只在格物兩字 認得這裏看 則許多說自是閑了.

317) 안유경, 『성리학이란 무엇인가』, 새문사, 2018, p.209.

318) 『四書章句集注』 「大學章句」, 第1章, 格 至也 物猶事也 窮至事物之理 欲其極處無不到也.

하므로 지극함에 다다른다는 것을 말한다.[319] 주희가 이해한 격물에는 세 요점이 있다. 첫째, 物에 나아간다는 것, 즉 사물과 접촉한다는 것이다. 둘째, 궁리하는 것, 즉 사물의 이치에 나아가 궁구 한다는 것이다. 셋째, 지극함에 이른다는 것이다. 이는 주희가 격을 풀이한 이른다는 뜻, 즉 지극하게 이른다는 의미이다.

주희가 생각할 때, 의미란 궁리해야 하는 것이다. 하지만 궁리라는 의미를 살펴보면 구체적으로 사물에서 궁구해야 하고 그리고 지극한 데까지 궁구하는 것이다.[320] 주희는 '치지(궁리)'라는 두 글자만을 따로 풀이하면서 이렇게 말하였다. "致는 끝까지 밀고 나가는 것이고 앎(知)은 깨닫는다(識)는 의미와 동일한 것이다. 나의 지식을 끝내는 곳까지 밀고 앞으로 나아가, 그 앎을 다하도록 하는 것이다."[321] 그러나 주희가 생각할 때, 치지란 절대로 격물과 떨어진 가운데 별도의 방법이나 공부가 아니며, 자신이 갖고 있는 고유한 지식을 마음껏 발휘하거나 이미 알고 있는 내용들을 통하여 아직까지 알지 못하는 것을 유추하여 알아내는 것도 아니라고 보았다. 그래서 그는 이렇게 말하였다.

> 격물이란 오로지 한 사물에서 그 사물의 조리를 마지막까지 궁구하는 것이다. 그래서 치지란 사물의 이치를 마지막까지 궁구해 나간다면 나의 지식도 다하지 않음이 없는 것이다.[322]

격물이란 사물의 이치에 대하여 힘껏 궁구하는 것을 말한다. 사람들이 사물의 이치에 통달하게 되면 자신의 일반적인 지식 또한 매우 풍부해지고 지혜로워 진다. 그러므로 치지라는 말은 주체가 물리를 깊게 공부하여 개인적으로 취하게 되는 지식확충의 결과를 얻게 되는 것을 말한다. 치지는 격물의 목적이며 궁구

---

319) 『大學或問』 卷1, 致知之道在乎 卽事觀理以格夫物 格者極至之說 如 格於文祖之格言窮而至其極也.

320) 이상돈, 「주희의 수양론」, 서울대학 박사논문, 2014, p.162.

321) 『四書章句集注』「大學章句」, 第1章, 致推極也 知猶識也 致極吾之知識 欲其所知無不盡也.

322) 『朱文公文集』 卷51, 「答黃子耕」, 格物只是就一物上窮盡一物之理 致知便智是窮得物理盡后 我之知識亦無不盡處.

로 인하여 얻게 되는 소중한 결과이다. 그러므로 치지는 결코 격물과 병행되는 것이 아니다. 그리고 주체 자신을 상대나 목표로 삼는 그러한 인식이나 수양의 방법이 아니다. 결국 치지의 성과란 주희는, 치지를 궁구하는 주체가 인식 활동에서 얻게 되는 지식의 성과를 의미하는 것이 때문에 사물을 궁리하지 않으면 지식을 쌓을 수 없음을 강조하였다.

그러므로 주희는 사물에 나아가 궁리하지 않는다는 것은 지식을 확충할 기회가 오지 않는다는 것을 의미하는 것이다. 주희는 리가 모든 사물 속에 당연히 존재한다고 보았다. 그 존재의 크기, 정밀한 외형 등 외부에서 보이는 형태와 상관없이 보편적으로 존재하는 것이다. 격물의 대상은 대단히 광범위한 것이다. 그래서 그는 다음과 같이 말하였다.

> 그 힘써야 할 것에 대해 말한다면 어느 때는 뚜렷한 행위를 살펴야 하고, 어느 때는 은미한 사려를 궁구해야 하며, 또 어느 때는 문자를 사용하여 추구해야하고, 어느 때는 강의와 토론에서 찾아야 한다. 몸과 마음, 性情의 덕, 평범한 인륜에서 부터 천지귀신의 변화, 그리고 鳥獸와 초목의 당연함에 이르기까지, 그 한 사물 속에 존재하는, 당연하여 그칠 수 없는 것과, 그러하게 되는 이유로는 바뀔 수 없다는 것을 알아야 한다.[323]

주희가 생각할 때 격물의 대상은 지극히 광범위하여 상위로는 우주 본체에서부터 하위로는 풀 한 포기나 나무 한 그루까지, 그 리는 모두 연구되어야 한다. 대상의 광범위함은 격물 방법의 다양성을 결정한다고 생각했다. 그 방법 중에서 다양한 방법을 제기하기도 하지만 중요한 것으로는 서적을 구독하는 것, 사물과 접촉하는 것과 도덕을 실천하는 것 등을 예로 말 할 수 있다. 격물의 최종목표는 사물의 所以然과 所當然을 이해하는 것이다 소이연과 소당연은 모두 리를 의미한다. 소이연은 주로 사물의 보편적인 본질과 규율을 가리키고, 소당연은 주로 사회의 규범과 윤리 원칙을 의미한다.

그러므로 주희가 주장하는 격물치지의 최종적인 목표와 출발점은 선을 밝히

---

323) 『大學或問』 卷2, 若其用力之方 則或考之事爲之著 或求之文慮之微 或求之文字之中或索之講論之際 使于身心 性情之德 人倫日用之常 以至天地鬼神之變 鳥獸草木之宜 自其一物之中 莫不有以見其 所當然而不容己與其 所以然而不可易者.

는 데 있다. 그러나 격물치지의 중간 과정이 포괄하는 범주 속에 사물의 규율과 본질에 대한 인식이 포함되기 때문에 지식을 확충하는 데 필요한 방법으로서 '見聞之知'를 적극적으로 긍정하였다. 이는 분명한 지식 추구의 경향을 드러낸다. 주희는 『대학』을 주석하면서 전해 내려온 『대학』의 본문에는 원래 있었던 격물에 대한 해석이 유실되었다고 생각했다. 그래서 그는 이정의 격물론에 근거하여, 그의 『대학장구』 안에 「보격물치지전(補格物致知專)」을 지었다. 그 안에는 다음과 같은 말이 있다.

> 치지가 격물에 있다고 하는 것은, 나의 앎에 대해서 극진히 하려면 사물로 나가서 그 리에 대해서 궁구해야 함을 이르는 말이다. 인심의 영명함으로 알지 못하는 것이 없으며, 천하의 사물 안에서 리를 갖추지 못함이 없다. 아직 미궁으로의 리가 있기 때문에 그 앎에 대해 미치지 못함이 있다. 그래서 『대학』의 첫 번째 가르침은, 학자들로 하여금 필히 모든 천하의 사물로 나가서 이미 알고 있는 리를 바탕으로 더욱 궁구하여 그 지극함까지 이르도록 하려 한 것이다. 오랜 기간 동안 힘을 다해 나아간나면 한 순산 확 트여 관통하게 된다. 그렇게 된다면 모든 사물의 표리와 精粗에 다다르지 못할 것이 없게 되고, 내 마음의 전체와 큰 쓰임은 밝혀지지 않음이 없을 것이다.324)

안다는 것(知)은 주체에 속하는 것이고, 리는 객체에 속한다. 격물이라는 것은 사물로 나아가서 그 리를 깨달을 때까지 궁구하는 것이며, 그러한 방법과 순서는 힘써 쌓아 나가는 것(用力積累)과, 지혜가 확 트여 관통하는 것(豁然貫通)으로 분류하여 볼 수 있다. 주희의 생각에, 격물의 목적은 마지막까지 나아가 우주의 보편적인 리를 인식하는데 있다. 그런데 하나의 사물을 격하였다고 하여도 즉시 만물의 리를 파악할 수는 없는 것이다. 그렇다고 천지만물 모두를 하나하나 격하며 나갈 수도 없다. 그런데 이일분수 論理를 근거로 하여 보면,

---

324) 『四書章句集注』「大學章句」, 所謂致知在格物者 言欲致吾之知 在卽物而窮其理也 蓋人心之靈莫不有知 而天下之物莫不有理 惟于理有未窮 故其知有不盡也 是以大學始敎 必使學者 卽凡天下之物 莫不因其已知之理而益窮之 以求至乎其 極至于用力之久 而一旦豁然貫通焉 則衆物之表里精祖無不到 而吾心之全體大用 無不明矣.

구체적인 사물의 물리와 윤리에는 각각의 차이가 있을 수 있지만, 동시에 모든 사물이 갖고 있는 보편적이고 통일적인 우주원리가 표현되어 있기도 하다

그러므로 오늘 한 사물을 격하고 다시 내일 또 한 사물을 격해 나감이 반복되고 누적되다 보면 수행자들이 점진적으로 개별적인 것의 내면에 존재하는 보편적인 사물의 이치를 인식하게 되며, 결과적으로 모든 사물의 공통적이고 보편적 규율을 인식하게 되는 상황을 맞이하게 되는 것이다. 그리고 정상적인 인식과정에서 자주 체험하는 것이 있는데, 외부 사물을 반복적으로 궁구하며 점진적인 과정을 수행하는 동안 수행자의 사상과 인식은 어느 정도의 단계에 도달하게 되면 비약적으로 인식하게 되면서 활연관통하게 되는 것이다.

주희의 이해 방식에 따르면 이러한 것은 경험활동에 기초하는 특수한 것에서 보편적인 것으로의 비약단계로 볼 수 있는 것이다. 주희의 격물학설 중에는 심신과 성정의 덕을 성찰하는 측면이 포괄되어 있는 것이 특징인 것이다. 이러한 주경함양의 발전과정을 거치면서 헤아릴 수 없는 수양의 폭과 깊이를 구성하게 되는 것이다.

우리는 이일분수를 고찰하면서 사랑의 차등을 말하였다. 묵가의 겸애설과 유가의 사랑의 실천에 대한 정의가 조금은 달랐다. 유가에서 정이는 '나의 어른을 모시고 나의 어린이를 사랑하는 것을 남의어른과 어린이에게 미치'는 것을 理一의 의미로 규정한다. 즉 나의 어른과 아이를 모시고 아끼는 마음을 타인에게까지 확장할 수 있는 것이 理一이라는 것이다. 그런데 자기의 친족에 대한 사랑을 인간 일반에 널리 적용시키는 사랑의 행위 속에는 그것을 가능케 하는 근원적인 원리가 존재한다고 하였고 주희는 그 논리를 계승하였다. 그래서 그 원리가 유가의 덕목이 되었다.

그리고 격물치지에 대하여 논하였다. 우리는 사물에 다가가서 치지를 통하여 깨달음을 얻고 지식을 득하는 것이 격물치지에 모든 것으로 생각하기가 쉬운데 사물에만 다가서는 것이 아니라 「서명」에서 말한 것처럼 우주를 우리들의 부모로 보았을 때 만나게 되는 부모, 형제, 자매들이 너무나 많음을 발견하게 된다. 그들에게 다가가서 관계를 통하여 살아있는 수양공부를 하는 것이야 말로 아름다운 수양공부가 아닐까 하는 깨달음을 발견하게 된다.

2. 태극과 주경함양

주희는 수양공부로 격물궁리와 주경함양이라는 두 가지 방법을 제시하였다. 밖으로 사물의 이치를 궁리하여 지식을 넓혀가는 것과 안으로 마음속에 갖추어진 덕성을 함양해나가는 것이다.[325] 이러한 격물궁리와 주경함양의 관계를 『중용』의 용어로 표현 하면 도문학과 존덕성의 관계라고 할 수 있다. 도문학은 말 그대로 묻고 배우는, 즉 이목기관으로 보고 듣고 사고하여 객관 대상을 고찰해 나가는 공부이고 존덕성은 마음의 덕성을 보존하는, 즉 마음속에 본래부터 내재되어있는 본성을 자각해 가는 공부이다. 그리고 이 두 가지 공부는 어느 하나도 없어서는 안되는 수레의 두 바퀴나 새의 두 날개와 같이 상호 보완적 관계에 있다고 설명한다.

격물궁리가 독서를 통해서 외부의 지식을 탐구해 쌓아가는 것이라면 함양은 자신의 마음을 잘 보존하고 기르는 수양방법을 말한다. "함양과 궁리 두 가지 가운데 하나도 폐기 할 수 없는 것이니 이는 마치 수레의 두 바퀴나 새의 두 날개와 같다."[326] 이 두 가지는 어느 것이 먼저고 나중이 없고, 어느 것이 더 중요하고 덜 중요함이 없다. 그런데 사물의 이치를 궁구 하려면 '경'으로 마음을 안정시켜야 일체의 잡념이 끼어들지 못하도록 주의력을 집중시켜야 하는데 이것이 함양이다.

그래서 궁리 이전에 '경'으로 마음을 안정시키는 함양이 요구된다. 함양은 궁리를 하는데 궁리하는 주체자의 조건을 준비하는 것에 해당된다. 그래서 주희는 "배우는 사람이 궁리하지 않으면 도리를 깨달을 수 없다. 그러나 궁리하면서 경을 유지하지 않는다면 또한 도리를 깨달을 수 없다."[327] 라고 하였다. 즉 함양이 궁리의 근본이 되어야 한다는 말이다. 함양은 서로를 촉진시켜 주는 관계로 함양으로 근본이 세워지면 궁리의 내용도 더욱 밝아지게 된다.

---

325) 김수청, 「주희의 경사상 연구」, 동아대 박사논문, 1994, p.148.
326) 『朱子語類』 卷9, 函養窮索二字不可廢一 如車兩輪 如鳥兩翼.
327) 『朱子語類』 卷9, 學者若不窮理 又見不得道理 然去窮理 不持敬 又不得.

그런데 주경함양이라고 할 때 사람이 어떤 상황에서도 마음을 집중시켜 경의 자세를 잃지 않는 것을 말한다. 경을 유지하기 위해서는 무엇보다도 마음이 깨어 있어야 한다. 마음이 경을 유지하여 항상 깨어있으면 아무런 사심이 없게 된다. 그것을 '持敬'이라고 한다. 즉 경을 보존하고 유지하라는 뜻이다.[328] 주희는 주경함양법에서 '持敬과 함양은 필히 敬으로 하여야 한다'는 정이의 주장을 받아 들였다.

지경과 독서가 단지 한 가지 일이기는 하지만 궁리보다 경의 공부를 보다 더 강조하는 주희는 주경에 대해서 다음과 같이 말하였다. "경이란 어떤 것인가? 오직 '삼가 조심한다'는 말과 같을 뿐이다. 귀에 들리는 것도 없고 눈에 보이는 것도 없이, 나무토막처럼 가만히 앉아 전혀 아무 일도 살피지 않는 것을 말함이 아니다 오로지 심신을 수렴하고, 정제하며, 純一하게 하여 방종하지 않는 것이 바로 경이다."[329] 주희는 미발과 이발을 구분하며 마음이 아직 발동하지 않았을 경우인 미발시의 함양공부에 대하여 무엇보다 주경을 강조하였다.

敬에 대한 공부는 몸과 마음가짐을 바르게 하는 데서 시작된다. 그래서 주희는 경의 실천을 말하면서 "의관을 바르게 하고 시선을 높이하며…… 발걸음은 무겁게 하고 손가짐은 공손하게 한다."[330]고 몸가짐의 바름을 강조하였고 아울러 "外面은 단정하고 엄숙하면서 내면으로는 깨어있지 않은 사람은 없다."[331]며 마음이 언제나 깨어 있어야 함을 강조하고 있다. 主敬이란 항시 경을 보존하라는 말이면서 또한 사람이 어떤 상황에서도 마음을 집중시켜 경의 자세를 잃지 않는 것을 의미한다. 경을 유지하기 위해서는 무엇보다도 마음이 깨어있으며 경을 유지하고 있으면 아무런 사심이 없게 된다.

> 경이란 다만 항상 깨어 있는 방법으로서, 고요함 가운데 깨달음이 있다고 말하는 것이다. [332]

---

328) 박영식,「주희의 경 사상에 관한 연구」, 동국대 박사논문, 2016, p.78.

329)『朱子語類』卷12, 敬有甚物 只如'畏'字相似 不是塊然兀坐 耳無聞 目無見 全不省事之謂 只收斂身心 整齊 純一 不恁地放縱 便是敬.

330)『朱熹集』卷85,「敬齊箴」, 正其衣冠 尊其瞻視……足容必重 手容必恭.

331)『朱子語類』卷17, 未有外面整齊嚴肅 而內不惺惺者.

경이란 무엇인가? 오직 '삼가 조심스럽게 한다'는 말과 같은 것이다. 가만히 자리에 앉아 귀에 들리지 않고 눈에 보이지도 않으며, 아무 일도 살피지 않음을 일컬음이 아니다. 오로지 심신을 모아서 정리하고, 가지런하며, 다른 것과 섞임이 없이 순수하여 저렇게 방종하지 않는 것이 바로 외(畏)이다.[333]

경은 만사를 상관하지 않고 그대로 무관심하게 두는 상태를 말함이 아니다. 오로지 일에 따라 마음을 한 곳에만 쓰도록 삼가 조심하면서 마음이 달아나지 않도록 하는 것일 따름이다.[334]

주희가 말한 主敬은 몇 가지 의미를 지닌다. 이 의미들은 주경의 가장 기본이 되는 바람으로 내면으로는 엉뚱한 생각을 없애고, 외부로는 경거망동하지 말라는 뜻을 가지고 있다. 그의 주경에 대해서 진래는 다음과 같이 말하였다.

첫째, 수렴한다는 의미이다 이는 방종하거나 산만하지 않도록 하고 규범에서 벗어나지 못하도록 하는 것이다. 이는 정이의 제자인 윤순에게서 나왔다. 둘째, 삼가 조심한다는 근외(謹畏)의 의미이다. 이것은 나의 마음을 늘 경외의 상태로 유지하는 것이다. 이때의 조심함이란 결코 구체적인 어떠한 대상에 대한 두려움이 아니다. 셋째, 깨어 있다는 성성(惺惺)의 의미이다. 이는 내심을 항상 경각이나 경성(警省)의 형편이나 모양으로 유지시키는 것이다. 이 견해는 사랑좌에게서 나왔다. 넷째, 마음을 한 곳에 몰두하는 것은 主一이라는 의미이다 이는 전일(專一)로, 흐트러지지 않는 것이다. 마지막으로는 외부의 경이다. 엄숙하다는 의미이다.[335]

광의의 '주경 함양'은 미발과 이발을 관통하는 것으로 동정과 내외의 과정 전체를 관통[336]한 다음 미발의 공부를 하여야 한다. 쉽게 생각하면 먼저

---

332) 『朱子語類』 卷12, 敬只是常惺惺法, 所謂靜中有箇覺處.
333) 『朱子語類』 卷12, 敬有甚物 只如畏字相以 不是塊然兀坐 耳無聞 目無見 全不省事之謂 只收斂身心 整齊純一 不恁地放縱便是敬.
334) 『朱子語類』, 卷12, 敬不是萬事休置之之謂 只是隨事專一謹畏 不放逸耳.
335) 진래, 안재호역, 『송명성리학』, 예문서원, 2011, pp.259-260 참조.
336) 같은 책, 같은곳, p.259 참조.

미발의 공부를 먼저하고 그 다음에 이발 공부를 하여야 하는 것으로 생각하기 쉬운데 그렇지가 않다. 먼저 이발의 공부인 마음을 경건하게 하며 그 경을 유지 하여야 한다,337) 그 다음에 미발 공부를 하여야 하는 것이다. 협의의 '주경함양은 전적으로 미발 공부만을 가리켜 말하는 것으로 '궁리 치지'와 상대 되는 것이다. 즉 주희는 외부사물을 대상으로 하는 격물치지와 마음속 내면의 본성을 대상으로 하는 거경함양의 공부 방법을 동시에 강조 한다.

위 인용문을 보면 주희는 주경에 대해서 다음과 같이 다섯 가지의 의미를 말하고 있다. 첫 째는 수렴을 한다는 의미가 있다. 심신이 방종하지 않고 산만하지 않도록 하여야 한다. 두 번째는 근외(謹畏)이다. 이 말은 삼가 조심하여야 한다는 의미 로 두려움과 는 뜻이 다르다. 세 번째는 성성(惺惺)으로 깨어 있어야 한다. 경각된 마음을 말 한다. 네 번째는 主一로 마음을 한곳으로만 집중하라는 내용이다. 다섯 번째 엄수(嚴肅)하라는 의미이다.338) 주희는 미발과 이발을 서로 구분을 하는 가운데 미발시는 주경을 더욱 강조하였다.

이것은 주희의 심성론에서 미발 이발의 문제와도 관계가 있다. 주희철학의 기초를 완성한 것은 40세 전후 中和논쟁을 통해서 인데, 중화논쟁은 마음 공부의 구체적 방법에 대한논쟁이다. 주희는 중화논쟁을 통해 미발과 이발이 마음을 구성하는 두 측면이라고 규정 한다. 마음은 미발과 이발을 모두 아우르기 때문에 그 공부 방법에서도 미발공부와 이발공부를 동시에 하게 된다.

미발 공부는 마음속의 감정과 생각들이 일어나기 이전에 해당하는 공부이고 이발공부는 감정과 생각들이 일어난 이후에 해당하는 공부이다. 이때 감정과 생각들이 일어나기 이전의 미발시의 마음 공부를 존양 또는 함양이라고 하고 감정과 사려가 일어난 이후의 이발시의 마음 공부를 성찰 혹은 찰식 이라고 한다. "미발에는 존양해야 하며 이발에는 성찰해야 한다. 사물을 대할 때마다 자기 스스로 나태하고 방자하는 마음이 생기지 않도록 수시로 존양하지 않을 수 없고 일할 때 마다 성찰하지 않을 수 없다."339) 미발시의 마음 공부와 이발시의 마음

337) 허진웅,「주희 심성론의 도덕 교육적 의의에 관한 연구」, 한국교원대학교 박사논문, 2023, p.193.

338) 진래, 안재호역,『송명성리학』, 예문서원, 2011, p.260 참조.

339)『朱子語類』卷62, 未發固要存養 已發亦要審察 遇事時時復提起 不可自意 生放過

공부는 다음과 같다.

우선 미발시의 함양 공부이다. 아직 정서와 사려가 발동하기 전에 함양하는 일은 어떻게 하는가? 함양하려고 생각하는 순간을 시작으로 의식은 곧바로 이발의 국면으로 접어든다. 주희는 체인하려고 마음먹는 순간 의식은 이미 이발로 접어들게 되므로 그렇게 시도하는 공부는 가능하지 않다고 말한다.[340] 주희는 미발 시에 본체를 체인하는 일은 가능하지 않다면서, 다른데 에서는 미발 시에 함양은 가능하다고 말하였다. 함양은 체인과 같이 의식의 노력으로 이루어지는 공부인데 함양하려고 의도적으로 노력을 기울이는 그 순간부터 의식은 곧 이발의 국면으로 접어들게 되지 않는다.

그는 또 "사물을 대할 때마다 스스로 태만하고 방자하는 마음을 생기게 할 수 없으니 수시로 존양하지 않을 수 없고 일마다 성찰하지 않을 수 없다."[341] 즉 하나는 전적으로 미발시의 함양공부만을 가르치는 것을 말하는 것이고, 다른 하나는 이발시의 함양공부를 가르치는 것을 말한다. 주희는 미발일 때는 함양공부를 중시하였으므로 특히 미발일 때의 주경을 강조하였다. 미발일 때의 주경이란 생각과 감정이 미쳐 발생하지 않았어도 수렴하고 조심하므로, 알아서 스스로 깨달은 상태를 지탱하기 위해 노력함으로써 생각과 정서를 최대한으로 평정시키는 행위를 말한다.

주희는 다음과 같이 학자들에게 당부 하였다.

> 선현들은 학자들이 지켜야 할 것에 대해서 마땅히 알지 못한 채 심신이 산만하여 의리를 분명히 지키는데 스스로 이치를 깨닫지 못할까봐 걱정하였다. 그래서 우선 단정함과 엄숙한 태도를 습관화하도록 하였고, 그리고 방자하거나 게으르지 못하게 하였다. 이것은 마음이 안정되고 리가 분명하도록 하여 의도된 것 이었다[342]

底心 無時不存養 無事不省察.

340) 『朱子語類』 卷6, 若必察其所 謂四者之端 則槪思 便是已發.

341) 『朱子語類』 卷62, 未發固要存養 已發亦要審察 遇事時時復提起 不可自忠 生放過 底心 無時不存養 無事不省察.

342) 『朱文公文集』 別集3, 『答彭子壽』, 主敬之說 : 先賢之意蓋以學者不知持守 身心 慢 無緣見得 義理分明 故欲先且習爲端庄嚴肅 不至放肆怠惰 庶幾心定理明耳散.

고 하였다. 당연히 주희가 경이 동정을 관통한다고 강하게 뜻을 피력하였으므로, 그가 말하는 주경은 치지를 위해서 준비하는 의미만을 갖는 것이 아니라 주경은 지와 행, 그리고 미발과 이발의 전 과정과 수렴·주의함·조심하고 살핌·한곳에만 몰두함·엄숙함 등으로 유도하여 격물과 치지에서부터 나라를 다스리고 천하를 평안하게 하도록 하는 모든 것에 영향을 주는 것으로 볼 수 있다. 주희의 제자는 일찍이 그의 주경설을 다음과 같이 개괄하였다.

> 그의 학문함은 궁리를 통하여 지식을 넓히고, 스스로를 반성하므로 인해서 실제적으로 실천 하는 것이었다. 그러는 가운데 거경으로 시작하고 끝내는 까닭이었다. 그는 "경으로 치지해야만, 의심되고 혼란스러워 의리의 취지를 살필 수 없을 뿐만 아니라, 스스로 경을 실천하지 않으면, 게으르고 방자해지므로 인해서 참된 의리에 이르지 못한다."고 말했다.[343]

이는 경이 동정을 관통하고, 시종을 관통하며, 지행을 관통한다는 설명이다. 이는 주희의 학문 방법을 개괄한 설명이며, 비교적 주희의 사상을 전체적으로 반영한 설명이다.

그 다음에 이발의 함양공부를 하는 것이다. 함양의 의미와 중요성을 살펴보고자 한다. 함양이란 학문과 품성을 기르고 닦아 내면에 인격으로 축적하라는 말이다. 주희는 "함양·치지·역행인 삼자는 바로 함양을 제일 처음으로 삼고, 그 다음으로는 치지를 그 다음은 역행으로 삼았다."[344]고 하였고 "함양에는 힘쓰지 않고 치지에만 전념하는 것은, 본래 이전에 얻은 병과 같다. 그렇지만 알고 있는 것이 세밀하지 못하여 함양을 害하게 한다면 오늘날 아프게 하는 병 같은 것이 된다."[345]고 하였고 "함양·체인과 치지·역행 이 네 가지는 선후를 나눌 수가 없지만 선후가 없을 수는 없으니 당연히 함양이 먼저이어야 한다. 만약 함

---

343) 王懋竑, 『朱子年譜』 卷4, 其爲學也 窮理以致其知 反躬以踐其實 居敬者所以成始成終也 謂致知不以敬 則惑紛擾 無以察義理之歸 躬行不以敬 則怠惰放肆 無以致義理之實.

344) 『朱子語類』 卷115, 「楊讓錄」, 涵養·致知 力行三者 便是以涵養做頭 致知次之 力行次之.

345) 『朱子大全』 卷42, 「答胡廣仲」, 不務涵養而專於致知 此固前日受病之原 而所知不精 害於涵養 此又今日切身之病也.

양이 없이 치지만 전념하면 헛된 사색이 된다."[346]며 함양의 중요성을 강조하고 있다.

함양공부에는 두 가지의 뜻이 있다. 주희는 다음과 같이 말을 하였다. "미발에는 정말로 존양하여야 하고 이발에는 성찰하여야 한다. 사물에 대해서 그것을 대할 때마다 스스로 태만하고 방자하는 마음을 갖도록 할 수 없으므로 자주 존양하지 않을 수 없어 하는 일마다 성찰하지 않을 수 없다."[347] 즉 하나는 전적으로 미발시의 함양공부만을 가리키는 것을 말하는 것이고, 다른 하나는 이발시의 함양공부를 가리키는 것을 말한다.

어떻게 해야 하는지 살펴보고자 한다. 미발은 사물과 일에 아직 접촉하지 않아 이 마음에 아무런 감정도 생각도 싹트지 않은 때를 말한다. 이때의 마음은 지나침도 모자람도 없고 어느 쪽에도 치우치지 않는 중의 상태이다. 이때는 순수한 본성으로서의 마음의 본체에 해당한다. 사람의 마음속에는 태어날 때부터 하늘에서 부여받은 이치가 본성으로 구비되어 있는데, 이러한 본성을 내면에서 자각하여 보존해가는 것이 바로 미발시의 마음공부이다. 그렇지만 대상과 접하지도 않고 아무 감정도 생각도 일어나지 않은 상태에서 마음의 공부라는 것이 과연 가능한 것인지, 공부하려고 마음을 먹으면 그 순간 이미 사려와 감정이 생겨난 이발이 되는지에 대해서 주희가 설명을 하였다.

> 사려가 아직 생기지 않고, 사물이 아직 이르지 않은 때에는 희 · 노 · 애 · 락이 발현되지 않는다. 이때는 심체의 움직임이 고요하면서 부동하는 상태이고, 천명지성의 본연의 모습이 차려져 있는 모습이다. 이 모습이 과하거나 부족함이 없고 치우치거나 기울어짐이 없는 모습이기 때문에 중(中)이라고 말한다. 그러나 이미 심체의 움직이는 상태가 보여 지고 있으므로, 곧바로 성이라고 해서는 안 된다.[348]

---

346) 『朱子語類』 卷118, 涵養體認 致知力行 四者不可分先後 又不可無先後 須當以涵養爲先 若不涵養而專致知 則是徒然思索.

347) 『朱子語類』 卷62, 未發固要存養 已發亦要審察 遇事時時復提起 不可自忠 生放過底心 無時不存養 無事不省察.

348) 『朱文公文集』 卷67, 「已發未發說」, 思慮未萌 事物未至之時 爲喜怒哀樂之未發當此之時 則是心體流行寂然不動之處 而天命之性體段具焉 以其無過不及 不偏不倚 故謂之中 然已是就 心體流行處見 故直謂之性則不可.

사람이 태어나서 죽는 순간까지 마음의 작용은 중단하지 않는다. 그러나 이 끊임없는 마음의 작용 과정은 두 모습, 또는 두 단계로 나뉠 수 있다. 사려의 마음이 아직 생기지 않았을 때의 마음상태가 '미발'이고, 사려가 이미 생긴 후에는 마음의 상태가 '이발'인 것이다. 예컨대 모든 마음을 전부 이발로 말하지 않고, 마음의 활동을 이발과 미발시기로 구별하였다.

사려가 마음에 미처 생기기 전이라도 마음작용이 정지하는 순간은 없다. 그러나 이러한 상황을 '고요하며 부동의 상태인' 미발로 규정할 수 있는 것이다. 사려가 이미 생긴 다음에는 마음의 작용이 분명하게 활동을 한다. 그러므로 이러한 상태를 느껴 드디어 통하는 이발로 규정할 수 있게 된다고 보았다.

주희는 미발을 性, 이발을 情으로 보았다. "성과 정은 하나의 사물인데, 그렇게 분류하는 까닭은 단지 미발과 이발의 성격이 다르기 때문이다. 만약에 이발과 미발로 그것들을 분류하지 않는다면, 어느 것이 성일 것이며 어느 것이 정이겠는가?"[349]라고 하였다. 즉 주희가 생각할 때, 성은 하나의 본질적 범주로서 깊고 은미하므로 아직 미발의 상태인 것이다. 따라서 성은 실제적인 의식 활동을 하므로 표현될 수 있을 뿐이다. 하지만 정이란 하나의 의식 현상적 범주이다. 정은 성을 표현해 주고, 성은 정의 근원이고 근거이다. 그는 미발과 이발의 관계를 생각할 때 성과 정 사이의 관계에도 적용된다고 생각한 것이다.

즉 수양이란 밖에서는 사물의 이치를 궁리하여 지식을 넓히고, 안에서는 마음속에 갖추어진 덕성을 함양해나가는 것을 말한다. 이 거경과 궁리는 상보적인 관계를 갖고 있어 궁리공부가 세밀해지기 위해서는 거경공부에 힘써야 하고 거경공부가 진보하려면 궁리공부에 힘써야 하는 것이다.

지금까지 함양과 궁리의 중요성에 대해 강조하였다. 이때는 자연히 마음에 보존되어 있는 본성이 마치 맑은 물속의 돌멩이처럼 밝게 드러나게 된다. 항상 이와 같을 수 있으면 방탕하고 편벽되고 간사하고 거만한 생각이 싹트더라도 물리칠 수 있다.

---

349) 『朱文公文集』 卷41, 「答何叔京」, 性靜一物 其所以分 只爲未發已發之不同耳 若不以未發 已發分之 則何者爲性 何者爲情耶.

궁리가 독서를 통한 외부 대상의 지식을 탐구해가는 것이라면, 함양은 자신의 마음을 잘 보존하고 길러나가는 수양방법이다. "궁리와 함양은 서로 병행해야 한다. 조금이라도 아는 것이 있지 않으면 함양을 이룰 수 없을 뿐더러, 또 보존하고 간수하는 것이 남아있지 못하면 의리의 심오함을 다할 수 없다."[350] 궁리하게 되면 함양공부가 더욱 발전하게 되고, 함양하게 되면 궁리공부도 더욱 정밀해진다. 따라서 배우는 사람은 궁리와 함양을 함께 병행해야 한다.

함양은 궁리를 하는데 궁리하는 주체자의 조건을 준비하는 것에 해당된다. 사물의 이치를 궁구하려면 '敬'으로 마음을 안정시켜서 일체의 잡념이 끼어들지 못하도록 주의력을 집중시켜야 하는데 이것이 함양이다. "배우는 사람이 궁리하지 않으면 도리를 깨달을 수 없다. 그러나 궁리하면서 경을 유지하지 않는다면 또한 도리를 깨달을 수 없다."[351] 함양이 궁리의 근본이 된다는 뜻이다. 함양은 궁리를 하는데 궁리 하는 주체자의 조건을 준비하는 것에 해당된다. 사물의 이치를 궁구하려면 경'으로 마음을 안정시켜서 일체의 잡념이 끼어들지 못하도록 주의력을 집중시켜야 하는데 이것이 함양이다. 그래서 궁리 이전 에 경'으로써 마음을 안정시키는 함양이 요구된다.

주희는 함양이 궁리의 기초가 되는 동시에 함양을 견고히 하는 바탕이 또한 격물치지에 있다고 설명한다. 격물치지를 통해 사물의 이치를 이해하고 나면, 그 사물의 이치가 나의 지식으로 전환되어 지식의 내용이 되고, 그러한 지식의 누적을 통해 내 마음속에 내재된 리가 드러날 수 있다. 독서궁리를 거친 후에야 비로소 내 마음속에 갖추어진 리도 밝아질 수 있다는 말이다. 왜냐하면 독서 속에는 많은 도덕적인 정보가 들어있으며, 이것이 사람들에게 도덕관념을 형성해주는 근원으로 작용하기 때문이다. 그러므로 주희는 독서궁리를 통한 외부사물의 지식에 중요한 의미를 부여하였던 것이다.

3. 천인합일

350) 『朱熹集』卷45, 「答游誠之」, 窮理函養要當并進 蓋非稍有所知 無以致涵養之功 非深有所存 無以進義理之奧.

351) 『朱子語類』卷9, 學者若不窮理 又見不得道理 然去窮理 不持敬 又不得.

천인합일사상이란 동양의 사유구조를 기반으로 하여 전개된 동양사상이다. 인간 사회에서 발생되는 제반 문화적 현상은 바로 자연현상의 연장으로 볼 수 있는데, 평유란은 중국 전통에서 나타나는 천의 다양한 의미를 다섯 가지로 정리하였다. 첫째는 땅과 상대되는 의미의 물질지천, 둘째는 인격신적인 주재지천, 셋째는 인간의 삶 가운데 어찌할 수 없는 요소를 가리키는 운명지천, 넷째 의리지천이다.[352] 이것은 자연 현상이 인간의 문화적 현상으로 점진적으로 발전되어진 결과로 볼 수 있다.

그러나 주희는 "하늘이 곧 사람이고 사람이 곧 하늘이다. 사람의 생명은 하늘에서 출발한 것인데, 사람이 태어나면 하늘도 그 안에 존재한다. 그러므로 말하고 행동하고 보고 듣는 모든 것이 하늘이다.[353]고 하여 천과 인간이 분리된 독립된 두 실체가 아니라 천과 인간이 본래 하나라는 의미에서의 천인합일을 설명한다. 그러므로 인간의 도덕적 행동 규범 활동은 자연 생명의 꾸밈없는 표현이며, 자연현상에 내재된 인간의 문화적 의미인 것이다. 따라서 인간과 자연은 항상 어긋나지 않고 서로를 풍요롭게 한다. 이러한 관점에서 천인합일은 유학의 도덕적 정신을 통하여 주체와 대상, 인간과 자연의 조화로움을 지향하는 것이다.

주희는 하늘과 인간이 본래 하나라는 의미로 천인관계를 설명 하고 있지만 유학에서의 천인합일을 강조하는 까닭을 살펴보면, 그것은 하늘과 인간 사이에 갈라져 틈이 생겨 있음을 의미하는 것으로 보인다. 여기에서 이 틈새를 이해하기 위한 또 다른 인간해석이 요청되고 이것은 인간에게 어떤 연유로 수양이 필요한 것인가를 찾아내는 문제이기도 하다. 이것은 다름이 아닌 인간이 후천적인 경험세계 속에 모자람이 없는 수양의 과정을 통해서 선천의 원리, 즉 주희가 제시한 性안에 理, 心안에 덕을 드러내는 것이다.[354] 천의 본바탕인 덕성이 인간

---

352) 풍우란, 박성규 역, 『중국철학사上』, 까치, 1999, pp.61-62 참조.
353) 『朱子語類』 卷17 「大學四或問上」, 天卽人 人卽天 人之始生 得於天也 旣生此人 則天又在人矣 凡語言動作視聽 皆天也.
354) 최영찬, 「주자철학에 있어서 공·맹 천인관의 승수와 전개」, 충남대 박사논문, 1990, pp.214-215 참조.

의 심성 속에 내재되어 있음으로, 인간의 도덕적 근원이 우주의 본바탕에 내재되어 있는 증거이다.

이것은 천도와 인도가 연결되어 서로 관통하고 있는 것이다. 우주의 근본이 인간에게는 도덕의 최고 원칙이며, 우주의 근본이 발현된 것 또한 인간의 도덕적 표현으로 실현된 것이다. 이렇게 우주와 인간의 근본을 동일시하는 관점이 천인합일 인 것이다.[355] 즉 우주의 근본이 우리 인간에게는 도덕의 최고 원칙이고, 인간의 도덕적 표현이 바로 우주의 근본의 실현이라는 것이다.

그러므로 사람의 마음속에는 하늘로부터 리가 부여되어 성으로 갖추어져 있다. 때문에 사람은 선천적으로 선한 본성을 가지고 있다. 그러나 몸을 구성하는 음양오행 즉 기질의 영향으로 마음속에 갖추어진 선한 본성이 실제적인 행동에서 완전하게 나타나지 못한다. 그래서 사람은 마음속에 있는 선한 본성을 자각하지 못하고 나쁜 행동을 일삼게 되는 것이다. 이로써 기질에서 오는 각종 불량한 영향들을 제거하여 선한 본성을 발현시켜 나갈 수 있도록 하는 노력이 필요한데, 이것이 바로 수양공부이고 공부를 통한 천인합일의 완성이 되는 것이다.

수양공부의 목표는 자신의 본성을 찾아내고 그 본성에 이끄는 대로 자신의 생명력 있는 삶을 행하고 그 삶을 통해 사회와, 국가 그리고 더 나아가 우주를 生生으로 만들어 내는 주체가 되고자 함에 있다. 그런데 주희는 이 공부가 향하는 목표를 단지 관념이나 이상으로만 남겨두지 않고 그것을 구체적이며 실제적으로 이룰 수 있는 수양방법론을 체계화하고자 하였다. 이러한 맥락에서 주희는 실제적인 바탕에서 인간의 본성을 온전히 이루는 공부를 하는 마음의 자세와 방법에 대해서 특별히 강조하고 있다.

> 공부를 하고자 함에 있어서 반드시 간절함으로 스스로의 본성을 이루어야 안정됨과 독실함이 많은 도와 이치를 받아들이게 된다. 만약 가볍게 위로 오르고 이슬처럼 얕게 적신다면 어떻게 도와 이치를 찾아낼 수 있겠는가?[356]

---

355) 윤상철, 「역경의 천인합일관 연구」, 성균관대학교 박사논문, 2014, p.105.
356) 『朱子語類』 卷8, 爲學須是切實爲己 則安靜篤實 承載得許多道理 若經揚淺露如何探討得道理.

인용문에서의 切實爲己는 절실한 마음자세로 스스로 본성을 이룬다는 의미를 지니는데, 이것은 주희가 종종 '切己'라고 표현하는 내용과 상통한다. 수양을 하는 자신 스스로가 매우 절실한 마음자세로 자연을 탐구하고 체험하므로 세상의 이치를 자신의 것으로 화하여, 삶을 혁신하는 공부 태도를 뜻하는 것이다. 이는 수양하는 자기 스스로가 리의 내부로 들어가 리와 온전하게 하나가 되는[357] 삶으로 정착하려하는 지향성이라 할 수 있다. 혹여 이러한 마음 자세를 유지하지 않는다면 리와 수양자는 리와 유리되어 스스로의 혁신은 불가능해진다.

> 세속의 공부라는 것이 성현의 공부와는 같지 않기 때문에 나타내기 힘들지 않다. 성현은 스스로 진솔하게 이루어간다. 정심을 말한다면 스스로 마음을 바르게 하는 것이고, 誠의 의미를 말한다면 직접 뜻을 이루어야 하는 것이다. 수신제가도 모두 빈 말이 아니다. 지금 공부하는 사람들의 정심을 말한다면 단지 정심을 한나절 읊조리고, 수신에 대해서 말한다면 또한 수신을 말하는 것으로의 암송만을 할 뿐이다.[358]

주희는 성현들에게 필요한 실천적이고 모범적인 공부를 권면 하고 있다. 특히 모범적인 성현의 공부를 예로 들며 일반적으로 행해지고 있는 공부의 문제점들을 비판하고 있는 것이다. 성현은 공부에 대해 스스로 진솔하게 행하여 이루어 간다면서 정심과 수신제가를 말하면서도, 단지 한나절 읊조리거나, 암송만 하는 세태를 꼬집으며 또 다음과 같이 강조하고 있다.

> 만일 切己하지 않으면 그저 말장난이 되고 만다. 지금 사람들은 다만 개인의 사사로운 의미에만 의존하여 몇 가지 말들만을 잠깐 보고 하나의 주장을 세워서 지나치게 說을 세우려고 하고 성현이 자신의 說의 입장만을 따르려고 만하니, 이것이 어떤 이익이 있겠는가! 이 병폐는 다만 높은 말, 신묘한

357) 『朱子語類』 卷8, 入道之門 是將自家身己入那道理中去 漸漸相親 久之與己爲一而今入道理在這裏 自家身在外面 全不曾相干涉.

358) 『朱子語類』 卷8, 世俗之學 所以與聖賢不同者 亦不難見 聖賢直是眞箇去做 說正心直要心正 說誠意 直要意誠 修身齊家 皆非空言 今止學者說正心 但將正心吟詠一晌說修身 又將聖賢許多說修身處諷誦而已.

> 말들만 하려는 것으로 장래에 좋게 보이는 것만 하려고 하고, 자기 마음대로 하려고 한다. 사람들이 밥을 먹고 마셔야 맛을 아는데, 먹지는 않고 단지 밖에 펼쳐놓고 외부인에게 보여주기만 한다면 다른 사람이나 자신 스스로 모두를 구제할 수 없는 것이다.[359)]

여기에서 주희는 수양공부에 대한 병폐를 논하고 있다. 요약하여 말하면 평범하고 명확한 것부터 시작하며 실질적인 자기체험을 하지 않고 허망하고, 단지 멀리 있는 것만을 좇아 구하면서 말장난에만 그친다는 것이다. 이것이야 말로 마치 직접 밥을 먹지 않아서 밥에 대한 맛을 마땅히 알지 못하면서 남에게 보여주기만 하는 사람처럼, 자신은 실질적으로 뜻한 것을 전혀 이루지 못하였으면서도 단지 남에게 자랑하기 위함만으로 공부 하는 것이 '爲人之學' 이다.[360)] 이러한 '爲人之學'과 대비되는 것이 '爲己之學'이다.[361)] '爲己之學' 은 남을 의식하거나 대가없이 자기의 본질을 구체적인 모습으로 나타나게 하는 공부로서 자신의 수양과 발전을 토대로 하고 있다.

또한 주희는 먹고 마시고 잠자는 것을 망각할 지경으로 통절하고 절실하게 공부를 해야 한다고 말한다.[362)] 이정도로 해야 공부의 발전이 있게 된다. 공부의 진전은 어제와는 확연히 달라진 모습으로 거듭 변화하는 것에서 정말로 확인할 수 있다.[363)] 만일 진전이 없다면 그것은 단지 발분해서 용맹스럽게 공부하지 않고서[364)] 결국 주희는 다만 마음을 산만하고 흐리멍덩하게 가지거나 실천을 하루하루 잇달아서 여러번 미루는 습관 때문이므로 모두 각오하는 마음으로 채찍질 하며 용맹하게 분발, 공부하도록 하는 것이라고 강조한다. 주희는 스스로 절

---

359) 『朱子語類』 卷8, 若是不切己 只是說話 今人只憑一己私意 瞥見紫子說話 便立箇主張硬要去說 便要聖賢從我言語路頭去 如何會有益 此其病只是要 說高說妙 將來做箇好看底物事做弄 如人喫飯 方知滋味 如不曾喫 只要攤出在外面與人看 濟人濟己道不得.

360) 『朱子語類』 卷8, 近世講學不著實 常有夸底意思 譬如有飯不將來自喫 只管鋪攤在門前 要人知得我家裏有飯 打疊得此意盡 方有進.

361) 『論語』,「憲問篇」, 古之學者爲己 今之學者爲人.

362) 『朱子語類』 卷8, 爲學須是痛切 懇側做工夫 使飢忘食 遏忘飮 是得.

363) 『朱子語類』 卷8, 爲學須覺今是而作非 日改月化 便是長進.

364) 『朱子語類』 卷8, 今之學者全不曾發憤 爲學不進 只是不勇.

실하게 자신의 본성을 이루는 공부는 곧 성현 됨의 공부와 상동한 것으로 보았다. 성현이야 말로 자신의 본성을 온전하게 실현하는 삶의 모범을 보여주기 때문이다.

> 무릇 사람은 반드시 성현이 되는 것을 자신의 맡은 일로 삼아야 한다. 세상 사람들은 일상적으로 성현을 높은 것으로 생각하고 자신은 비천한 존재로 보아서 기꺼이 나가려 하지 않는다. 또한 모르겠지만. 성현이란 처음부터 그 자체로 높고 스스로는 별도의 본보기의 인간으로 삼아서, 새벽부터 밤까지 힘쓰면서도 특별한 것에는 자기 분수 밖의 일이라고 생각하고서, 하지 않아도 좋다고 해도 역시 좋다고 한다. 하지만 성현의 성품은 일반인과 같다. 이미 일반 사람과 같으므로 어찌하여 성현 됨을 자신의 맡은 일로 삼지 않을 수 있겠는가? [365]

주희에게서의 성현이란 爲己之學의 중요한 목표라는 점에서 매우 중요한 의미를 가진다. 그런데 사람들은 일반적으로 성현에 대해 매우 특별한 존재로 생각하여 자신은 절대로 성현이 될 수 없다고 스스로여기고 포기한다. 그렇지만 성현이건 범인이건 본성은 모두 같다. 따라서 성현이 되는 것은 자기 분수 밖의 일이 아니다. 누구나 사람이면 당연히 해야 할 일에 정성을 다하면 그것이 성현이 되는 길인 것이다.[366] 누구나 자신의 본성 회복을 위해 최선을 다해 실현에 힘쓰는 일이라면 성현이 된다는 것은 단지 선택이 아니라 의무인 반면에 권리인 것이다. 누구든지 성현, 즉 최고의 인격자로 오를 수 있다는 자신감과 그렇게 되겠다는 의지로 공부에 임하게 된다면 반드시 성공하게 된다.

주희에게서 敬, 知, 行 공부는 모든 이들이 스스로 자신의 본성을 실현하고 '성현'이 되도록 하는 합리적인 방편이다. 또한 인격수양은 진리를 배우고 익히는 것으로 몸소 실천을 통하여 인격의 완성에 도달한다는 것이다. 이러한 인격의 완성에 도달한 이상적인 인격을 성인, 군자라는 말로 표현한다.[367] 공자께서

---

365) 『朱子語類』 卷8, 凡人須以聖賢爲己任 世人多以聖賢爲高 而自視爲卑 故不肯進仰不知 侯聖賢本自高 而己別是一樣人 則早夜孜孜 別是分外事 不爲亦可 爲之亦可然聖賢禀性與常人一同 旣與常人一同 又安得不以聖賢爲己任.

366) 『朱子語類』 卷8, 聖賢只是做待人當爲底事盡 今做到聖賢 止是恰好 又不是過外.

367) 유학과교재편찬위, 『유학사상』, 成均館大出版部, 2003, p.159.

도 끊임없이 배우고 노력하여 “겨우 일흔 살이 되고 나서야 내 마음대로 행동하여도 법도와 예의에 어긋남이 없게 되었다.”368) 고 하였다. 일상생활 속에서 꾸준히 修己· 修投하여 70세가 되어서야 천지의 도와 완전하게 하나가 될 수 있었다. 그러나 聖人이 된다는 것은 절대 쉽지 않으므로 오직 성인으로 규모를 정하고 천천히 여유를 갖고 공부해 나갈 것이 요구된다.

주희의 수양공부의 효과는 유학의 천인합일 이라는 궁극적 목표와 같은 것이다. 천인합일이 유학의 궁극적 목적이 하늘과 인간과의 보이지 않는 약속의 규정임을 의미한다. 合一이라는 의미는 ‘합하여 하나가 된다.’라는 규정이기 보다는 ‘하나로 합쳐져야 됨.’이라는 당위성이 강조되는 의미이다. 뿐만 아니라 하늘과 인간이 하나로 통일될 수 있는 실현가능성이 이미 내세워져 있는 것이다. 이러한 바탕에서 하늘과 인간의 연결됨을 설명하여 본다면 그것은 존재론적 규정으로 보아야 한다. 인간의 생명뿐만 아니라 도리와 행동까지도 하늘과 관련하여 이해하는 것이 유가적 인간론의 특징이며, 주희도 이와 같은 줄기찬 맥락을 잇고 있다

이렇게 인간과 우주의 근본을 동일시하는 관점이다. 인간은 천지의 산물이라고 하지만 인간의 주체성이 완전히 인정되지 않는 것은 아니다. 천지의 부족한 부분을 메워주는 인간의 자율적이고 능동적인 의지가 요청된다. 천지의 뜻 이란 인간에 의해 현실에서 실현되고, 인간은 현세에서 천도를 체현하므로 천지의 생명과 창조의 공헌을 함께 한다. 그래서 성인이란 천지합일의 원리에 따라 천지의 쓰임을 완성하여 完善케 하는 것이다. 하늘은 사람을 낳는 공을 세우고 사람은 그 하늘의 준칙에 의해서 세상을 바르게 치리해 나간다. 천도의 전체와 부분 사이에서 일치되지 않는 부분은 인간의 관점에서 최고의 조화로 이끌어 내는 것이다.

인간은 리를 천지의 생명 창조의 근본으로 자각하여, 인과 덕을 실현할 수 있으므로 천지와 함께 공동 창조자로서의 생명창조의 대업을 실현할 수 있다. 그것이야 말로 자기뿐만 아니라 타자의 존재가치도 더불어 완성시켜 주는 것이다. 따라서 천인합일이란 인간이 수양을 통해 인도가, 천도에 부합되는 최고의 경지

---

368) 『論語』, 「爲政」, 七十而從心所欲 不踰矩.

인 것이다. 인간은 천지의 모습을 그대로 본받아 자신의 성을 다하는 것이 인도이고, 천지의 리를 스스로 깨닫게 되는 것이 바로 천도이다. 그러므로 『중용』에서는 지극한 성으로, 지극하게 성을 이루면 천지가 만물의 화육을 돕고, 천지와 더불어 공동 창조자로서 참여하게 된다고 하였다.

> 오직 천하의 지극한 정성만이 자신의 본성을 다할 수 있게 한다. 자신의 본성을 다 발휘할 수 있게 되면 다른 사람의 본성도 다 드러내도록 할 수 있다. 다른 사람의 본성을 다 발휘하도록 할 수 있게 되면 세상의 모든 사물의 본성도 다 발휘되도록 할 수 있다. 사물의 본성이 다 발휘되도록 할 수 있다면 천지의 운용과 진전을 도울 수 있게 된다면 천지의 운용과 진전을 도울 수 있게 된다면 우주와 함께 할 수 있게 된다.[369]

인간과 다른 존재들은 천지간에 존재하고, 근원은 하나지만, 맡는 직분은 다르다고 볼 수 있다. 즉 하늘이 물을 생하지만, 밭을 경작하는 것은 사람의 몫이고, 하늘은 비를 내리지만, 그 물(水)을 활용하여 세상을 풍요롭게 하는 것은 사람이 하는 일이다. 그리고 불로서 사물을 마르게 하지만 정작 장작을 태우는 것은 사람의 노력으로 하는 것이다. 이와 같이 하늘의 뜻을 구체적으로 실천궁행 하는 것은 사람의 역할이다. 그렇기 때문에 하늘과 인간이 하나가 되도록 만날 수 있는 근거가 바로 수양공부인 것이다.

수양을 매개로 하여 인간은 천지와 조화를 이루고, 아울러 만물과는 감응으로 소통한다. 그러므로 우주의 보편적인 생명과 일체가 된다. 따라서 천지의 성과 인에 대해 스스로 깨달아 사랑하는 마음과 성실함을 얻어 대립과 갈등을 지양하고 만물과 조화를 이룬다. 유학의 천일합일의 특징은 조화와 균형이라는 데 있다. 즉 현실에서 대립하는 존재들은 상호간에 상통하여 균형과 조화를 이루면서 갈등을 극복하고 서로 간에 유기적인 관계를 맺게 된다. 인격수양으로 우주와 인간은 유기체로서 서로를 생하여 주는 관계가 성립되어 더불어 조화와 균형이

---

369) 『中庸』 22章, 唯天下至誠 爲能盡其性 能盡其性 則能盡人之性 能盡人之性 則能盡物之性 能盡物之性 則可以贊天地之化育 可以贊天地之化育 則可以與天地參矣.

라는 최선의 경지까지 이르게 된다.

창조성을 갖고 있는 인격이 성취해 놓은, 생명과 덕의 보편적 흐름으로부터 탄생된 선은 융화보다는 위대한 가치의 방향을 형성하고, 보다 우주를 완미하게 만들 것이다. 인간과 우주는 화해되고, 인간들은 함께 감응하며, 인간과 다른 사물은 균형을 이루게 되는 것이다. 또한 인간의 인과 의는 하늘의 법칙이 되고, 이것을 따르며 사는 것이 인간의 도리이다. 이러한 도리의 실천과 실현을 수양과정을 통하여 인간본성을 회복하고 대동사회를 실현하는 것은 물론이거니와 하늘에 대한 의미에 대해서도 자각을 말하는 것이다.

주희의 수양공부를 통해서 성리학의 궁극적 목표인 인간이 성인의 자리에 들어가므로 하늘이 인간에게, 인간이 하늘에게 서로 함께 내재 하여, 천인합일의 궁극적 목표를 이루는 것이 된다. 서양 종교나 철학에서 신으로부터 구원을 받는 차원과는 달리, 동양에서는 하늘과 인간이 합일의 의미로서 당위성을 강조한 것이다. 그 뿐만 아니라 하늘과 인간, 인간과 인간, 인간과 만물사이는 하나로 화하고, 통일될 수 있는 실현 가능성을 이미 내세우고 있다. 이러한 상황에서 하늘과 인간과의 관계에 대해서 설명한다면, 그것은 존재론적 규정이 된다.

인간의 생명과 도덕적인 본바탕까지 하늘과 연계하여 이해하는 것이 유가의 인간론이며, 주희도 이러한 맥락을 잇고 있다. 이처럼 하늘과 인간이 하나가 되는 것이 천인합일인 것이다.

參考文獻

1. 원전

『大學』「西銘」

『北溪字義』

『孟子』

『四書章句集注』

『尙書正義』

『三山論學

『性理大全』

『宋儒學案』

『張載集』

『陽明全書』

『易學啟蒙』

『列子』, 「湯問篇」

『二程集』

『二程全音』

『易學緒言』「沙隨古占駁」

『周濂溪集』

『周易』「乾掛」

『朱子文集』

『朱子語類』

『周子全書』

『周元公集』

『中庸』

『春秋繁露』

『太極圖說解』

『通書』

『大學或問』

『明儒學案』

『孟子要義』

『四庫全書總目』

『書經』

『薛瑄全集』

『宋史』

『莊子』「外篇」

『中庸』

『王陽明全書』

『醫山問答』

『與猶堂全書』』

『二程遺音』

『曹端集』

『正蒙』

『周易』「繫辭傳」

『朱子大全』

『朱子新學案』

『朱子年譜』

『周子通書後記』

『朱喜集』

『中庸講義補』

『太極圖說』

『太極圖說解義』

『通書解』

『退溪全書』 『河南程氏遺書』
『晦庵先生朱文公文集』 『橫渠易說』

2. 단행본

김상섭, 『주역 계사전』, 성균관대 출판부, 2018.
김종석, 『퇴계학의 이해』, 일송 미디어, 2001.
노사광, 정인재 역, 『중국철학사』「송명편」, 탐구당, 1997.
류성태, 『중국철학사의 이해』, 학고방, 2016.
______, 「태극도설의 원리에서 본 일원상진리」, 『인류문명과 원불교사상』, 원불교출판사, 1991.
시마다겐지, 김석근 역, 『주자학과 양명학』, ㈜에이케이커뮤니케이션즈, 2000.
______, ______, 『주자의 자연학』, 통나무, 1996.
손영식, 『조선의 역사와 철학의 모험』, 울산대학교 출판부, 2005.
안유경, 『성리학이란 무엇인가』, 새문사, 2018.
유명종, 『송명철학』, 형설출판사, 1993.
유승국, 『동양철학연구』, 근역서재, 1983.
유인희, 『주자철학과 중국철학』, 범학사, 1980.
유학과교재편찬위, 『유학사상』, 成均館大出版部, 2003.
앤거스 그레이엄, 이창일 역, 『陰陽과 상관적 사유』, 청계, 2001.
유소홍, 송인창·안유경 역, 『오행이란 무엇인가』, 심산, 2013.
이기동, 정용선 역, 『東洋三國의 朱子學』, 성균관대출판부, 1995.
임동석, 『중국학술개론』, 전통문화연구회, 2012.
張起鈐·吳治, 宋河璟·吳鍾逸 譯, 『中國哲學史』, 一志社, 1984.
John K, Fairbank, 김한규 역, 『동양문화사』, 을유문화사, 1992.
조남호, 『주희, 중국철학의 중심』, 태학사, 2012.
진 래, 이종란 역, 『주희의 철학』, 예문서원, 2013.
______, 안재호 역, 『송명 성리학』,, 예문서원, 2011.

______, 『宋明理學』, 上海, 華東師範大學出版, 2005.
풍우란, 정인재 역, 『중국철학사』, 형설출판사, 1977.
______, 박성규 역, 『중국철학사上』, 까치, 1999.
宮崎市定, 조병한 역, 『중국사』 6판, 역민사, 1983.
『조선유학의 개념들』, 한국사상사연구회, 예문서원 2011.
몽배원, 홍원식외 역, 『성리학의 개념들』, 예문서원, 2008.
皮錫瑞, 『經學通論』, 臺灣商務印書館, 1969.
潘富恩 · 徐余慶, 『程顥程伊川理學思想硏究』 上海, 復旦大學出版社, 1988.
宋恒龍, 『東洋哲學의 問題들』, 여강출판사,1987.
조셉 니덤, 이석호 역, 『중국의 과학과 문명Ⅱ』, 을유문화사 1994.
존 헨더슨, 문중양 역, 『중국의우주론과 청대의 과학혁명』, 소명출판사, 2004.
최영진, 『유교사상의 본질과 현재성』, 성균관대출판부, 2003.
牟宗三, 『心體與性體』, 臺北: 正中書局, 1987.
퇴계학연구원, 『국역퇴계전집』, 「別集·韓士炯往天磨山讀書 留一帖求拙跡 偶書所感寄贈, 퇴계학연구원, 2001.
張起鈐·吳治, 송하경외 역, 『중국철학사』, 일지사, 1984.
함현찬, 『장재』, 성균관대출판부, 2003.
______, 『주돈이』, 성균관대출판부, 2007.
호이트 틸만, 김병환 역, 『주희의 사유세계』, 교육과학사, 2010.
鄺芷人, 『陰陽五行及其體系』, 文津出版社, 中華民國 81年.
方立天, 『中國古代哲學問題發展史』, 中華書局, 1990.
成中英, 『論中西哲學精神』, 東方出版中心, 上海, 1996.
井上聰, 『古代中國陰陽五行の硏究』, 翰林書房, 1996.
張立文, 『宋明理學硏究』, 中國人民大學出版社, 1985.

東景南, 『朱熹年譜長篇』, 增訂本上, 華東師範大學出版社, 2014.
朱伯崑, 『易學哲學史』2, 昆仑出版社, 2005.
錢穆, 『朱子新學案』 第三卷, 三民書局, 1971.

王張軍夫,「無極辨與屬性範鶴實體化」,『中國哲學範爾集』, 人民出版社, 1982.
戴景賢「周濂溪之太極圖說」,『易經論文集』, 黎明文化事業公司, 1981,

주희의 태극사상과 구조적 함의

초판 1쇄 발행 2024년 01월 30일

지은이_ 고성주
펴낸이_ 김동명
펴낸곳_ 도서출판 창조와 지식
인쇄처_ (주)북모아

출판등록번호_ 제2018-000027호
주소_ 서울특별시 강북구 덕릉로 144
전화_ 1644-1814
팩스_ 02-2275-8577

ISBN 979-11-6003-694-7(93800)

정가 12,000원